鷗外パイセン非リア文豪記

松澤くれは

集英社文庫

目次

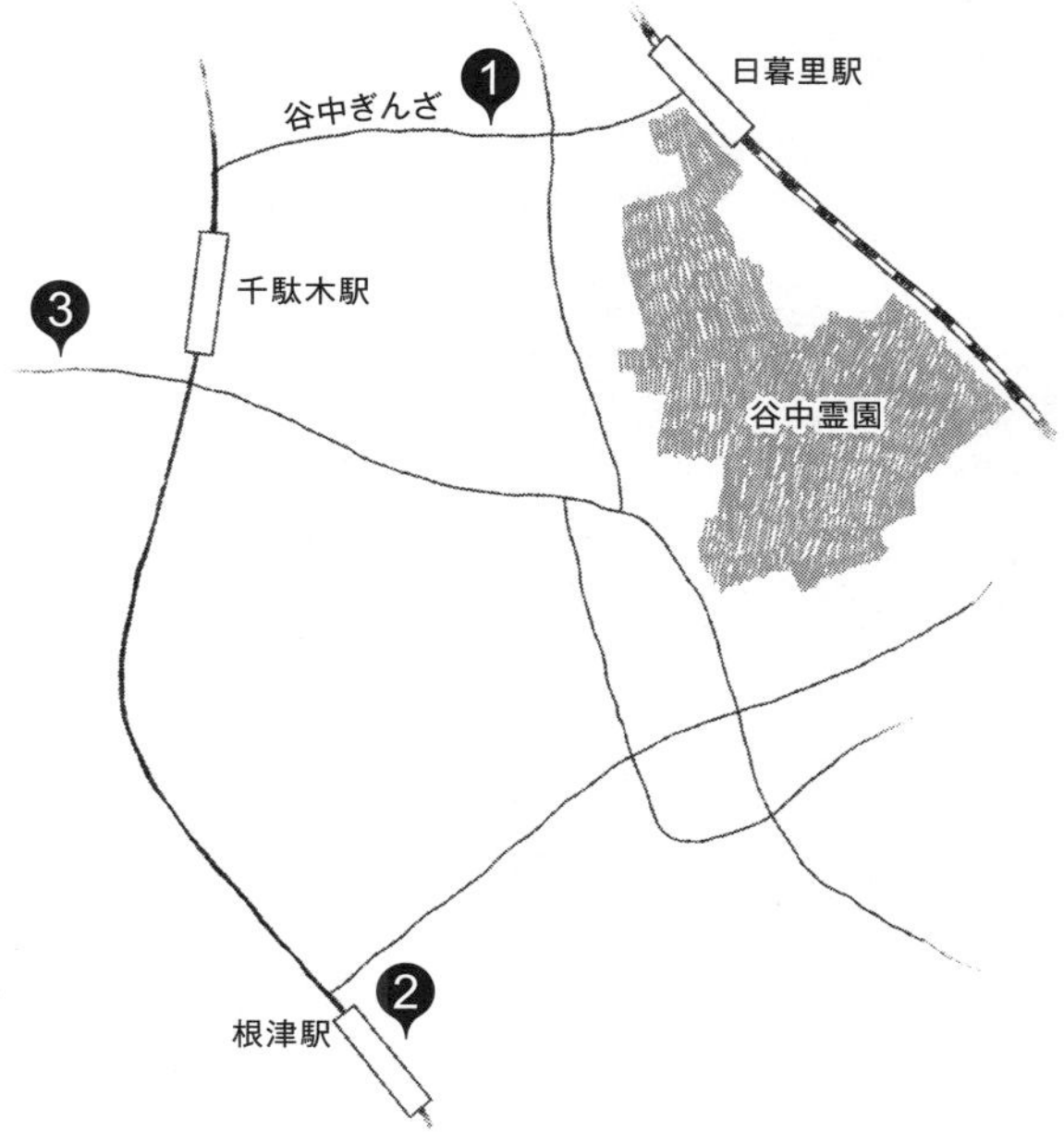

本文デザイン／西野史奈（テラエンジン）

鷗外パイセン
非リア文豪記

1　†夢小説十夜†

『夢見るSEIKEN』第1話

誰……？

「山縣！　なぜ貴様がこんなところにいる！　彼女は俺の秘書だ！」

　近づいてきた男のひとは、じっと私を見つめた。真紅の瞳……そんなに見つめられたら恥ずかしい。

「どっ、どちらさまですか？　総理と私は先を急いでますので、ってきゃあ！」

　その瞳から逃れるために立ち上がろうとした私は、なんと体を軽々と持ち上げられた。

「俺の事知らないのか？　ッククク、おもしれえ。お前、あいつの秘書なんてやめて、俺の秘書になれ」

　男のひとが、私の耳元でささやく。

　秘書？　私がこの人の？？

「ちょ、ちょっと！　初対面の女性を急に持ち上げて、その上、秘書になれなんて非常識じゃない！？　それに私はお前じゃなくて、ちゃんと名前が……」

「知ってるよ。**#name#**ちゃん？　お前を今日より、山縣有朋総理大臣の第一秘書に任命する！」

　ええーっ！

　これから私どうなっちゃうのー！

しおりをはさむ

◀PREV　2／2ページ

小説投稿サイト 恋スル夢十夜✦ 新規登録 ログイン

[作者] mis@to　[ジャンル] 二次元
[ランキング] 総合 6423位

『夢見るSEIKEN』第1話

「総理！　原総理！　待ってください～っ」

「急げ、国民は待ってくれないぞ」

いつも彼は青い髪とジャケットをなびかせて早歩き。今日も目を合わせてくれない……。

一分一秒が惜しいのだろう。総理大臣は激務だ。想像を絶する仕事量を、彼は毎日こなしている。

「ランチを兼ねた会議がリスケになったので、そんなに急がなくても大丈夫ですよ、っきゃあ！」

いててて、転けてしまった。

タイトスカートにヒールで歩くのは辛い。でも秘書らしく、いつでもちゃんとしてなきゃ！

「まったく……もっと気をつけて歩けと言っているだろう」

やれやれと言った顔で、彼が手を差し伸べてくれようとした時。

その後ろに、燃えるような赤い髪のひとが立っていた。

「おいおい、何なんだぁ？　このガキんちょは」

しおりをはさむ

1 / 2ページ　NEXT ▶

「美里《みさと》、お疲れ～」

斜め後ろの頭らへんから名前を呼ばれて、咄嗟《とっさ》にスマホを胸元で隠す。

振り返ると、沙耶《さや》がケラケラ笑っていた。

「どうしたの、きょどりすぎぃ」

私のおかしな挙動を面白がる。この暑さでも、濃いめのメイクは滲《にじ》んでいない。可愛《かわい》いレース付きの水色ノースリーブ。つやっつやの茶色いセミロングが、今日も入念に巻かれている。今夜は果たしてデートだろうか合コンか。

私は黙って、横に席をつめた。三人掛けの長椅子のセンターに移動。空いた隣に沙耶が座って、教材と電子辞書とペンケースを出した。

柑橘《かんきつ》系の甘い匂いが鼻をつく。沙耶の香水はころころ変わる。今日のは……みかん？　香水って付けたことがないし、詳しくないからわからない。

まもなく五限がはじまる。

大学でいちばん、やる気のなくなる時間帯。

キャンパスの広さに似つかわしくない、妙にせまい語学用の教室はすでにぱんぱん。さすがはドイツ語の再履修。もう後がない学生たちの出席率はすこぶる高い。

「ねえねえ先週のプリントってある？」

「あ、持ってるよ」

「さすが美里、撮らせて〜！」

私はノートに挟み込んだプリントを、彼女の前に広げてあげた。

今どきPDFデータでレジュメを配布しない講義は珍しい。紙って、持ち歩きや管理がすごく面倒。すぐどこかになくしちゃう。

「もう語学休みすぎて超やばいんだけど〜」

沙耶は手際よく、スマホのカメラでプリントを接写していく。

彼女の顔を見たのは一か月ぶり。サークルかバイトに勤《いそ》しんでいたのだろう。来週からは、夏休み前のテスト期間。今になって焦りはじめたか。

「いつもありがとう、ほんと助かる〜！」

笑顔を崩さず、明るく声を弾ませる彼女は、大学一年からのお付き合い。入学してすぐ話すようになったけど、三年生に上がった今では、一緒になるのはこのコマだけ。

特に仲がいいわけでもない。

大学内だけの友だち。廊下やサークル棟ですれ違って「おお〜」「お疲れ〜」ってたまに挨拶するくらいの距離感に落ち着いた。

他にも、そういう人たちがたくさんいる。沙耶は数いる「大学の友人」のひとり。別にぼっちじゃない。学部にもサークルにも、話し相手はちゃんといるのだ。

「やばー、めっちゃ久しぶりに授業受ける～」

はしゃぐ沙耶に雑な相槌《あいづち》を打ちながら、私はスマホを触るチャンスをうかがう。

こんな至近距離……。

画面を覗《のぞ》かれたら一発でアウト。私が何をしていたのか、バレてしまう。

私の趣味を、「大学の友人」に知られるのは絶対に避けたい。

しかし無慈悲にも、先生が教室に入ってくる。定刻通りに五限がはじまる。機会は完全に失われた。これから九十分はドイツ語の時間、この厳格な外国人女教師は、講義中のスマホいじりには容赦がない。全力の罵倒がドイツ語で飛ぶ。発音が強いからめちゃくちゃ怖い。

それでも何とかして、早く「修正」しなければ……！

私の頭にはそれしかなかった。

昨晩サイトにアップしたばかりの、私の新作【夢小説】。

さっき自分で読み返して気づいた。名前欄のところが、バグって変なことになっている。読者が好きに名前を入力するタグ設定のはずが、打ち間違えて【#ｎａｍｅ#】ってそのまま表示されちゃってる。痛恨のミス。初心者みたいで恥ずかしい。十年やってても、しょっちゅうやらかす。

早く更新したいのに、先生に隙が生まれない。

私は諦めず、長い板書のタイミングを探った。

時間だけが過ぎていき、もやもやする。なかなかチャンスはおとずれない。仕方ないか……どのみち多くの人に、もう読まれている。小説の閲覧数は、かなりの伸びを見せていた。「拍手」も結構押されている。私の夢小説が「いいね」って思われてる。

一話目ってのもあるけど、やっぱり旬のジャンルは手堅い。

今月から私は、『政権☆伝説』を元ネタに、新作を書きはじめていた。

夢小説。

自分の作ったヒロインが、既存キャラたちと恋愛を繰り広げる二次創作小説。読者がヒロインの名前を好きなように設定して読めるのがいいところ。読者は誰でもヒロインになれる。

今までいろいろ書いてきて、今回は王道パターンの「逆ハーレム」でいこうと決めた。

『政権☆伝説』は、最近ハマったスマホのアプリゲーム。「現代に蘇《よみがえ》ったイケメン総理大臣たちの秘書になって、政権奪取を目指して恋をしよう」ってコンセプトがシュールで面白い。私の推しは山縣有朋《やまがたありとも》。原敬《はらたかし》も捨てがたい。

書き出しは好調だった。勢いでばりばりキーボードが打てた。

幸先《さいさき》のいいスタートダッシュが切れたからこそ、さっさと【＃ｎａｍｅ＃】を直したい。初歩的なミスを読者から指摘されたくない。

結局どうすることもできないまま、講義は終わった。

ドイツ語が頭をすり抜け続ける、不毛な時間だった。

「ごめん私、この後用事あって！」

一緒に教室を出た沙耶を、まずは速攻で切り離す。

「美里、お疲れ～」

「うん、お疲れ！」

うまく撒《ま》けた。大学生ってやたら「お疲れ」って言う。そんなに疲れてないでしょ。

早歩きで廊下を進む。どこか落ち着ける場所を探すも、通路のベンチは埋まっていた。髪の明るい男女が座っている。お互い、顔の距離が近い。隣にお邪魔してやろうかと一瞬考えたけどそんな度胸はなかった。大人しく他をあたる。

ふと、目の前の教室に目がいく。

電気はついていない。静かに扉を開けて覗いてみると、誰もいなかった。あんまり使われてる印象がないから予備の部屋なのだろう。私はすっと身体《からだ》を滑り込ませた。扉を閉めると、人の声や足音が遠くなる。

部屋の隅っこで、立ったままスマホを操作。サイトにログインして、無事に修正は完了した。

たったこれだけのことで、すっごく疲れた。

次からはアップする前にもっと確認しよう。

ついでにアクセス数もチェック。この一時間半でプラス二十八人。よしよし。いい感じ。

平日の夕方に、私の書いた「妄想劇場」を読んでくれる人がこんなにいるなんて。

コメント欄にも新しい書き込みがあった。


「私も『政権☆伝説』超絶大好きです！」

「いきなりの急展開～続きが気になる！」

「ｍｉｓ＠ｔｏ先生の新作楽しみです！」


どこかの誰かが書いてくれた言葉たち。

たった一行ずつの文に、私は何度も目を走らせる。胸のうちが熱くなる。嬉《うれ》しさと照れくささで口元が緩む。

書いてよかった。発信してよかった。

読んでくれる人がいるから、夢小説を書ける。

さてさて第二話はどうしようかな。私は「ＮＥＸＴ」の続きをイメージした。登場人物の顔が浮かんで、すぐさま私に微笑《ほほえ》みかける。やばい。かっこいい。現実には誰もいないのはわかってる。それでも私の前には、大好きなキャラクターがいた。頭で念じればすぐに召喚できる。長年のイメージトレーニングのなせる業。もはや特技と言っていい。人には自慢できないけど……。

物語は自由だ。

私が思った通りに、ストーリーは進行する。公式で推しキャラが死んでも、私が生き返らせてやる。何なら私と幸せになろう。これは誰も傷つかないユートピア。なんて優しい世界だろうか。

「うおっ」

低い声が、矢のように私の心臓を射貫《いぬ》いた。

男の声だ。私はスマホを持った手を下ろす。

半分開いた扉の向こうに、背の高い男と、背の低い女が見えた。

現実に引き戻される私。直立不動で教室を覗くふたりを、見つめ返す。

どこかで会ったことあるような……。

あ、わかった。さっきベンチでいちゃついていた男女！

女が私に険しい顔を向けて一歩引く。男も引っ張られるように、首を引っ込める。ふたりは手をつないでいた。そのまま扉が閉められる。

何だったんだろう。

不審者に思われたかも……。急に不安になる。特に怒られはしないだろうけど、とりあえずここを出よう。

……えっ？

小走りで出口に向かいながら、私は感づく。

あの人たちこそ、何しに空き教室へ……？

彼らはカップルとみて間違いない。不穏な想像が、私の頭を満たす。白昼堂々、大学の構内でいちゃこらいちゃこら、だんだん盛り上がって、人気のないところへ連れ添っては、どんな行為に及ぶつもりだったのか。

け、汚らわしい……！

性欲に支配されちゃって。猿かよ、我慢できないの？

図らずも水を差してしまったが、公共の場における不純異性交遊を、私は未然に防いだわけだ。

「ふふっ」

私はひとり笑う。こんな言い回し、まるで【鷗外《おうがい》パイセン】みたいな思考パターン。

彼のツイートを読みすぎて、影響を受けちゃってる自分がいた。

彼ならきっと、今の「事件」を面白おかしく、ネットでネタにできる。

私には無理だけど。そんな文才ないけれど。

私は耳をすまし、廊下に人がいないタイミングを狙って空き教室から脱出した。今日はもう講義が入っていない。校舎を出て自転車置き場に向かう。

途中、何人ものカップルとすれ違った。

今日はやたらと、ツガイが目につく。さっきの影響なのか、はたまた私の「鷗外パイセンブーム」のせいなのか。

実際にカップルが増加する季節かもしれない。夏休みが間近に迫り、マッチング率が上がってそう。クリスマスやバレンタインにも同様の現象が起きるって、鷗外パイセンも先日ツイッターで呟《つぶや》いてた。「今年の夏はどこに行こうか」って？　夏コミに決まってるでしょうが言わせんな。

……恋人か。

大学生なら普通のことだろうけど。

男と付き合うって実感がもてない。

二十歳。れっきとした、現役女子大生。

でもそんな華やかな身分じゃない。大学デビューもしなかった。

大学生になったら「充実したキャンパスライフ」が誰でも送れるって噂《うわさ》だった。でも私みたいな陰キャには無理だった。せいぜい「ぼっち」を回避して、無難に日々をやり過ごすのが関の山。リア充になれるのは、根っからの陽キャだけなのだ。

原因はわかっている。すべて私にある。

私が、処女だからだ。

東京の隅っこ、町田《まちだ》で生まれ、中学、高校と女子校育ち。

純粋培養された、生粋の純正処女。処女であり喪女。今さら大学で男女共学になっても、男子との接し方なんてわからないまま。

そうして私のキャンパスライフは折り返しを迎えた。いまだ恋愛には縁がない。

男嫌いってわけじゃないけど、逆に好きな人ができるきっかけもなかった。

その代わり。

私には、夢小説があった。

私は自由な恋愛ができた。

心で想像し、創造する恋物語。

夢小説、十年選手。飽きっぽい私が、唯一続けられた趣味！

小五の時にネットで『テニスの王子様』の夢小説を知り、跡部《あとべ》様に「おい美里」と呼ばれる快楽に目覚めた私は、すぐに自分でも書きはじめた。ブログ感覚で手軽に掲載できる夢小説サイトはすごく便利で、学校から帰っては、部屋にこもって書きなぐった。

意外とすらすら書けた。初めて読者の反応を感じられたのは、中学一年で書いた『鋼《はがね》の錬金術師』の二次創作。主人公のエドワード・エルリックが、真理の扉をこえて現代にやってきて、「一緒に世界を救おう」だなんて私を誘う。私は自分の左足を「等価交換」で差し出し、「通行料」を支払う。穏やかな日常生活を捨てて向こうの世界に旅立つ。私の足は、義足の機械鎧《オートメイル》になり、エドは私を守りながら悪い奴《やつ》らと戦って、何やかやあって、最後は私とエドが結婚するという大団円。原作のストーリーからはみ出した、私だけの秘密の恋模様。私と旅をしたエドは、とてもかっこよかった。私だけのエドだった。思い出すだけできゅんきゅんする。

いま読み返せば顔が真っ赤になって爆死する稚拙な文章でも、サイトに集まる読者のみんなは褒めてくれた。顔の見えない彼女たちは「同志」だった。調子に乗った私は、あけすけに己の欲望と願望をインターネットに垂れ流し、思春期の到来とともに内容はどんどん過激な方向へ……。十八禁すれすれの綱渡りをしながら、その時々にハマったジャンルで、節操なく書き散らした。

脳内では、あらゆる美少年、美青年が、私に言い寄ってくる。

私を翻弄して、壁ドンして、無理ちゅーして、ベッドに押し倒す。

【　】に名前を入れれば、私は大好きなキャラとの恋ができた。

現実の男じゃなくてもいい。負け惜しみなんかじゃない。

人は、心で恋をする。だったら愛は、妄想で自己完結できる。

そうやって生きてきただけ。

夢小説を書いてることは隠している。恥ずかしくないと言えば嘘《うそ》になる。いちいち説明が面倒くさいし、大学内で「やばいオタク」認定されると厄介だ。だからファッションもいたって普通。大学ではシンプルかつ清楚《せいそ》なプチプラに身を包み、ナチュラルメイクで擬態する。

夢小説という私の「聖域」には、誰も踏み込ませない。

恋バナをふられたら、うまく話題を逸《そ》らす。

趣味を訊《き》かれたら、カフェ巡りだと応える。

信憑性《しんぴょうせい》を持たせるために、それなりにカフェを巡ってみた。実はひとりカフェは好きじゃない。手持ち無沙汰でそわそわする。人がいると集中して読書もできないから、とりとめもなくスマホをいじってコスパの悪いコーヒーをすすって帰宅する。どこのコーヒーもだいたい同じ味に感じる、私の残念な舌よ……。

でも、カフェ巡りは優れた擬態趣味。

「え～いいよねカフェ！」「おしゃれ～」と会話が勝手に弾んでいく。付け焼き刃の「都内おしゃれカフェ情報」を提供しておけば、次第に私自身への関心は薄れる。余計なことを話さずに済む。ありがとう、世の中のおしゃれカフェ。ありがとう、世の中のおしゃれ事情。

やっと自転車置き場に辿《たど》り着《つ》いた。

ここはキャンパスの最果て。おびただしい台数の自転車が、ぎっちぎちに整列している。

スマホが震えたのでLINEを見ると、サークルの同期だった。**「今日の総会って出席できるー?」**という メッセージに、**「ごめん!」「今日は用事あって!」**と即レス。日本舞踊のサークルには、めっきり顔を出していない。「和物が好きだし着物で踊りたいな」って軽い気持ちで入会したら、お稽古が本格的でびっくりした。最近はサボり気味で身体もなまり、足が遠のいている。

三年生だから、欠席を咎《とが》められることはない。

当然だ。

もう就職活動ははじまっている。

エントリー開始まであと八か月。意識の高い人たちは、企業研究に自己分析と、着々と準備を進めてるはず。あの沙耶だって、どこそこのインターンシップに行くって意気込んでた。

そろそろ本腰を入れないとまずい。

だけど私は資料請求すらしていない。迫りくる大きな波に乗り損ねてる。

ママはしきりに「公務員試験を受けなさい」とせっつく。試験勉強の参考書まで、実家から大量に郵送されてきた。段ボールに入れたまま、自室の奥底に深く深く封印した。自分がどこに向かっているのかもわからないまま、ずらり並んだ自転車の一群を前にして、私は途方に暮れる。

ぼーっとするだけでは、見つからなかった。意を決して自転車を探しはじめる。私のママチャリ。カゴ付きのシルバー。どこだ、どこにある。今朝ってどのあたりに停《と》めたっけ。

ああもう。

特徴がなさすぎて、いつも全然見つからない。

今日はやたらと信号にひっかかる。キャンパスのある白山《はくさん》から千駄木《せんだぎ》方面に走るなか、交差点のたびに赤信号をくらった。

太陽が地上に粘る、七月の夕暮れ。まだまだ日差しが強い。自転車をこいでは止まりを繰り返して全身びしょびしょ。ブラウスが肌に引っついて気持ち悪い。ジーンズもよくなかった。はあはあと息切れしながら、おでこを流れる汗をぬぐう。

けれど一度止まればすぐに汗がぶり返す。ロードバイクと違って、このママチャリはこぎ出しが重たい。大学の合格祝いで親に買ってもらったロードバイクは、今や立派に部屋のオブジェ。タイヤの空気も抜けたまま。イタリア製の真っ赤なピナレロは、『弱虫ペダル』で好きなキャラの愛車とお揃《そろ》いだったけど、乗り方とかメンテナンスとか、いろいろ難しすぎた。外には放置できないから部屋で保管して、安いママチャリを一万円で購入。謎の自転車二台持ち。『弱ペダ』熱もすっかり冷めたし、私にはママチャリで十分。荷台もついて利便性バツグン。ママチャリ最強！

団子坂《だんござか》が見えてきた。自然と目につくのは、「森《もり》鷗外記念館」という立派な建物。グレーの煉瓦《れんが》壁と、巨大な箱形がかっこいい。

毎日通るけど入ったことはなかった。きっと森鷗外の記念館なのだろう。森鷗外って何を書いた人だっけ。細雪《ささめゆき》？

「鷗外」といえば、私にとっては鷗外パイセン。

彼の発言をまた思い出しては、にまにま笑ってしまう。

団子坂下の交差点を左に曲がって、不忍通《しのばずどお》りをすいすい進む。小道に入り、よみせ通り商店街を直進すると、すぐに揚げ物の匂いが漂ってくる。右手に、谷中《やなか》ぎんざのアーチが見えた。日暮れ前は、人の往来が多い。自転車から降りて商店街をゆっくり歩く。

「へい、らっしゃい、らっしゃい！」

威勢のいい声の元には、たくさんの人だかり。いつ見ても昭和のドラマみたいな風景。八百屋さんの店先には、苦瓜《にがうり》とモロヘイヤが並んでいた。もうすっかり夏だ。ここに住んでから、お店の野菜を見て季節を感じられるようになった。

酒屋の前ではおじいちゃんたちが、ビールケースに座ってお酒を飲んでいる。赤ら顔で楽しそう。何だかほっとする。

行きつけのお惣菜《そうざい》屋さんで、一本四十円の焼き鳥を二十本買った。

ハンドバッグは肩にかけて、カゴに焼き鳥をのせる。タレがこぼれないよう、バランスを取りながら真っすぐ自転車を進ませる。難しい。身体がちょっと斜めになる。

私が住むのは台東《たいとう》区・谷中。

駅のない、東京の隠れた下町エリアだ。お隣の根津《ねづ》、千駄木と合わせて「谷根千《やねせん》」なんて呼ばれている。浅草《あさくさ》よりも観光地化が進んでなくて、気軽に江戸情緒を楽しめて外国人観光客にも人気らしい。特に谷中は、いつもいつでも賑《にぎ》わっている。やたらとみんなメンチカツを買い食いしている。

商店街を抜け、谷中のシンボル「夕《ゆう》やけだんだん」の手前で、細い道に入った。行列の伸びるかき氷屋さんを横目に、石垣に沿って自転車を引く。

美味《おい》しそうな匂いは消え、代わりにお線香の香りに包まれた。カラスの声が近くなり、見計らったように空が薄暗くなる。天気のせいじゃない、家に近づいてる証拠だ。この辺りは、昼間だって鬱蒼《うっそう》としている。

石垣の向こうには、谷中霊園が広がる。どのくらい大きいかというと、近くのコンビニが店前で献花を売っているほど。私の住処《すみか》は、お寺と墓石に囲まれている。

着いた。

ぼろぼろの壁に、『なつめ荘』と黒い字で書かれた一軒家。

商店街の活気から離れた、うら寂しい小道の一角にある、古民家を改装したシェアハウスという名のやっぱり古民家。壁の塗装が剝がれ落ち、廃墟《はいきょ》の雰囲気を醸し出している。たぶん震度四くらいで倒壊する。

私は玄関の脇にチャリを停めた。甲高い声が、外まで漏れてくる。

あれは藤原《ふじわら》さんの笑い方。もう宴会ははじまってるようだ。門口には、誰が買ってきたのか朝顔の鉢植え。随分と背が伸びたなあ。

すり寄ってくる藪蚊《やぶか》を手で払って、玄関の引き戸を開けた。薄暗い廊下の奥に、明かりがこぼれている。三和土《たたき》にパンプスをうち捨て、階段をあがって部屋に急ぐ。汗の染み込んだ服を脱ぐと甚平《じんべい》に着替えた。なつめ荘のなかで、私は甚平で暮らしている。せめてもの「和物好き」アピールで、自分のキャラを主張。あんな濃い人たちの前で、地味な女子大生コーデは着られない。

手土産の焼き鳥を片手に提げて、一階のリビングに向かった。

暖簾《のれん》をあげると、

「おうー美里、先にはじめちゃってるよ？」

藤原さんが手をひらひらさせて、私を迎え入れた。

銀縁の丸メガネと大きなシルバーピアスが、裸電球に照らされて妖しく光る。今日もベリーショートの赤髪は燃えていた。

「遅くなってすみません」

「おかえりなさい」

藤原さんの向かいに座る御桃女史《おももじょし》が、無表情でつぶやいた。食卓テーブルには、この先輩入居者のふたりが揃いぶみ。

私は焼き鳥をテーブルにいそいそと並べる。プルタブの開いた缶ビールが何本も転がっていた。相変わらずペースが早い……何時《いつ》から飲んでるの、この人たち。

テーブルと四つの高椅子を押し込んだ、この小さな共同スペースには、ほとんど物を置けるキャパシティがない。古い液晶テレビの足を外して、無理やり壁に貼りつけてある。前の住人が、壁の裏側から大きなビスを打ち込んで固定したらしい。

「はじめまして――――っ！」

リビングの奥、お台所に立っていた女の子が飛んできた。こんな狭いところで走ったら危ないと思った矢先、

「いっっってぇ！」

勢いよく、テーブルにお腹《なか》をぶつける。振動で、藤原さんの持つグラスが宙を舞った。

赤ワインと思《おぼ》しき中身が鮮血のごとく飛び散る。いきなり大惨事。コップは割れずに卓上でくるんと転がり、底に残った液体を吐いて、テーブルクロスを赤く染めた。

「ああ、あっあっ……」

ひとりでテンパる私に、

「失礼しましたっ！」

と、その小さい女の子は頭をさげた。藤原さんは気にするそぶりもなく、笑ってボトルワインをグラスに注《つ》ぎ直す。

「獏《ばく》ちゃんは元気だなあ、ケガしないように」

「はい、大丈夫っす！」

快活なお返事。親戚の小学生みたい。大きな黒縁メガネの奥で、くりくりした目が輝いた。

誰も、こぼれたワインを掃除する気配がない。仕方ないので布巾《ふきん》を手に取り、目立つところだけ拭き取った。テーブルクロスにかぶさった透明ビニールのおかげで、思ったより被害は少なかった。

「そうそう、自己紹介だ」

藤原さんが手を叩《たた》く。私に缶ビールを渡しながら、

「この子が新入り！」

と、雑な紹介をした。

「新入りの獏です、はじめまして！」

生き生きとした笑みを私に向ける。手には紙パックのトマトジュース。

「えっと……鈴木《すずき》、美里です。ひとつ、よろしくお願いします」

変な言い回しになったけど挨拶を返す。

獏ちゃん。

昨夜、うちに引っ越してきた十八歳。

なつめ荘は全部で四部屋。空いていた最後の一室がついに埋まった。

彼女は東京藝術大学の建築科一年生。昨日の二十二時過ぎに、単身やってきた。オーバーサイズのサロペットに四角い黒メガネ、派手なピンクのキャップをかぶった小柄な子。アラレちゃんかと思ったけど、がっつり刈り上げたショートボブがよく似合う。リュックをひとつ肩に提げ、腰には工具袋を巻いていた。荷物はそれだけ。引っ越し業者のトラックも来やしない。昨夜はどうやって寝たんだろう。家具や衣服はどうするつもりだろう。のっけから疑問が多い。

「んん……？　んんんん～……？」

獏ちゃんが、私の顔をまじまじと覗き込む。ツーブロックの耳元が涼しげに見えた。

「んん？　どこかで見たような……」

「あ、はい、昨日会ってますね」

私は助け舟を出した。そうなのだ。昨夜の時点でお互い、顔見せは済んでいた。

「あ――――っ、ですよね！　美里さん、思いだしたっ！」

屈託のない笑顔で納得する彼女とは裏腹に、私の心はちくちくと痛む。昨日の今日で、忘れられる私の顔って……。

「あれ、そうだっけー？」首をかしげる藤原さん。「まあでも、美里の顔は覚えにくいから」

フォローのつもりか、追い打ちをかけてくる。この夜の来訪者を三人で部屋まで案内したじゃないですか。ちゃんと私もそこにいましたよ。

「今日のところは名前だけ覚えて帰ってください」

低いトーンで、御桃女史がボケた。小声すぎて拾いにくい。鋭利に切り揃えられた姫カットの前髪から、蛇のような目が覗いている。笑いに昇華されることもなく、私のHPは減る一方だった。

私ってそんなに……？

そんなに特徴がない？

地味キャラ。圧倒的な普通臭。

こういう時に思い知らされる。キャラ立ちしていない、自分への失望感。

「そんなわけで、面子《メンツ》も揃ったことだし」

私の傷心をくみ取ることなく、藤原さんがグラスを天井すれすれに掲げた。

「獏ちゃん、なつめ荘へようこそ～！」

四人での乾杯。ビールはぬるかった。

今夜は、獏ちゃんの歓迎会。

「やあやあ、嬉しいよ後輩が来てくれて」

デザイン科の藤原さんと、日本画科の御桃女史は、ふたりとも四年生。一般の大学に通うのは私だけで、あとの三人は芸大生という肩身の狭さ。

藤原さんは、青山にあるバイト先のデザイン事務所に就職が決まっている。髪色と同じ真っ赤な唇がよく動く、ちゃきちゃきのお姉さん。服はいつも派手な原色カラーで、人間のシルエットに合っていない変な形ばかり。本日のジャケットは、赤・青・黄色の襟が三枚重ねに付いている。襟って一枚でよくない？　一体何の意味が？　おしゃれって難解。

反対に、御桃女史の恰好《かっこう》は毎日同じカーキ色のつなぎで、いろんな絵の具がこびりつき、ところどころ穴が空いている。「どうせ汚れるから」これ一着でいいそうだ。寝る時は真冬でも全裸らしい。生き方が極端。

「私も藤原も、すぐに卒業しちゃうから」

御桃女史は絵を描いている。一日中、桃の絵だけを描く。

机に置いた桃。手に持った桃。床に転がる桃。頬に寄せた桃。林檎《りんご》に混じった桃。道の真ん中に転がる桃。

日常に溶け込んだ桃のスケッチからはじまって、朽ち果てた桃が沈む海底、人の頭が桃になった群衆、ピントのずれた桃が漂う宇宙空間、真っ黒に塗りつぶされたカンバスの端に小さく空いた穴（それが桃らしい）、すり潰した桃の汁を染み込ませた白紙の画用紙そのもの等々、ありとあらゆる「桃の芸術」を追い求め、大学内では「御桃女史」と呼ばれる有名人になったらしい。腰まである漆黒のストレートへアーをなびかせて、鋭い目つきで桃をとらえる孤独なアーティスト。本人は「私なんて、桃には程遠い」と謙遜する。彼女が今どの地点にいるのかは、彼女のみが知るだろう。

三人とも芸術家肌。にじみ出るアートなオーラ。

この人たちといると、自分が普通だって自覚させられる。

みんなが行くから大学に通って、みんなが就職するからいずれ仕事に就く。そんな私と違って、藤原さんも御桃女史も、しっかりと「私」を持って、自分だけの道を歩いているように見える。会ったばかりの獏ちゃんにも、同じ匂いを感じる。

その道は、彼女たちだけのもの。他人には後追いできない専用道路。

よくない。祝いの席なのに気分が落ち込む。私はぬるいビールを我慢して飲み下して、シンクの横にある冷蔵庫からストロングゼロを取り出す。せめて酔いだけでも、この人たちに追いつかないと。

「ただいま」

暖簾をくぐって、男が現れた。反射的に身体がぎゅっとなる。

「おや？　早かったねえ」

けだるそうに応える藤原さん。

「ミーティングは明日に延期。もうすぐ修羅場」

たれ目の男はそう言って、わざとらしく欠伸《あくび》した。手に提げたビニール袋をテーブルに投げる。根津の大型スーパーで買ったのだろう、スナック菓子がぎゅうぎゅうに詰まっていた。

「おやすみ」

男はリビングをすんなり去る。寝る前から、頭がぼさついていた。階段の軋《きし》む音で、私の部屋の隣に入っていくのがわかった。

「あの男は誰ですかっ⁉」

獏ちゃんが当然の疑問を抱く。

「あれはねえ、獏ちゃん」藤原さんは不敵に笑って、「可哀想《かわいそう》なホームレス」

自分の婚約者に対して、酷《ひど》い言い草。

拓海《たくみ》さん。藤原さんの働くデザイン会社の上司で、今は退社して独立準備中らしく、お金がなくて半年前から勝手に同棲《どうせい》中。しれっと女子寮に男が住んでいる。

シェアハウス的には完全アウト。

異性が同じ屋根の下にいて、そわそわする。人の彼氏を変に意識したくもないけど、共同で使うお風呂にメンズのシャンプーボトルを見つけた時は全身が総毛立った。

「いいですねっ、二階は愛の巣！」

即座に受け入れる獏ちゃん。二階は私も住んでるのに、愛の巣と認識された。

「獏ちゃんは好きな人いるの？」

藤原さんが彼女を肘でつつく。もう修学旅行の距離感だ。

「えーっ、好きじゃない彼氏はいますよっ！」

「ちょっとちょっと何それ⁉　やばあー！」

あっという間に会話は「恋バナ」へと舵《かじ》をきった。そういうところが「女子」なのは、三人とも共通らしい。

芸大生ってもっとストイックだと思っていた。恋愛にうつつを抜かしたり、翻弄されないってイメージ。でも藤原さんの奔放な男事情や、御桃女史に高校から付き合っているイケメン彼氏がいると知って、裏切られた心地になった。

あ、恋愛はするんだ。

しっかり女子大生らしいんだ。リア充なんだ。

そこは浮世離れしてほしいところだった。恋愛には見向きもしない、アートに命をかける天才キャラでいてほしかった。

自由気ままで、変なくせに、恋愛まで謳歌《おうか》して、あとみんな顔もいい。チートすぎる。どうした。天は二物を与えずって言うけれど、与えてるじゃん。どういう基準で神さまは不公平な采配を振るのだろう。私に個性を与えなかった神さまが憎い。私は見知らぬ神々に呪詛《じゅそ》を送る。

「えぐいー、一晩でふたり!?」「たまたまですよっ！」

盛り上がる、藤原さんと獏ちゃん。

「それは順番ってこと？　それとも同時に？」

真顔で御桃女史も加わる。

「ええとですねっ、それは……」

きゃーっという甲高いユニゾン。これだけを聞けば、どこにでもいる大学生だ。

獏って名前の由来は何だろう。ちょっと気になる。だけど恋愛トークには混ざれない。

私は拓海さんの買ってきたお菓子を出して、テーブルに並べる作業をはじめた。何かをやっていれば、気まずさは誤魔化せる。お徳用サイズのポテチを開封。一枚食べて、もういいやってなる。やることが早々に尽きた。焼き鳥の残りを食べてみる。タレが固まって美味しくない。レンジでチンというミッションを思いつくも、そこまで大きめのアクションをとると今度は逆に目立つ。「ねえ美里は最近どうなの好きな人できた？」と捕まりかねない。存在感は消しておきたいところ。

私はストロングゼロを一口飲んで、スマホに目を落とした。

ＬＩＮＥニュースが目に飛び込んでくる。

あ。

「芥川賞、決まった」

ついつい声に出してしまった。三人が私を見る。

そうだ。今日は発表の日。私の失言を聞いて、御桃女史が親切にもテレビをつける。

チャンネルはちょうどニュースの時間。九州で老人の運転する車が歩道を逆走してガードレールに衝突したことを伝えている。こっわ。

『美人芥川賞作家、誕生』

次のトピックが、テロップで映される。

私のなかに緊張が走る。テレビを消したくなる。

今から私は、見たくないものを見せつけられる。

心の準備を待つことなく、画面が切り替わった。

その顔は、女王のようだった。

気高い微笑み。感謝を示す目じり。皇族が国民に向けるような気品を、自信満々に放っている。

フラッシュに包まれて、その白い肌は、何度も光り輝いた。

芥川賞の候補作が発表されて以降、世間は大いに盛り上がっていた。

その理由は——。


『羽鳥《はとり》あや氏（20）』


名前と年齢が、白抜きの文字で表示される。

カメラに囲まれ、マイクを向けられ、賛辞を惜しみなく贈られる。記者たちが興奮気味に質問を投げかける。芯の通ったハリのある声で、彼女はしっかりと受け答えする。

両肩に寒気が走った。ぶるぶると震えてしまう。

まったく頭に入ってこない。聞こうとしても聞き取れない。

芥川賞。日本でいちばん有名な文学賞。

獲《と》ったんだ……若くして、私と同い年で。

藤原さんたちも会話を中断して、テレビを見つめている。無言の時間が続いた。お祭り騒ぎのお祝いムードが、この狭いリビングにも、テレビを通して雪崩《なだ》れ込んでくる。

「めっちゃ真剣に見てますねっ！」

獏ちゃんが私を見て笑った。

言われて我に返る。たぶん私、やばい顔してた。画面越しに、羽鳥あやを凝視していた。下手したら睨《にら》んでいた。

「もしかして美里さん、ノミネートされてた⁉」

冗談に思えない目で、獏ちゃんに迫られる。

「あ、いやその」

「だって真剣に見てるから！」

私は必死に取り繕って、

「同年代ですごいなーって」

などと言い訳する。あまりに凡庸。なんて普通のコメント。この人たちは絶対言わないだろう。

「小説かあ。本読まないからなあ」

藤原さんはそう言って、ポテチへと視線を移した。食べやすいよう開けておいた全開の口に手を突っ込んで、ものすごい速度で頬張りはじめた。もうテレビには無関心みたいだ。

「美里さんも書いてるんでしょ?」

御桃女史が私に言う。飲みすぎたのか、ほっぺと耳が赤らんでいる。

「えっ……!」

「ほら小説。前に言ってたよね」

「えー。美里、そうなの!?」「やっぱり芥川賞、狙ってたんすね!?」

他のふたりも興味を示す。

いきなりの不意打ち……三人が私に注目する。

まずいまずい、まずい。

そうだ、私の夢小説趣味、御桃女史は知ってるんだった。かなり前に、私が口をすべらせた。言わないでって言ったのにお酒の緩みってこわい。

「あれは、違います……!」

私は脳をフル回転させる。

「大学の授業で、そういう系のがあって、ほら、短編小説を書いてみましょうっていう感じの、そういう授業? それで、すっごい短いのを、日記みたいなノリで書いて提出しただけで……!」

「ああ、なるほどそういう系かあ」「そういう系でしたかっ!」

どうにか偽ることに成功した。お願い、内容までは聞かないで。

「そうだったの」

と、残念そうな御桃女史。眉毛が下がって前髪から覗く。

「えーでも」しかし話を終わらせない藤原さん。「せっかく大学でやったなら、ちゃんとした小説も書いてみたらいいのに」

「む、無理ですよ！」

「なんで？　やってみたらできるよ」

ばしんと、いきなり肩を力強く叩かれた。

「そうですよっ！」

ばしんっ。獏ちゃんからも後押しされる。

まったく……。

簡単に言ってくれる。さすが息をするようにクリエイティブ族。

私にそんな才能はない。

オリジナル小説に挑戦したことはあった。

でも何を書いたらいいかわからなかった。

思いつくままに書き出しても、すぐに行きづまる。

停滞して、破綻する。物語なんて生まれなかった。

私に「書きたいもの」なんてない。あるのは妄想世界だけ。

好きな漫画やゲームを観ながら、想像を膨らませることはできる。だけどそこまで。

無からストーリーを生み出せる側の人間じゃない。

「何事もまずやってみる。人生、即芸術！」

言い切って、藤原さんがテーブルに突っ伏した。

すぐに寝息が聞こえてくる。いつの間にか、ワインボトルは空だった。

ニュース番組が終わり、『アメトーーク！』がはじまる。誰も観ていないので、私はそっとリモコンを手繰り寄せ、テレビの電源を落とした。


日付が変わる前にお開きになった。

誰かが宣言したわけではない。誰もがリビングで寝落ちしたからだ。

藤原さんに続いて、御桃女史が椅子に座ったまま目を閉じた。顔が桃色をこえて林檎色。ヨーロッパの絵画にありそうな構図で、姿勢よく眠っている。豊満な胸が呼吸でゆっくり動くほかは、微動だにしない。話し相手が相次いでいなくなった獏ちゃんも、私とぽつぽつ言葉を交わしながら、夢の世界へと旅立った。身体を器用にくねらせて、地べたに寝床を確保した。

気ままに意識を失う自由人たち。死屍累々《ししるいるい》、朝までぐっすりだろう。片付けはどうしよう。夏場なので容赦なく虫がでる。黒いアイツの侵入を許したくないので、生ゴミと空き缶だけは集めてそれぞれ袋詰めにした。

ぶらぶら揺れる吊《つ》り電球を消して、リビングを後にする。静かに廊下と階段を進み、自分の部屋に帰った。

潰して立てかけてあったドア付近の段ボールが倒れて、動線を塞がれたので足でどかす。鎮座したロードバイクのタイヤにぶつかり、危うく横倒しになりかけた。咄嗟に手のひらで車体をおさえて事なきを得る。横着はいけない。

物に埋もれた六畳の和室は、ゴミの山だ。

服作りに挑戦したくて買った、ミシンと裁縫セットと、巻かれたままの巨大な布生地。「ｍｉｎｎｅ」でアクセサリー販売をやりたくて買った、パック詰めの細かい材料たち。漫画を描きたくて買ったペンタブや、背景カタログに人物デッサン集。壁にかけてあるクラシックギターは弾いたこともない。あれこれチャレンジしてみては、うまくいかずに挫折する。どれも熱意が続かなかった。

閉めきったカーテンのレールに引っかけた着物が、怨霊のように浮かんでいる。日本舞踊の練習用だけど、とんと袖を通していない。うすく埃《ほこり》も積もっている。たたむのも億劫《おっくう》だし、まったく着物は手に余る。

スマホを見ると不在着信があった。

ママからだ。十分ほど前、こんな夜中に三件。気づかなかった。一度目のコールで諦めないのが、うちのママらしい。

要件はわかりきっている。就活の進捗に決まっている。

一方的に心配されると余計に疎《うと》ましい。口を開けば「公務員が良い」「絶対に安定する」って、まったく時代遅れもいいところ。

大学三年生。モラトリアムなんてすぐに終わる。

何とかしなきゃ。頭ではわかってるけど、行動にはうつせない。もうすぐ就活戦争の幕開けなのに、夏休みのスケジュールは見事に白紙。どうにもやる気が起こらない。

やりたい仕事も、社会人への興味もないまま、せーのではじまる就職活動。そんなものに何の意味があるんだろう。前分けの黒髪に、紺のリクルートスーツを「量産型」って巷《ちまた》で馬鹿にされながら、面接ではおじさんたちに個性をアピール。考えただけで身の毛がよだつ。

私は、怖くて仕方がない。

就活をはじめたら、いやおうなく、個性を求められる。

そして自分が無個性だと突きつけられる。それが怖くてたまらない。

ママの電話……。折り返すか、どうしようか。

少し考えて、無視することにした。明日にしよう。もしくは明日以降にしよう。舌に残ったチューハイの味を流したくて、ペットボトルの水を飲んだ。ぴりりっと左のほうだけ頭痛がした。お酒はそんなに弱くない。こもった空気にやられたかな。窓を開けると二秒で蚊が入ってくるのでなつめ荘は換気ができない。気休めに、団扇《うちわ》を扇《あお》いでみた。ぬるい空気が顔面を舐《な》める。

そうだそうだ。一日が終わる前に、スマホで『政権☆伝説』のアプリを起動する。本日のログインボーナスゲット。あとは無料ガチャを回して終わり。新規ストーリーの追加前だから特にやることがない。ひたすら画面をタップするだけのゲームでも、キャラクターの絵は良いから、SSRのイラストデータを見るためには、多少の課金も辞さない。ちょっとエッチな擬人化（？）歴代総理大臣かわいいよ。

まったく眠くなかった。酔ってはいるけど頭は覚醒中。

ちゃぶ台の前に座って、ノートパソコンを開いてみる。

スリープモードから立ち上がった画面はすぐに、書きかけのテキストデータを表示した。

『夢見るSEIKEN』二話以降プロット

・状況説明

・桂《かつら》＆西園寺《さいおんじ》コンビも何らかのかたちで登場させる
・逆ハー特有の「みんなが私に興味を持っている」状態
・秘書なのにみんなとの共同生活開始
・原さんから「下の名前（たかし）で呼んでくれないか」と言われる
・原さんの「君も、いつか僕のもとを去るのか？」発言→何か過去がありそう？
・ここから山縣有朋の無理ちゅーに繋《つな》げたい
（お前はあいつばかり見てる。俺を見ろよ。的な）


ざっくりしたストーリーラインは決めた。来週には続きをアップしたい。

好評の第一話を受けて、その次が肝心だ。出だしなんて勢いで書けるけど、破綻しないようにラストまで辿り着くのは難しい。かつて何度も連載途中に投げてしまった。未完のまま放置した夢小説がいっぱいある。原作に飽きれば、すぐに次のジャンルへと乗り換えてきた。

だけど、今回はちゃんと書き終える。

ただの夢小説じゃなくて作品にする。そんな思いが心に強く湧き出していた。

大げさだけど「代表作」が欲しかった。

所詮は趣味でも、私にできるのはこれしかない。ウィークリーか、あわよくばマンスリーで上位ランク。デイリーでもいい。閲覧数一位は無理でも、サイトのトップページに自作が載るのを見てみたい。

趣味を「特技」と胸張って言えれば、ちょっとだけ自信が持てそうだった。

私は【　　】に入りやすい人間だ。

地味で、特徴の薄い、顔のない存在。

だから私はすぐに夢小説で主人公になれる。その世界に溶け込める。

他の人が書いた小説だろうと変わらない。いつもすっと入り込める。

今までずっと、影が薄い、キャラが薄い、そんなことばかり言われてきた。

キャラ作りのために色々とやってみたけど、結局どれも中途半端。

ずっと地味なことにコンプレックスを抱いてきた。

人と違う何かを探してきたけどまだ見つからない。

何者にもなれない人生。運命づけられたのっぺらぼう。

学生じゃなくなれば社会人。ひとりの大人だ。満員電車に揺られて、好きでもない仕事をして、個性の欠片《かけら》もない歯車になるのが恐ろしい。

私は、私だけのキャラクターを、獲得したい。

テレビに映った「彼女」の顔が、目に浮かぶ。

違う。意識なんてしていない。私は頭のなかで否定する。

羽鳥あやに触発されて、自分の創作意欲が燃えているわけじゃない。そんなのすっごく恥ずかしい。

私の夢小説を、楽しみに待ってくれる人だっている。その人たちのために何かができれば、私は私でいられるはず。

だからこそ、この十年でいちばん面白くしてみせる。

目指すは最高傑作。一般の小説としても読める夢小説。

それって……どんなやつ？

私は箇条書きのプロットを睨む。何度も読む。

パソコン開けど、手は動かず。画面を見つめるだけの、苦しい時間が流れた。一文字も打てないままに深夜一時をまわった。

妄想がはかどらない。

気持ちが乗らないのに頑張るのは切なかった。部屋でひとり、何やってんだろうと虚《むな》しくなる。

……駄目だ。

私は部屋を出て、外に向かった。

甚平にサンダルでも、蒸し暑く感じる。

蟬《せみ》の合唱団が、深夜のコンサートを開いていた。真夜中に鳴く蟬って夜型？　夜更かしな連中が、人間みたいに一定数いるのだろうか。

進行方向の道端に、猫がうずくまる。夜だから灰色に見えるけどあれは体毛がオレンジのやつ。よく見かける子だ。じっとこちらを見ている。私が向かって行くとダッシュで闇に消えた。まだ距離があったのに警戒しすぎでは……。

谷中は野良猫天国。いたるところに猫が跋扈《ばっこ》し、商店街の人から餌をもらい、観光客に愛《め》でられる。あちこちで猫グッズが売られて、町おこし状態だ。

なつめ荘の近くにある古いお屋敷で、猫好きで有名なおじいちゃんが、かつて何十匹も世話していたらしい。子孫が繁栄したのか、谷中は猫だらけ。夏目漱石《なつめそうせき》の住んだ「猫の家」も、谷根千のどこかにあったっけ。人々に無条件で愛される猫たち。いいなあ、吾輩《わがはい》も猫になりたいよ。

今度は横から影が横切った。

思わずスマホを落としかける。きっとチビの黒猫だ。こいつも、家のまわりに住み着いている。私の気配を察知して隠れたに違いない。

まったくどいつもこいつも……。

私は昔から、猫にすぐ逃げられる。その度に不貞腐《ふてくさ》れる。私がちょっと犬顔なせいだと思っている。前世は犬だったとすら思っている。

夜の谷中は江戸色に染まる。

商店街から明かりが消え、モノクロの寺院は存在感を増し、古い町並みが戻ってきたかのよう。かすかな街灯を頼りに、ゆっくり歩く。昼間の賑わいが嘘みたいに、私の足音だけが響きわたった。古びたお店のシャッターがおどろおどろしい。見上げると、雲が空を覆いつくし、いつもは見える星が隠されていた。月も見当たらない。

早々に、歩きスマホの散歩になる。どうしても暇な時間が作れない。もはやこの端末からは逃れられない。起きている限り、ネットにログインし続ける。

ツイッターのタイムラインを流し見した。深夜だから呟きは少ないし、どうでもいい情報ばかり。

「あっ」

遡っていると、彼の最新ツイートを発見した。

鷗外パイセン
「今宵《こよい》も文豪さんぽ。駅の改札前にて道をふさぐリア充カップルと邂逅《かいこう》。逢瀬《おうせ》の別れ際なのか、女はただ黙って不機嫌そうな顔をして卅る。男は困ったように女を眺めるだけ。そうやって無為に終電を逃せばよかろうと呪うも、逃せばラブホテルが待って卅ると気づく。余のメンタルは爆散した」

鷗外パイセンの投稿。

読んだ瞬間に情景が浮かんだ。

すかさず私は「いいね」する。

投稿は三時間前。すでに600いいねを超えていた。

鷗外パイセンは、フォロワー数二万七千人を誇る匿名アカウント。芸能人でもないのにこの数字はすごい。一万人を超えた一般人は「アルファツイッタラー」として、ネットでの影響力が認められる。

「もし森鷗外が現代に生まれて『非リア』だったら」という、なりきり系の設定で、文豪のくせに「町で見かけたリア充カップル」を自虐ネタで皮肉るという、「非リア芸」が人気を博している。最初、誰かのリツイートでまわってきたのを見てからすっかりファンになった。堅苦しい語調と、幸せそうなカップルへのヘイトがミスマッチで面白い。どこか滑稽で笑える。百四十字という制約のなかで、キレのある文体とキャラクターが冴《さ》えわたっていた。

私はすかさず、
ｍｉｓ＠ｔｏ「今日もキレッキレですね！」

リプライで送ればいいコメントを、あえてＤＭで送信する。

鷗外パイセン。

謎の有名人。ネット上の匿名アカウント。

だけど私は、実は会ったことがある。

谷中のお隣、根津にある『ブックマーク・カフェ』が主催する、読書好きが集まる「文学サロン」というオフ会に参加した時だった。

同席したメガネのお兄さんは、着物のなかに白いスタンドカラーシャツを着こみ、ストライプ模様の紺色の袴《はかま》を穿《は》いて、足元は黒の編上げ靴。まるで『さよなら絶望先生』みたいな書生姿だった。

ちょっと丸っこい体型が、どっしりと見えて着物に合う。すごい雰囲気あるなーっと思った矢先、

「ネットで森鷗外のネタキャラが出版社の目に留まり、作家デビューの準備中でありますす」

最初の自己紹介で、彼はそう挨拶をした。

匿名が剝がれる瞬間。雷に打たれたような衝撃。

「もしかして、鷗外パイセンですか⁉」

気がつけば私は口を開いていた。

「左様ですが」

「わっ私、ツイート見てます！」

興奮のあまり、「面白いです！」「共感できます！」「ツイート大好きです！」などと一気にまくし立てた。高ぶると早口で一方的に話してしまうのは悪い癖。やっちまったと、帰りに自己嫌悪に陥ったものの、その晩のうちに、ツイッターをリフォローされた。喜びのあまり「ありがとうございます！」とＤＭでお礼を送ったら、「今日は楽しかった」と返信があった。

実在した……インターネット上に漂う思念体ではなかった。

本物を知ってからは、ネットで発信される言葉ひとつひとつが、遥《はる》かにリアリティをもった。オフ会で聞いた声質が、独特のテンションで脳内再生される。

それからというもの、とりとめのない雑談を、たまに送り合っている。

二万七千人のうち、ほとんどの人は鷗外パイセンの正体を知らないはず。オフ会の参加者もネットに疎いのか、いまいちピンときていなかった。

もしかすると私だけが、現実の鷗外パイセンを認知しているのかもしれない。

私だけ特別……。そう思うと、優越感が湧き起こってくる。

ポン。返信マークがついた。

鷗外パイセン「ありがとう。リア充に屈することなく、お互い強く生きよう」

鷗外パイセンは、私たちの味方だ。

非リア。「リアルが充実していない」者たちの代弁者。

恋人いない歴＝年齢。恋愛とは無縁の人生を生きる、影の存在。世間の「当たり前」に足並みを揃えられない人間は、日本中のどこかで、ひっそりと生きている。私たちのような孤立した存在を、鷗外パイセンのシニカルな言葉が繫いでいく。少数派が、想《おも》いを分かち合う。

陽《ひ》のあたる生き方をしてきた「パリピ」「陽キャ」には一生わかるまい。

我らの肩身の狭さを！　鬱屈としたフラストレーションを！

インターネットは心地よい。「いいね」の数は同志の数。

現実には居場所がない人の、点と点を結びつける。

私の夢小説にだって、その力があるかもしれない。孤独な妄想を、文章にして発信する。賛同する人がどこかから現れる。一生行かないような遠くに住む、一生会わなかったはずの人と、言葉で分かり合える。もしかしたらネットの世界でなら、そんなことができるかもしれない。特別なキャラクターになれるかもしれない。

足取りが軽くなる。

鷗外パイセンのおかげで元気が湧いた。

商店街を抜けて、よみせ通りに出る。一本奥の大通りから、トラックの走行音が聞こえた。ツイッターからの流れで、インスタグラムも開く。

インスタは閲覧専用。だって「インスタ映え」ってハードル高い。人様に晒《さら》せるほどのルックスも写真のセンスも、生憎《あいにく》と持ち合わせていない。

羽鳥あやが、新しい画像をあげていた。

スタバのテラス席での、読書中の一枚。

自撮りじゃない。誰が撮ったんだろう。手に持った文庫は夏目漱石の『夢十夜』。真っ白なワンピースから伸びる細長い足に、クリーム色の木漏れ日が注いでいた。儚《はかな》い微笑みをたたえながら、儚げな目で本を読む姿が、フラペチーノと一緒に写真におさまる。

清楚でミステリアスな雰囲気。文学少女がそのまま成長したようなキャラクター。

私の知る彼女とは、かけ離れていた。

この五年間で、そんなに人のイメージって変わるものだろうか。

羽鳥あや。

本名・新川彩弥香《しんかわあやか》。

私の中学校の、同級生。

三年間のうち、同じクラスだったのは最後の一年だけ。

仲が良かったわけじゃない。ほとんど話したこともない。

彩弥香は、イケてる子。クラスの女子リーダー。スクールカーストのトップ、ランク5。地味で特徴のない私とは、そもそも属するグループが違った。

ばりばりの体育会系だった彩弥香。小説とは無縁のソフトボール部エースで、もし彼女を図書室に入れたら、本を食べはじめるんじゃないかってくらい落ち着きがなかった。いつも教室で大きな声ではしゃいでいた。彼氏もいた。相手はわかりやすく、サッカー部のイケメンレギュラー。

学校生活を毎日謳歌できる、特権階級に君臨していた。

「余裕でしょ？」が口癖だった。確かにどんな時も余裕がありそうだった。

卒業以来、彼女とは会っていない。

高校に入ってすぐ不登校になり、二年間の引きこもり生活。その間に書いた処女小説『客土《きゃくど》の幻影』が新人賞を受賞、十七歳で作家デビュー。四作目の長編『トルツメ』で芥川賞を受賞。

これが羽鳥あやの、ストーリー。

ぜんぶメディアを通して知ったことだ。

私の知らない、羽鳥あやという現在地。

私の見ていた、新川彩弥香という過去。

頭のなかで、どうしてもふたりが結びつかない。小説家の彼女は、私の記憶とかみ合わない。

面影があるとすれば、あの笑い方。彼女は、まるで未来に向けて笑う。「なるべくしてなった」と言わんばかりの、予言めいた微笑みは、あの教室でも発揮されていた。

彼女、羽鳥あやは間違いなく、彩弥香だ。

卒業から五年。別々の道を選んだ私たち。

私が今の彼女を知らないのは、きっと辿った道が違うから。若き美人芥川賞作家。どんな日々を過ごしたのだろう。なんで不登校になったのだろう。引きこもって何を考えたのだろう。どうして小説を書いたのだろう。どこに向かおうとしているのだろう。自分自身を、彼女はいま、どう捉えているのだろう。

想像ができない。

だってそれは私の知らない道。私の辿っていない人生。

私はどうだろうか。

この世に生まれて二十年。思い出はいっぱいある。思い返せば、蘇る。

だけど劇的なものは浮かばない。「小説より奇なり」ってイベントには、遭遇していない。

何か特別な不幸があったわけじゃない。

すごい不幸も、すごい幸せもなかった。

何不自由なく育ててくれた両親には感謝します、という文言が述べられるくらいには、普通に、真っ当に成長した。それだけ。大きな勾配のない初心者ルート。

そう、起伏だ。

私の生きた道には、起伏がなかった。

きっとこれからもないのだろう。いつか結婚したり、親が死んだり、子どもが産まれたり、そういうことはあるのかもしれない。だけど今は想像できない。彼氏ができるビジョンすら描けないんだから当然だ。

起伏のない人生。私の自己紹介にぴったりなフレーズ。

私は夜の下町を歩きながら、問い続ける。

この道はどうして私の前にあるの？

己の意志で選んだ生き方と言える？

あの時ああすればよかったとか、あの瞬間が分かれ道だったとか、そんな人生の岐路すらなかった。だから後悔のしようもない。きっとこれ以外の人生はなかった。

羽鳥あやになれなかった私。

私ではない、彩弥香の人生。

彼女を勝手に身近に感じるのは、あの頃を、同じ校舎で過ごしたから。同じ学校に通ったから。

それだけだ。でも――。

代われるものなら、人生、ちょっと代わってもらえないかな。


大通りに出る手前の、コンビニに入った。

明るい店内にお客さんはいない。店員さんは、レジ奥で後ろを向いて洗い物をしている。「中断してレジを打ちたくはないぞ」オーラが背中から全開だったので、お店のなかを一周して時間を潰す。アイスコーナーで、チョコミント味の見たことないパッケージを発見するも、今日はカロリー過剰摂取につき我慢する。夜の散歩に恒例のものだけ買って、店を出たところでスマホが鳴った。

着信画面には「ママ」との表示。私は観念して通話を押す。

「あんた、電話に出なさい！」

途端に怒られる。

「どうして電話に出ないの、何回もかけてるでしょ！」

ママの声が夜の町にきんきんと響く。私はついイラっとして、「だから今、出たじゃん」と反論する。見事にそれは、火に油を注いで大炎上。過去にさかのぼって「あんたは昔から～」の説教がはじまった。

着信、無視すればよかった……。

相槌を繰り返すだけの持久戦にもつれこんだところで、ママがため息をついた。

「まったく、お盆には顔を出しなさいよ」

そう言われて思う。もうすぐコミケか。

「わかったよ」

面倒になって、つい口約束してしまう。

「月一で帰ってきてもいいのに。近いんだから」

「遠いよ」

「何言ってんの、町田なんて電車ですぐじゃない」

違う。こころの距離はもう遠い。

私は実家を通り過ぎたんだ。住んでない家は、日に日に遠ざかる。

「もう寝るね」

「待ちなさい、あんたはそうやってすぐ親の言うことを」

「聞いてるってば！」

「大きい声を出さないで！」

「どっちがよ！　もういいおやすみ！」

ママの声を遮って通話を切った。

腕にあたる夜風が、急に冷たく感じる。

少し待っても電話は鳴らなかった。ほっとしながら、罪悪感がむくむくと、私を蝕《むしば》んでくる。

ママとの会話はいつもこう。気持ちよく終われない。お説教からの口論、最後は私の逆切れで幕を下ろす。

親って何だっけ？　どう接するべきだっけ？

すっかり忘れてしまった。

バイトもしないで、学費も生活費も出してもらっておいて、親孝行の御心を持ち合わせない私に、さぞかし手を焼いているだろう。あーあ。何者にもなれないどころか、自慢の娘にすらなれていない。

気を取り直して、再び商店街を突っ切っていく。

酔いも醒《さ》めてきた。足早に直進する。見えてきた大きな石階段は、谷中の名所「夕やけだんだん」。

数段上がり、姿勢を低くして、脇の草むらを覗いた。

いたいた。大きな饅頭《まんじゅう》を発見。顔を近づけると、その猫は起き上がって、ふたつの緑色した目を光らせる。

名前は「アル」。命名、私。

私から逃げない唯一の谷中猫。

商店街の人波を避けるように、いつも茂みに身を潜めている。体毛はグレー一色。特徴のない、どこにでもいそうな子。

私は、コンビニ袋からキャットフードを取り出す。さっき買ったばかりの、使い切りサイズ。

ざらざらざらっ。猫の口元に、餌を積み上げる。

アルはすぐに舌を出して食べはじめた。食べるスピードは速い。山が崩れて、何個か下に転がってもお構いなし。私に関心を払わず、無表情で食べ続ける。にゃむ、しゃむという湿っぽい咀嚼音《そしゃくおん》が、夜のとばりに響いた。

真夜中に、コンビニでキャットフードを買って、飼ってもいない猫に餌をやる。楽しい。どうしてだか、心安らぐ。

アルを飼うつもりはない。無責任かもしれないけど、この子を縛りつけたくないからだ。たまにこうして、コンビニご飯をくれる、都合のいい女でいたい。アルには何も求めたくない、これはただ、私を見ても逃げないお礼。

ありがとうアル。

アルと別れた帰り道、蟬の声はなくなっていた。

夜更かしの蟬たちも寝静まった。

代わりに墓地のほうから、怪しげな声が聞こえた。ぞっとして立ち止まり、耳をそばだてる。女の笑い声と、ひそめた低い声は男だろうか。男女がこそこそ話している。またカップルか。世の中は本当にカップルだらけ。

肝試しにしては、とても黄色い声色だった。

永遠の眠りについた死者に囲まれて、何をしているんだか。

私はまた歩き出す。覗いたりはしない。見たくないものを見るほど余裕はない。

我が家に戻ってくる。鍵が開けっ放しの玄関をくぐり、部屋に帰って電気もつけない。

手探りで布団を敷いてそのままダイブする。

谷中墓地で、情事にいそしむリア充カップルか……。

鷗外パイセンなら、自分のネタに昇華できるだろう。

私にはただのイライラの元。

ますます眠れなくなってしまった。

スリープモードにし忘れたパソコンの画面が、部屋に寂しい明かりをともしていた。

可愛くないなあ……。

引きつった自分の顔と、にらめっこする。

全身鏡に映し出されているのは、ロリータ服に身を包んだ二十歳の私。

夏休みははじまったばかり。午前中から身を起こし、なけなしの服をとっかえひっかえ、蒸し風呂の部屋でひとりファッションショーに興じていた。

怒濤《どとう》のレポート提出を終えたあとの部屋は散らかったままで、そこに片っ端から夏物のワンピースやブラウスを脱ぎ捨てたものだから、まさに泥棒が入ったような有り様。オタクの汚部屋としてテレビで特集できそう。そんなの絶対に厭《いや》だ。

いま袖を通した薄ブラウンのロリータ服は、一年生の時に血迷って買ったもの。

押入れの奥底から掘り起こして、ダメ元で着てみるも、正解かどうか判断に迷う。生地が薄いからこの暑さでも一応いけそう。脇汗パッドは必須だな、ストックあったかな。

長い眠りから覚めた衣装はたたみジワまみれで、せっかくのフリルも台無しだった。スチームアイロンで簡単に伸ばして応急処置。この服に合わせるためのハート形のカバンも発掘され、肩にかけてみたけど、全然しっくりこない。

私は散乱した、ほかのお洋服を見渡した。無地でシンプルなプチプラたち。どれも普通。ぜんぶ無難。だからこそ私には合っている。そんなことはわかっている。大学に着ていくにはそれでいい。だけど、なつめ荘では通用しない。

思い直して、鏡を見つめる。

長期休暇の二か月は、住人と顔を合わせる頻度が格段に上がる。

あえてのロリータ服。これくらい派手でちょうどいい。これくらい攻めないと私は駄目。

アイデンティティを守るためには、強い鎧《よろい》が必要なんだ。


獏ちゃんが引っ越してきて二週間。

彼女は突然、甚平を着て生活しはじめた。

「近くで安く売ってました！　着物って動きやすい！」

えらくご満悦の顔つき。着物と信じきっているそれはどう見ても男物の甚平で、私の部屋着よりもサイズが大きい。日に焼けているのか、随分と色が抜けたブルーは味わい深かった。谷中ぎんざのリサイクル着物店で買ったのだろう。

「そうなんだ、に、似合うね」

言いながら、口元が強張《こわば》る。

かぶせてきた……。

穏やかでいられるはずがない。甚平キャラは、私の専売特許だったのに！　休日の谷中を着物姿で歩く。かつて抱いた夢は、大学入学一か月で放棄した。近所に出かけるのに着物なんて非効率すぎた。セルフでの着つけは、思った以上に時間と労力がかかる。歩きにくいし、機動力にも欠ける。妥協案として、通気性がよくて身軽な甚平を買った。それでも町を歩くには恥ずかしくて、深夜の散歩か、なつめ荘のなかで着用してきた。和物が好きな私の、ちょっとしたキャラ立てのつもりでいた。

「美里さんが着てるの、いいなーって思いました！」

屈託なく笑う彼女。

彼女の甚平姿は驚くほど、様になっている。縁日の子どもに見せかけて、小さい背丈からすらっと伸びた細い手足は思いのほか長く、無邪気にエロかった。そう感じた自分を殴りたい。これだからオタクは。

それにしても、私より圧倒的な着こなし……。

悔しいけど負けました。甚平は、私のような身長が百六十をこえる女が着ても似合わない、獏ちゃんみたいな「合法ロリ」がボーイッシュに着こなしてこそ真価を発揮すると教えられた。

甚平の上からも、腰には工具袋が巻きついている。彼女は片時もそれを手放さない。

廊下を歩くたび、ガチャガチャと武骨な音が響く。刀を鳴らして闊歩《かっぽ》する少年剣士のよう。

彼女は一週間で、部屋中の家具を自作した。

テーブル、ロッキングチェア、チェスト、ハンガーラックが、何もなかった六畳にみっちりと出現した。味のある木目調ですべて統一されている。芸大の廃材置き場から、台車で木材を運び込んでDIYしたらしい。ずっとドリル音が聞こえるなと思っていたら、あっという間に生活家具が整えられた。道理で荷物が少なかったわけだ。合法ロリってだけでも十分キャラが立つのに、一体いくつ属性を持つつもりだろう。

変わった子。

またひとり、変人が増えた。

なつめ荘の四人に三人が変人。逆に異端なのは、平々凡々の私だけ。

ここは東京藝大のおひざ元。門外漢は私のほうだ。ママが物件探し中に「一人暮らしは女子寮しか認めない」って急に不動産屋さんで騒いだために、紹介されたのがなつめ荘だった。キャラの薄さで疎外感を感じるからって理由では引っ越せない。私だって新たなキャラを模索してる。臆することはない。今日はこのロリータ服で外に出てみよう。大丈夫、恥ずかしくない。普通普通。私は前からこういう趣味あったし。最近買った服じゃないし。最初からこういうキャラだったし。いけるいける。

「……やめよう」

我慢できずに、諦めが口から出た。

外に出るのは難易度が高い。せめて甚平みたいに、なつめ荘のなか限定なら……そう考えたけど、やっぱり恥ずかしさが先に立つ。かつて新宿のマルイで衝動買いしたものの、派手すぎる上に着心地も悪くてお蔵入りになっていた。買っただけで満足した。改めて見るとデザインも好きじゃない。この系統はオタクの誰しもが一度は通るけど、そんなに趣味じゃない。和柄のほうが可愛いと思う。

しかし、甚平の代わりは必要である。

獏ちゃんとの「キャラかぶり」を避けるためには仕方ない。

なつめ荘のなかで対抗するには西洋のロリータ服しかない。

試しに、着たまま下に降りてみよう。さり気なく住人にこの恰好を見せて、キャラの路線変更を印象づけたい。それくらいならできるはず。何か言われたら着替えればいい。

部屋のドアを開けると、砂漠レベルの熱気に襲われた。なつめ荘にクーラーなんて文明の利器はない。ぷつぷつと汗が噴き出す。リビングに向かうために急ぎ足で階段を降りると、

「あ」

階段下で、拓海さんとエンカウント。

よれた黒のバンドTシャツに、伸びきったグレーのスウェット。茶色いくせっ毛が今日もはねている。眠そうな眼《め》で、私をじっと見つめた。

頭が瞬時に沸騰する。挨拶しなきゃと思ったけど言葉が出ない。中途半端な会釈でするりと避けた。背後から視線を感じ、リビングとは反対の玄関に、小走りで直行する。

……変に思われた？

いきなりこんな服装。しかも真夏に……やっぱりおかしい気がしてきた。藤原さんに、変な感じで伝わったらどうしよう。いやでもこれはわざとだし、好きで着てるだけだし、元からそういうキャラだし、拓海さんが何を思っても関係ない。

などと自己暗示をかけていると、拓海さんが後を追うようについてきた。どうしよう。私は出しっぱなしのパンプスを、わき目もふらずに履く。

サンダルを引っかけた拓海さんと、一緒に外に出てしまった。彼は私に構うことなく商店街のほうへと消えていく。

こんな恰好で往来に出てしまった。もう自棄《やけ》だ、幸いスマホも財布もカバンのなか。私は自転車を乱暴に引っ張って、ええいままよと外出を決意する。段々と腹が立ってきた。女子専用シェアハウスに住みついた男をなんでこっちが気遣わなきゃいけないの。追い出したい追い出したい。だけど大家に密告する勇気はない。獏ちゃんも早々に受け入れた。昨日ふたりが、洗面所で和気藹々《わきあいあい》と話していたのを目撃した。生まれつき女に甘やかされる星の下に生まれた塩顔男子め。獏ちゃんすらも取り込みおって……！

面した道路に、御桃女史が立っていた。

スケッチブックを胸の下で支えて、ペンを走らせる。視線の先には、なつめ荘の庭に生えている百日紅《さるすべり》。この立派な大木は、私の部屋に日光が差し込むのを邪魔するふざけた奴だ。

なんか意外。桃以外もスケッチするんだ。御桃女史の横に並んで、木の幹を眺める。見ると、紅色の花に混じって、ピンクの球体があった。太めの枝にひとつ、桃が置かれている。なるほど人工的に作られた、百日紅の桃の木。全然わからない。

私は御桃女史の横顔を見つめる。凛《りん》とした日本女性の美しい輪郭。私には、ここまで綺麗《きれい》な姫カットに挑戦する自信はない。せいぜい黒髪ストレートを維持するので精いっぱいだ。

すぐ隣にいても、御桃女史は私に気づかない。すごい集中力で、黙々と絵を描いていく。あの様子だと、日が落ちるまで描き続けても不思議じゃない。

私は羨ましい。

御桃女史も、獏ちゃんも、我が道を歩んでる。藤原さんもそうだ。誰のことも気にしていない。ちゃんと「自分」を持っている。

自分は自分でしかないのに、私は、自分が自分であることの難しさを噛《か》みしめる。

夢小説の主人公なら、特徴も個性もなくたって楽なのに。

まわりの人間を、自分のために整えてしまえばいい。

私だけを見てくれるキャラクターを生み出せばいい。

みんなが私を、主人公にしてくれる物語世界。そこで私はみんなに言い寄られる。無条件に必要とされる。恋をしてくれる。

現実では、何が自分の立ち位置を保障してくれるのだろう。

誰かに認められること？

世間で有名になること？

私もちゃんと自分を持ちたい。私は私だって、胸を張りたい。

早く見つけなきゃ、自分を！

などと決意を新たにしたって、そう簡単なことじゃない。少なくともロリータ服を着て解決できる問題ではなかった。とにかく暑い。真夏の太陽は容赦ない、どこかで涼もう。三崎坂《さんさきざか》を下って根津方面に、私は全力で疾走する。ママチャリの限界に挑戦。曲がりくねった「へび道」にさしかかっても、どんどん回転数《ケイデンス》を上げていく。

この服、ペダルめっちゃ漕《こ》ぎづらいな……。

ひとまず、喫茶店に避難した。

すぐに『ブックマーク・カフェ』に辿り着く。

前面がガラス張りだから空席が確認しやすい。軽快な鈴の音を鳴らし、店内に入る。

壁一面に備え付けられた巨大な本棚には、びっしりと書物が並んでいる。いつ見ても圧巻だった。

「いらっしゃいー」

奥のカウンターから、小さな女性店員さんが顔を覗かせる。文学サロンの時に、紅茶を淹《い》れてくれるお姉さん。太宰治《だざいおさむ》みたいな顔のマスターは不在だった。

お客さんは窓際の席に若い女性がふたりだけ。私は路上から見られにくい、奥のカウンターに近い端っこのテーブル席に腰をおろした。

「おすすめはハンバーグです」

目元しか見えないお姉さんがランチを勧める。私のことは覚えていないようだ。ソースの匂いが鼻をくすぐったけど、ビスチェが腹部を圧迫して食べる気にならない。アイスカフェラテを注文すると秒で出てきた。なぜかカウンターに置かれたので、立ち上がって取りに行く。

カウンターの脇に置かれた小さなテレビでは、昼の情報番組が流れていた。喫茶店なのに定食屋みたい。時間がゆっくりと流れている。何だか不思議な雰囲気だった。文学サロンでしか来たことなかったけど、流行《はや》ってなさそうだし、経営は大丈夫なのだろうか。

鷗外パイセンはいなかった。当たり前だ。そんな偶然に、ぽんぽん会えるわけない。でも実際ここで運命的な出会いを果たしたからこそ、ちょっとだけ期待してしまった。書生服を纏《まと》う彼なら、いまの私のファッションも褒めてくれそうだ。

「くすくすくす」

離れた席から、笑い声が飛んでくる。

咄嗟に確認するも、向こうは私を見てはいなかった。別の話題で笑ったのだと安堵《あんど》する。今度はカウンターから視線を感じた。お姉さんは、食い入るようにテレビを観ているだけ。

いつもそうだ。やたらと視線を感じる。誰かに見られているような感覚。振り返っても誰もいない。そんなことを何度も繰り返す。

今日も落ち着かない。「ブスがロリータ着てるw」「似合ってないの可哀想w」「季節感おかしいダサいw」そんな風に思われてないか、気になって仕方ない。だから派手な恰好は苦手なのだ。

ロリータ服を着ただけで、変に意識して、他人の視線を怖がるばかり。注目されたいけど笑われたくはない。矛盾だ。キャラ立ちしたいくせに、それを恥ずかしいと感じてしまう自分がいた。

だから突飛なことはできないし、勇気がない。

持っているロリータ服でキャラを立てようなんて甘かった。どこかで買えるものに頼ってもキャラは見つからない。

それに、外見から入っても意味がない。日本舞踊で和キャラとか、ロードバイクで自転車キャラとか、カフェ巡りでおしゃれ女子キャラとか、ロリータ服で……ロリータキャラ？

つくづく私は底が浅い。手を出してみるだけで深掘りしない。積み重ねることを知らない。あっちにふらふら、こっちにふらふら。そんな模索じゃ何者にもなれやしない。

私はスマホを取り出して外界をシャットアウト。

夢小説サイトにアクセスし、上位ランキングを、ジャンルに関係なく流し読みする。流行は押さえておきたいところ。だけど元ネタを知らないものが多くて、うまく物語に入り込めない。二次創作の流行り廃りは恐ろしいスピードだ。先週に比べて『政権☆伝説』で書く人も減っている。

ふいにテレビから、明るいメロディが流れてきた。次の番組に移ったのだろう。大きな拍手のもと、お昼の顔ですといったコメンテーターや若手芸人たちがズラリと並ぶ。

『さて本日のゲストは「令和《れいわ》の美人作家」でおなじみ』

ああ、まただ。

本当によく遭遇する。だからテレビは嫌いなんだ。

『羽鳥あやさんです！』

『よろしくお願いしまーす』

聞き慣れた声が、スピーカーを通して私に届く。

引き寄せているわけではない。

「羽鳥旋風」。今や彼女は人気者。あらゆるテレビ番組に呼ばれ、インタビューが雑誌に載り、ネットニュースが流れる。

普通に生活しているだけで、高確率で彩弥香に出くわす。情報が入ってくる。

何それずるい。彩弥香ばっかりずるい。

自分勝手な感情だと思う。わかってる。

でも仕方ない。そう思ってしまう気持ちは止められない。

完全に赤の他人だったら、ここまで意識はしなかった。有名人の知り合いなんて要らない。心底そう思う。

実家が近所で、同じ中学校で、同い年で、一緒のクラスに通って。

それなのに、たった五年で、人生は、ここまで違ってしまった。あまりに差が開きすぎた。

置いていかれる寂しさったら、半端ない。

『小さいころから物語が大好きでした！』

美人作家の言葉に、スタジオ全体が耳を傾ける。

『そやけど十七歳で小説家デビューってほんますごいなあ！』

有名な芸人にベタ褒めされる彩弥香。

それを見て、私はまたも悔しくなる。

せめて……。

せめて彩弥香がアイドルや女優になってくれたらよかった。タレントとして売れて、テレビに出てほしかった。

よりによって作家になるなんて……卑怯《ひきょう》だ。

創作って、陰キャな非リアのためのものだと思っていた。現実世界では満たされない人が、エネルギーを注いで創造したり、出来上がった物語を摂取したりする。そのためにフィクションがあると思いたかった。

だけど実際は、彩弥香みたいな子が栄冠を手にして、脚光を浴びている。

『才能もあって可愛くて、しかも芥川美人賞！』

『ないわそんな賞！　特例か！』

一斉に笑いが巻き起こる。「へへっ」と変な声で笑うお姉さん。何が面白いのか全然わからない。

彩弥香も、『ありがとうございまーす』と即座に舌を出して笑顔をつくる。

「ああもう、またテレビつけてる」

カランと扉が開いて、入ってきたおじさんが苦言を呈した。まるで自分が怒られたように我に返る。またしても彩弥香を凝視していた。

「お客さんいる時は、テレビ禁止って言ったろ」

「ちぇーっ」

マスターの岡村《おかむら》さんだった。血の気の引いた顔は今日も覇気《はき》がない。ちゃんとご飯を食べてるのか心配になるほど痩せている。テレビの電源を落とした彼が、素早い手つきでCDコンポを操作すると、ピアノ曲がゆったりと店内に流れはじめた。急にカフェっぽくなった。これが本来の状態なのか。だけど曲調はどことなく暗い。

私は真っ黒になったテレビ画面を見つめてみる。

テレビで活躍する人は、みんな底抜けに明るい。高いテンションに冴えるトーク。華のある笑顔。私たちネットの民が持ち合わせない、ザ・パリピっぽさ。

だけどネットには、ネットの強さがある。

ネガティブでもコミュ障でも受け入れられる。リアルが充実していなくても、そこには居場所がある。

羽鳥あやには、なれなくたって――。

せめて鷗外パイセンになれたら――。

誰もが知るスターへの道はわからないし、想像もできないけど、せめてネットでは、ちょっと有名になってみたいと思った。

私の書いた言葉が、電子の海を伝って多くの人に読まれたい。「代弁者」とまではなれなくても、私の考えていることを他人と共有したい。

私には夢小説がある。十年書き続けたんだ。ネットの世界では戦えるはず。

私は読んでいた小説のページから、マイページへと飛んだ。

書きかけの原稿を呼び起こし、『夢見るＳＥＩＫＥＮ』第三話の執筆を試みる。

『夢見るSEIKEN』第3話

　つかの間の休息を得た私たちは、敬くんの提案で、日々のストレス発散も兼ねて運動しようという話になった。
　そこに宿敵の有朋くんが乱入して、いつの間にか「運動会」をすることになり、今にいたる。

　いつも敵同士でピリピリしている彼らが、すごく楽しそう。

「勝利の風は……私たちに吹いている……」

「ええ～、公望より僕らのチームの方がどう見たって勝ってるでしょ！」

　敬くんたちと同じ青チームの西園寺さんと、いつだって西園寺さんのそばにいる桂太郎くんは、優雅にお茶を飲みながら彼らの接戦を見守っている。

「クソっ埒があかねえ、米内もういい下がれ！　俺がひとりでいく！」

　米内くんの背中からひらりと降りた有朋くんは、伊藤さんと敬くんペアの騎馬に距離を詰めていった！

「必殺、狂犬奇兵（ストレンジ・ドッグ）！！！！！」

しおりをはさむ

小説投稿サイト 恋スル夢十夜✦ 新規登録 ログイン

[作者] mis@to　[ジャンル] 二次元
[ランキング] 総合 9541位

『夢見るSEIKEN』第3話

「いくぜ敬ぃ！　うおおおおァ！」

「くっ、有朋……まだまだこれからだ！」

　米内くんの背中に乗った有朋くんが、伊藤さんの背中に乗った敬くんの頭に巻かれた青ハチマキに手を伸ばした。

……危ない！

と思ったけど、伊藤さんの華麗なターンによって無事に回避。

　さすがふたりとも、いくつもの戦いを越えてきただけあるなあ。

　熾烈な騎馬戦を見ながら、私は自分の作ってきたサンドイッチを頬張った。

　ここは、国会議事堂の地下にある極秘の運動場。

　総理をはじめとする国会議員たちの運動不足を解消するために設置されたこの場所は、あの【SEIKEN】を巡る戦いが勃発してからはほとんど使われなくなっていた。

しおりをはさむ

1 / 2ページ　NEXT ▶

………。

やめだやめだ。

馬鹿馬鹿しい。

文字を打つ指がすぐに止まる。スマホを全力でぶん投げたくなった。魂が抜けるほどのため息をつく。

もうめちゃくちゃになってきた。

前回までの展開で、原敬の隙をついて山縣有朋が草むらで私を押し倒して強引にキスをしたのに、なんで運動会をはじめてしまったのか。急展開にもほどがある。

読者の反応を気にしすぎた。


「伊藤博文《いとうひろぶみ》の登場はまだですか⁉」

「早く米内光政《よないみつまさ》を出してください‼」


リクエストのコメントにまとめて応えようとした結果がこれだ。

一度に大量のキャラを出すには運動会みたいなイベント回が鉄板だけど、シリアス路線に寄りつつあったところにギャグパートを差し込んだせいでテンションがとっ散らかった。

もはや作品の方向性すらも見失った。

作者がぶれぶれなんだから、そりゃあ破綻するに決まっている。

スランプ。そんなかっこいいものじゃない。途中でつまずいて書けなくなっただけ。

流行りに流されて、何が書きたいのかボヤけてきた。

いや。元々、書きたいものなんてない。好きなキャラと、自分の作った世界で恋ができればよかった。それがどうしたことか。最近は「萌《も》え展開」「神展開」ってコメントばかりを欲しがっている。ちやほやされたくて書いてるようなもの。

「300ブクマの壁」が破れない。

私の小説を「お気に入り登録」してくれる人の数は、いつも200はこえる。300間際までは近づける。でもそこから先は減ったり増えたり、三百人以上の登録をもらえない。私は自分の限界を、数字で見せつけられる。

サイトのトップには、ランキング上位者が名を連ねている。

一位の「すあま桃源郷」さんは20000ブクマ。嫉妬できる差ですらない。

この方はすごい。まずコメントは絶対に返さない。リクエストにも応えない。

ただ黙々と書いては、高速で更新し続ける。好きなものを書いて圧倒的な支持を得ている。

私はどうだ。

人気もスタンスも、何もかもが中途半端。

この連載も、今となれば重荷でしかない。

もう私、あんまり『政権☆伝説』好きじゃないかも……。

頭に浮かんだ思いを、そろそろ無視できなくなってきた。

思えば最初の熱量はとうに冷え切り、スマホゲーのログインすら億劫になりつつある。わりとログボも忘れる。新規イベントだって何となくこなしているだけ。夢小説を書く上で「ストーリーを知っておかなければ」という義務感でしかない。

跡部様やエドに恋をした、あの頃に戻りたい。

余計なことで悩まずに、キャラにときめきたい。

あんなに好きだった夢小説に、昔ほどの熱量を抱けないのが苦しかった。

ファンだった書き手さんの新作も、いつの間にか読まなくなっていった。

どうしたら当時の気持ちに戻れるのだろうか。

ここで書くのをやめてしまえば、私の夢小説はまたしても未完で終わる。ほかに夢中なジャンルもない。筆を投げたら単に何も書かなくなるだけ。

いよいよ私は、ネット世界でも行き詰まる。そんなの厭だ……。

私がひとり思い悩んでいると、スマホが震えた。

ＤＭの通知。

嬉しい緊張が走って、すぐにツイッターを開く。

鷗外パイセン「本日も出版に向けて編集者と打ち合わせ。疲弊の極み」

鷗外パイセンからの、個人的なメッセージ。文豪キャラに相応《ふさわ》しい、お硬めの文体。そこがいい。気がつけば外は夕暮れ時。彼からのメッセージは、この時間帯によく届く。やはり文豪らしく、夜型の生活で、深夜は執筆で忙しいのだろうか。

私は姿勢を正して、当たり障りのない言葉を送る。

mis@to「毎日お疲れさまです！」

mis@to「今日も編集部ですか？」

すぐに返信が表示される。

鷗外パイセン「本を出すことの大変さを痛感しておる」

優しい。忙しいはずなのに、すぐに返信をくれる。

ｍｉｓ＠ｔｏ「早く読みたいです！」
鷗外パイセン「所詮はツイッターの妄言をまとめたに過ぎぬ」
鷗外パイセン「期待するほどのことではない」
ｍｉｓ＠ｔｏ「紙の本で読めるのがいいんじゃないですか～」
鷗外パイセン「左様、それは一理ある」
鷗外パイセン「紙の本は良い……尊い……」
ｍｉｓ＠ｔｏ「尊い……尊敬します……」
鷗外パイセン「ならば発売日を心して待たれよ」
ｍｉｓ＠ｔｏ「はい！」
ｍｉｓ＠ｔｏ「すごく楽しみです！」

ＬＩＮＥみたいな短い応酬。ＬＩＮＥどころか電話もメールもお互い知らない。繋がっているのはツイッターだけ。
鷗外パイセンに、はしゃいでしまう自分がいた。
文豪キャラとして人気を博する、匿名の存在。

ツイートの面白さが評判の、ネット界の寵児《ちょうじ》。その「中の人」と、私はリアルで会ったことがあって、こうやって個人的な交流もある。ちょっと特別な感じがする。

彼の本が、もうじき発売になる。

ツイッターから作家デビュー。すごいことだ。今や、そんな方法で本を出すこともできるんだ。確かに本屋さんには、ブログ発の小説や、ネット連載の漫画がたくさん並んでいる。帯には「SNSで話題!」「バズってます!」みたいな煽《あお》り文句を見かける。

正攻法は古い。ユーチューバーやインスタグラマーで一躍ブレイクする人も多い時代、陰に隠れた才能たちが、陰キャだろうと何だろうと、ネットの力で注目を浴びる。きっと鷗外パイセンもチャンスを摑《つか》んだのだ。

鷗外パイセン「ところで」

次のメッセージは、ここで終わった。何だろう?

「……」という、相手が文字を入力中の表示が出ている。画面は変わらない。店内に流れる怪しげなクラシックのせいもあって、妙に時間が長く感じた。

やっとのことで、次のメッセージが現れた。

鷗外パイセン「今度、飲みに行きませんか?」

我が目を疑った。

えっ? 飲みのお誘い?

私とふたりで? ふたりきりで?

突然すぎて状況が飲み込めない。心臓がバクバクと脈打ってくる。

文学サロンで出会って以来、こうして頻繁にやり取りは重ねた。気が合うし、楽しいなとは思っていた。

だけどまさか、個人的に誘われるなんて……。

いや待って。冗談かもしれない。

どうせ軽いノリで誘って、喪女の私をからかっているだけ。

落ち着こう。こんな地味な女を誘うなんてあり得ない。夢小説じゃあるまいし。

……夢小説?

え、これってフラグ立ってる?

私、鷗外パイセンに言い寄られてる?

どうしようどうしよう。動揺してテーブルの水をこぼしかけた。

私は鷗外パイセンのツイッターを確認する。

最新の書き込みは昨夜の二十二時。

鷗外パイセン
「今宵も文豪さんぽ。格安居酒屋のカウンター席でリア充カップルに遭遇。女がしきりに終電を気にして৸る。あと一杯飲んだら帰ると宣《のたま》う男が注文したるはメガジョッキハイボール。男の浅はかな策略に失笑するも女の顔を覗くと満更でもな৸ご様子。男女の駆け引きたるや摩訶不思議《まかふしぎ》。余はひとり咳《せき》をした」

何度読んでも面白い。すでに「いいね」は押してある。

ほらね、やっぱりそうだ。

鷗外パイセンは孤高の存在。男女の色恋沙汰を軽蔑する、非リアの星。

そういうのじゃない。そういうこと考えているわけがない。

変に舞い上がってしまった。はしたない。男性に対して免疫がないせいだ。こんな調子ではサシ飲みなんて到底無理。

やんわりはぐらかそう。「いいですね」「いつかぜひ」どんな文言がいいだろうかと、迷って返信を躊躇《ちゅうちょ》していたら、鷗外パイセン「来週の、九日はどうですか。金曜日です」

さらに具体的に話が進む。

サシ飲みのオフ会。男性と一緒に食事。

そんな極限状態に、果たして耐えられるのか。

意識すると落ち着かない。考えただけで逃げ出したくなる。

取り急ぎ、頭を冷やすのが先決だ。私は問題を先送りにして、一旦帰ることにした。

「ありがとうございました……」

生気の抜けたマスターの小声に見送られて、カフェを後にする。

すっかり長居してしまった。

自転車にまたがって、すぐになつめ荘に帰還。

階段を上がって部屋のドアを開けようとすると、

「美里、帰ったー？」

と、下から藤原さんの声がした。

応えようと階段を見下ろすと、獏ちゃんが猛スピードで駆け上がってくる。

「わ、わわっ！」

「お邪魔しまーす！」

飛行機のように両手を広げ、私を通り過ぎて部屋に突入。

「ちょっと待って……！」

私も急いでなかに入る。散らかり放題で恥ずかしい。

ちゃぶ台には、開いたままのノートパソコン。スリープ状態とはいえ、下手をすれば書きかけの夢小説を見られてしまう。私はパソコンを隠すため、ちゃぶ台の前にさりげなく回り込んだ。

「美里が出かけてたから、帰ってくるのを待っててさ」

藤原さんが、ドアを背中で支えながら立つ。

「えっと、どうしたんですか？」

おそるおそる用件を尋ねる。部屋を訪ねてくるなんて珍しい。何か迷惑でもかけただろうか。

すると獏ちゃんが元気よく、

「あれ貸してくださいっ！」

と、散らかった部屋の奥を指さした。

「ああ、ミシン……」

目には見えるのに存在を忘れていた、無用の長物がそこには鎮座している。

「獏ちゃんが使いたがってて、そう言えば美里が持ってたなーって」

「貸してくださいっ！」

藤原さんを遮って、獏ちゃんが身を乗り出した。

「いいですけど、何に使うんですか？」

私は一応、用途を確認する。

「んーと、ベッド作ります！」

「え、ベッド……？」

ミシンでベッドって作れるの？

というか今日までどうしてたの？

「この子、ずっと床で寝てたみたいよ」

私の心を読んだのか、藤原さんが笑って教えてくれる。

「どうりで体がバキバキすると思いました！」

言いながら、獏ちゃんが飛び跳ねるようにミシンへと向かい、上にかかったスカートとTシャツをはらって本体を持ち上げる。

「おっとと！」

思ったより重かったらしく、よろけてしまった彼女を助けるべく、藤原さんも内部への侵入をはかる。

私は咄嗟の判断でパソコンの画面をぱたんと閉じた。藤原さんが軽々とミシンケースを持ち上げて、出口まで運んでいく。

私の部屋から、要らないものがひとつ、消えようとしていた。

「ほら貘ちゃん、下に降りるよー？」

藤原さんが声をかけるも、奥に立ったままの貘ちゃんは、私の部屋をまじまじと眺めて、

「すごーい！　ここは宝の山ですね！」

目を輝かせて、そう叫んだ。祭りではしゃぐ子どものように、甚平の袖をばたつかせる。躍っている心がその声を通じて私に響く。

「この布、もらっていいですか⁉」

「え……うん、いいよ」

「わーい！　どれでもいいの⁉」

鼻息荒く、親友みたいに言い寄られる。

「使う予定ないから、どうぞ……」

すると彼女は機敏な動きで物色しはじめた。

「あの、散らかってるし、そろそろ……」

私の声は届くはずもなく、巻かれたままの長い布や、ブレスレットのパーツが入った

ビニール袋を、次々と両脇に抱えこむ。

「確かに、何でも揃ってるねえ」感心する藤原さん。「うちの学生が見たら喜ぶやつ」

「まさしく！　無限の可能性ですっ！」

貘ちゃんの頭には、作るものの完成形が浮かんでいるに違いない。

宝の山。

彼女はそう言った。

ミシンも、裁縫セットも、布生地も、アクセサリーの材料も、もはやどこに仕舞ったかもわからないペンタブや、本棚に並ぶいろんな入門書や指南書も、ギターやロードバイクだって、私にとってはすべてゴミ。ゴミの山。キャラを模索しては諦めて、捨てるに捨てられず、残り続けた道具と材料たち。ちょっと手を出してはすぐに飽きた「趣味」に埋もれながら、そのまま日々を生きてきた。

「また来ます！　欲しいものいっぱい！」

私のせいで眠っていたものたちが、貘ちゃんのおかげで見いだされて、部屋から旅立っていく。

「ありがとね美里。ミシンは明日の朝にでも返すから」

「はい、あの、部屋の前にでも、置いといてください」

「おっけー」

藤原さんも階段を降りていく。すぐに床下から賑やかな声と、楽しそうな物音が聞こえてきた。

ふたりが去った部屋が、急に広く感じた。置きっぱなしの荷物が減っただけではなく、心にぽっかりと寂しさの穴が空いた。

ちゃぶ台の前に座ろうとして、固いスカートが、ごつんと床に当たる。

ロリータ服を着ているのを、すっかり忘れていた。

獏ちゃんにも藤原さんにも、誰にも言及されなかった。

私は言いようのない羞恥心で全身を掻《か》き毟《むし》りたくなる。

ああもう。ああもうあああもう。ああもうあああもうあああもうもう。

私は握りつぶすくらいの力でスマホを取り出した。

鷗外パイセン「来週の、九日はどうですか。金曜日です」

最後のメッセージを見つめる。

決めた。私は行く。

鷗外パイセンに会ってみる。

彼はあくまでネタキャラ。ネットのフィクションだ。男の人とは言え、異性としては見ていない。一緒にごはんを食べて、お酒を飲むくらい、どうということはない。私にもできる。

振り返れば、あの文学サロンでの出逢《であ》いからして劇的だった。

好きなネットキャラに現実で出逢えるなんて、奇跡だと思う。

しかもそれをきっかけにオンラインでの交流にまで発展した。

二万七千人のフォロワーのなかから、彼は私を見つけてくれた。

二万七千人の非リアから、ひとりの私を選んでくれたのが鷗外パイセン。ありきたりな少女漫画みたいなことが、現実に起こったのだ。

鷗外パイセンなら、私に道を指し示してくれるかもしれない。

私は思い知った。獏ちゃんには勝てない。

御桃女史みたいな絵の才能もないし、藤原さんみたいな独自のおしゃれも極められない。彩弥香にも当然なれないけど、だからと言って、沙耶みたいに大学生活を謳歌もできない。

何でもいいから、キャラがほしい。

自信の持てる、一言で言い表せる、私になりたい。

現実で無理ならネットしかない。鷗外パイセンのようなキャラ立ちを目指す。

私はパソコンを開いて、文章とにらめっこする。

書きかけの夢小説。

このまま無闇に書いたって、注目されるはずがない。

作品が面白ければウケる時代じゃない。誰が作っているかも大切だ。作り手にキャラクター性が求められるのは、羽鳥あやを見ればわかる。

テレビで話題の人が書いた本。だからみんなが読んでくれる。

そうじゃなければ、内容が素晴らしくたって見向きもされない。

現実では地味キャラの私でも、せめてネット人格が確立できれば……。

今の時代。

リアルが駄目でもバーチャルがある。

ネット発だって、のし上がれる。特別なキャラになれるはず。

鷗外パイセンに会えるなんて絶好の機会。ヒヨってる場合じゃない。

ネットで独自のキャラを確立するノウハウを教えてほしい。

むくむくと期待は膨らんでいく。鷗外パイセンと会うことで、突破口が開けるかもしれない。

私は液晶を割るくらいの力で文字を入力する。

ｍｉｓ＠ｔｏ「お誘いありがとうございます。行きます、楽しみにしています」

夢見ているだけじゃ報われない。
何者かになるために――。
私が、一歩踏み出すんだ。

こんな夢を見た。

中学校の校舎にいる夢。

放課後の教室。蛍光灯は消えていて、窓からオレンジの夕焼けが差し込んでいる。

それは知らない光景だった。

通っていた学校とは似ても似つかない。

なのに私は懐かしさで泣きそうになる。

制服は着ていない。大学の入学式で一度だけ着たパンツスーツ姿。後ろの扉の前に立って、窓のほうを向いていた。

カーテンがふんわりと大きく揺れる。

ひとつだけ開けっ放しの窓、その前に立つ少女。

「ねえ、美里」

少女は振り向かないまま、私に呼びかける。

ちょっと低くて、かすれた声。

あの子だ。新川彩弥香。

羽鳥あやになる前の、中学生だった彼女。

クラスの女子リーダーと、教室でふたりきり。美里って呼ばれたのも初めてのこと。

緊張して、耳がかゆくなる。

「美里は大きくなったら」

彩弥香が言う。

「誰になりたい？」

誰って？

私は戸惑う。

何になりたいじゃなくて？

質問の意味がよくわからない。

「ねえ、あなたは誰になりたい？」

外の景色を見つめたまま、彩弥香は繰り返す。夕陽があたって髪は茶色に燃えている。

後ろ髪が、波打ち際みたいにそよいだ。

そうだなあ。誰になりたいだろう。

私はぼんやりと考える。

楽しそうな大学の友人。我が道をゆく同居人。活躍している有名人。

いっぱいいいる。私のまわりは個性的で、魅力に溢《あふ》れる人ばかり。

だけど私は誰にもなりたくない。本当の自分の人生を生きたい。

本当の自分……それって、つまり「誰」なんだろう。

私って一体、何者なんだろう。

「えっ？」

驚きが声に出る。窓の外は一面、真っ黒だった。

私は駆け寄って外を覗く。いくつもの小さな光が見えた。

「星みたいだねえ」

隣で彩弥香がささやくと、塔のような影がずらりと現れた。

きらきらと輝くそれは、高層ビルの明かりだった。

新宿か代々木か、そのあたり、見覚えのある夜景。

「これって……？」

私が言いかけると、彩弥香は指をさした。きれいな人差し指は、いちばん高いビルの先端を示す。

まるで彩弥香の命令に従うみたいに、まわりの光がビルのてっぺんに集まっていく。

その明かりはやがて球体になり、大きな月へと変わった。

ビルの屋上に刺さったその月に見惚《みと》れていると、彩弥香が口を開く。

「あのビルよりも高い人生は、ありえたと思う？」

足先に、冷たさを感じた。

床が濡《ぬ》れている。教室中に水がはられている。

水面が白く光を反射して揺れた。遠くから、水の流れる音が聞こえる。

この水はどこから流れこんだのだろう。私は不思議と驚かなかった。せせらぎに耳を傾けていると、あっという間に教室は水でいっぱいになる。水槽のなかみたい。飲み込まれた私と彩弥香。息苦しい。ぼこぼこと泡を吐きながら、私は彼女の姿をとらえる。

彼女は溺れることなく教室の床にしっかりと立って、静かに呼吸をしていた。息苦しくないみたい。私はずっと息苦しかった。毎日通ったあのクラスで、私はずっと息苦しかったのを思い出す。そうか。あの教室には、私の吸っていい酸素はなかったんだ。そんなことを考えながら、私のからだは水没したまま。

窓がゆっくり溶けだし、たまった水が外に落ちる。そのまま私も流されて落ちていく。暗いから地面は見えない。途中でふわりと宙に浮いた。彩弥香も優雅に浮かんでいる。背後には、煌々《こうこう》と輝く高層ビルたち。私と彩弥香が、東京の夜を漂いはじめる。ビルとビルの切れ目に吸い込まれて、くねくねとたゆたう。

「美里は、こっちに行かないのね？」

彩弥香と目が合った。

その微笑みは、どこか私を憐《あわ》れむようだった。

彩弥香のからだが、ぎゅんと上がる。ぐんぐん上昇して引き離される。

待って。置いていかないで……！

私はその場で、空中に浮かんだまま動けない。

どうやったら上に飛べるんだろう。腕を振り回しても、背中をよじっても、彩弥香のもとには追いつけない。

目の前にそそり立った、灰色のビル群。

ああ、高い。ビルは高い。

私と彩弥香の人生は、どこまで違っていくのだろう。

突然、全身から力が抜ける。一気に下へと落ちていく。

ぼやける視界。水の音がまた近づいてくる。

待ち受けていたのは大きな海。ざぶんと私を飲み込んだ。どんどん沈む。溺れる感覚はない。もう息苦しくもない。

ママのお腹に還《かえ》るみたいに、私は目を閉じた。

少しずつ眠っていくような——あれ？

今さら気づいた。

夢だ。

私は、こんな夢を見た。

どう考えてもシャワーの音。

誰かがシャワーを使っている。そう確信をもって私は目を覚ます。

起き上がると、見知らぬ寝室だった。

胸が火照《ほて》っている。心臓の鼓動も小刻みだ。

鈍器で殴られたように頭が痛い。眩暈《めまい》に襲われて、もう一度ひんやりとしたシーツに横たわる。

「え！！！」

飛び起きる私。ここどこ⁉

わずかに聴こえる、ムーディーな女性ボーカルの洋楽。

私はあたりを見回す。ベッドサイドランプだけが頼りの、薄暗い部屋。生活感のない、小さな寝室——ホテルだ。

血液の濁流が耳をつんざく。ひたすら私を焦らせる。

ベッドの端に、何かが載せられていた。男ものの袴だ。シワ対策だろうか、丁寧に置かれている。

シャワー室にいるのは、鷗外パイセン。

???????????????????

??????????????????????

押し寄せる圧倒的な数のクエスチョン。

叫びそうになるのを、寸前でこらえた。

……状況を整理したい。

頭が重い。唾を飲むごとにグワンと痛む。私はそれでも必死に頭を回転させた。鷗外パイセンとふたりきりで同じ部屋、ホテルの一室にお泊りしている。

夢じゃない。実感として現実だ。

ここにくるまでは、何していた？

さっきまでの夢の光景が残っていて、思い出しづらい。

私は体験したはずの記憶を、懸命に掬《すく》いあげる。

そうだ。

金曜日。夕暮れ時。待ち合わせは千駄木駅。なつめ荘から歩いて向かった。

鷗外パイセンを駅前で待った。

緊張で表情筋がぴりぴりして、大きく口をあけてストレッチしていると、彼はやってきた。

文学サロンで会った時と同じ、モダンな書生姿。

その姿を見るやいなや、

「今日はよろしくお願いします！」

と、私は張り切った第一声を発した。

だんだんと、光景が蘇ってくる。連れていかれたのは、駅前すぐのイタリア料理店。こじんまりとしたお店で、木の温もりに満ちた内装……古民家を改装したって説明を受けた。「私の家も元は古民家なんですよ」「ここら辺は多いね、歴史ある街だからね」みたいな会話を交わしたっけ。どうでもいいことばかり覚えている。

席につくと、沈黙が襲いかかった。

早速、何を話していいかわからない。

困った私はハイペースでシャンパンをガブ飲み。運ばれたコース料理の味は一ミリも舌に残っていない。なぜか今は、ちょっと口の中が甘かった。

もっと雑な居酒屋かと思いきや、おしゃれな店のムードに気圧《けお》された。

これって普通のデートじゃない？

高揚感と緊張感がピークに達する。

それからお店を出て……バーに行った。

バーなんて初めてだった。お客さんは私たちだけ。狭いカウンター席に横並び、BGMのない空間で私はさらに追いつめられる。バーテンダーの人にカクテルをお願いして、ここでも私はしこたま飲んだ。あっストロベリーミルクみたいのが出てきたんだ。口の中に残る甘みはきっとそれだ。にわかに記憶が、現実味を帯びてくる。

一軒目よりも、鷗外パイセンは饒舌《じょうぜつ》だった。

医学部を目指して三浪したこと。大学を出ても就職しなかったこと。ネットのキャラは偶然バズったこと。いつか小説家デビューしたいこと。将来の夢は文豪と呼ばれること等々。熱い眼差《まなざ》しで、私に語ってくれた。

正直、顔はカッコよくない。細い黒縁メガネが野暮ったくて、短めの髪型も無造作すぎる。眉毛も少しは整えるべき。スタイルもいまいちだし、雰囲気は湿っぽいし、もごもごしゃべるから言葉も聞き取りづらい。

でも何だか一緒にいて、夢心地になった。

こういうのって楽しいんだな――なんて、普通に思ってしまった。

私はストロベリーミルクのお酒をおかわりした。飲みやすいのをいいことに、まだいけると過信した。一度は引いたアルコールの逆襲がはじまる。ぼんやりと、焦点の定まらない目で鷗外パイセンを見つめた。

隣に座るのは、非リア界の有名人。

「俺はいつか、必ず世間に認められる」

ネットのカリスマは生身の人間で、人生うまくいかないって悩んで、私のすぐそばでお酒に酔っている。

　みんな同じなんだと思った。

言わないだけで、みんなそれぞれ、二の足を踏んでいる。

私も鷗外パイセンもきっと変わらない。

わりと、普通かもしれないって思った。

バーで過ごしてから、その後はどうしたんだっけ。頭をひねっても出てこない。どうしてバーからラブホテルに飛ぶんだ。

これは夢じゃない。

リアルに、現実だ。

……ちょっと納得できない。

どういう流れでこうなったの？

こういうのってこんな風に起こるの？

まずどっちから誘った？　まさか私から？

そんなわけない。じゃあ鷗外パイセンが私をホテルに連れ込んだってこと？

酔った勢いで男女がラブホテルにｉｎ。

ベタな展開。なのに実際に直面すると、脳がバグって混乱する。

とりあえず深呼吸しよう。キャパオーバーの時は深呼吸に限る。背筋と指先を真っすぐ伸ばし、大きく息を吸って吐きだした。

シャワーの音が途絶えた。

私は身構える。ベッドに座ったままは気が引けた。部屋の隅っこに下がって待機。

部屋に入ってきた鷗外パイセンは、パンツ一枚で、深緑色のバスタオルを肩にかけていた。まるで『進撃の巨人』の調査兵団のローブみたい。こんな時まで二次元キャラを連想するの本当にやめたい。

「ごめん。寝てたから先に使いました」

なぜか敬語の鷗外パイセン。ほのかに照らされた顔に、影が落ちている。前髪の先からしずくが滴った。眼鏡はかけていない。ちょっとカッコいいかも。濡れた髪と間接照明で補正がかかる。

「空きましたよ」

「え、えっ？」

「いや、シャワー……」

「あっ、は、はいっ……」

目を逸らしたまま、私は鷗外パイセンの横を通り抜けた。

服を着たままバスルームに入り、何かがおかしいと気づいて、脱衣所で服を脱ぐ。

浴室のタイルは濡れていた。

浴槽にお湯は張られていなかった。私はシャワーをひねって、滝のような勢いで頭からお湯をかぶる。シャンプーとボディソープを間違えそうになりながらも、髪を洗って、全身を丹念に洗っていく。恥ずかしいところは、三回洗っても気になった。二十年分の汚れを落とすように、強くこすった。ちょっと染みて痛くなった。

少し考えて、お湯を張ることにした。

のんびりお湯がたまっていく。待ちきれない、先に身体を入れて待つ。まだお尻と足首までしか浸っていない。

立ちのぼる湯気で、頭がぼやけた。

壁に奇妙な銀色のボタンを発見。押してみる。

「わわわっ！」

底から一気に泡が噴きだした。すぐ止める。こっわ！

ゆっくりと水かさの増えるバスタブのなかで、私はぼーっとタイル壁の溝を眺めた。

……。

………。

さあ美里よ。

きたぞ、人生の起伏。イベント発生だ。

前触れも前兆もないままやってきたぞ。

心の準備が整っていないどころじゃない。
まさかこの私に、リア充な展開がくるとは……。
お湯がザバザバ溢れだして、慌てて蛇口をしめた。とうに肩まで浸水していた。
私は顎までお湯に沈めて、これからを想像する。
これから何をするかなんて、わかりきっている。
再三、頭の中で繰り返した行為。
散々、小説で書いた淫《みだ》らな描写。
だけど現実では、未体験の領域。
どうしよう。
処女だと打ち明けるべきか否か、それが問題だ。
これからの会話の流れを想定してみよう。
私は脳内でシミュレーションを開始する。

鷗外「どうしたの？」（顔を近づける）
美里「あのね……私……」
鷗外「美里？」（私の頬に触れる）
美里「こういうの、初めてで……」

鷗外「ああ、そうなんだ」（不敵に笑う）
美里「だから……恥ずかしい」
鷗外「いいじゃん別に」（私を押し倒す）
美里「きゃっ」
鷗外「ありがとな」（覆いかぶさる）
美里「えっ？」
鷗外「俺のために、初めてを取っておいてくれたんだろ？」（イケボ）

ぎゃ――――――。

馬鹿かよ。何だこれ。

設定がばがば。現実のキャラクターを無視して鷗外パイセンを俺様キャラにしてしまった。本当にそんな台詞《セリフ》を言ってきたら心底気持ち悪い。

やり直し、やり直し。

もっとリアリティを追求しよう。

鷗外「どうしたの？」（不思議そうな顔）
美里「あのね……私……」

鷗外「うん」（真面目な顔）
美里「私、処女なの……」
鷗外「美里……」（意外そうな顔）
美里「だから、うまくできるか不安で……」
鷗外「……………」（心配そうな顔）
美里「ごめんね……」
鷗外「安心した」（やわらかい顔）
美里「えっ？」
鷗外「俺も、こういうこと初めてだから」（照れくさい顔）
美里「嘘……」
鷗外「俺、遊んでるようにみえる？」（苦笑した顔）
美里「ううん」
鷗外「美里、俺は君が好き」（かっこいい顔）
美里「鷗外パイセン……私も愛してる」

言えるのかお前。
それ声に出して読めるのかと問いたい。

私は早々に、シナリオの用意を諦めた。

使えるのはせいぜい「ごめんね……」くらいまで。あとの展開はまったく予想できなかった。

いざって時に、妄想なんて役に立たない。好みのストーリーはいくらでも思いつく。それは現実には起こりえない願望の数々で、私は日常生活というものに、全然対応できていなかった。

何をすれば正解なのか?

どう動けば正しいのか?

自分で決断するのが心底怖い。

だってもし。

選んだ道が間違っていたら、自分の責任になってしまう。

私は今まで、誰かに決められた道を歩いてきたわけじゃないんだ。道を歩いてすらいなかったんだ。ずっとその場で、足踏みしていたにすぎなかったんだ。

やっとわかった。

自分の道を歩むとは、心に耳を傾けること。

私は自分に問いかける。本心と向き合ってみる。

鷗外パイセンのことは好き?

うーん、そんなの全然わからない。

DMでの交流は楽しかった。ちょっとした非日常。今日はいっぱいやり取りしたな、とか、三日ぶりに連絡きたな、とか。返信が待ち遠しかったのも事実。

ある時ふと、彼を思い浮かべることだってあった。でもそれが恋愛感情なのかは疑わしい。人を好きになった経験がないから比較もできない。そもそも好きってどういうこと？　ねえ好きって何だっけ？

ろくな人生経験のない私。まだ処女のままの私。

けれども。そんなに思い悩む必要ってあるの？

脳内で必死に会話を組み立てて、お風呂から出られない成人済みの女。我に返ると、急にアホらしくなってきた。

セックスなんて、大学生ならみんなしてる。普通のことじゃん。普通のことくらい私だって体験してもいい。あえてだ。あえてここは、流れに身を任せて、「普通の女の子」になってみよう。

私に足りないのは人生経験。

新しい世界に身を投じることで、開ける道だってきっとある。

処女膜が、私の道を閉ざしていたのだ。

処女であることには価値なんてない。捨ててしまえ！

殻を破る代償だ、鷗外パイセンにこの膜を捧《ささ》げよう！

「……よし」

私は息をひとつ吐いて、お湯から出た。

もう一度服を着直すか迷って、使ったバスタオルを裸に巻きつける。

そのまま部屋に向かって歩く。裸足と床が、ひたひたと音を鳴らす。

頭は空っぽを意識。決心が鈍らないように、余計なことを考えない。

空のベッドが目に入った。

あれ……？

鷗外パイセンは、着物を着てソファーに座っていた。眼鏡も着用済み。思いつめたような横顔が、苦しそうだった。

私は壁を背にして、彼のアクションを待った。

何か言ってくれないと動けない。会話が発生しない。早く「どうしたの？」って私に問いかけて。そうしたら、私は用意した次の台詞を口にする。怯《おび》えた目で「あのね……私……」って言うから、処女だって告白するから、あとはそのまま、そのままリードしてほしい。

「やはり……」

鷗外パイセンが口火を切った。次の言葉を待つ私。

「やはり、これだと【伏線回収】できていない」

それは、私の想定したシナリオにはない展開だった。

「え……？」

伏線回収？　何のこと？

「これでは駄目なんです。何のために、ここまで信じてやってきたのか」

震えた声で、彼が言う。

そこには文豪キャラの面影など一切なかった。

「俺は、ある人を待っています。もうすぐ、必ずやって来る」

私は戸惑う。話が一向に読めない。

「あの人が来ないと、俺の人生は、はじまらないから」

「それって……」

もしかして鷗外パイセンの彼女とか？

「いや、そういうのじゃないんです」

私の内心を読み取ったのか、鷗外パイセンが疑惑を打ち消す。だけど鷗外パイセンは
それきり黙ってしまった。

私は仕方なく、

「あ、じゃあ……」

と言って、脱衣所に逃げ込んだ。

バスタオルをむしり取り、パンツを穿いてブラをつける。

ワンピースをかぶって裸じゃなくなる。ふりだしに戻る。

それから私と鷗外パイセンは、ドアの前に置いてある精算機にお金を半分ずつ入れて、
ふたりでホテルの外に出た。割り勘なのが釈然としなかった。

濡れた髪に、夜風が触れる。ドライヤーをかけ損ねたことに気づく。

道行く人はいない。スマホを見ると、充電が落ちていた。

「いまって、何時ですか?」

「ええと」鷗外パイセンは懐から銀の懐中時計を取り出して、「二時半」。

終電はとうに過ぎている。

「ここ、どのあたりですか?」

「エリア的には、たぶん日暮里《にっぽり》ですね」

谷中のすぐ近くじゃん。まさか自宅近くのラブホテルとは。

「そしたら、私は家まで歩けるので……」

そう言って、この場を離れようとする。

「送ります」

鷗外パイセンから、初めて男らしい言葉をきく。

「パイセンさんは帰れます？　大丈夫ですか？」

「俺は千駄木だから、歩けます」

はいきたご近所さん。はい今後とも気まずい。ばったり会ったらどうするの。

あれ、もう会わないのかな。

勝手にそんな予感がしてしまった。

これは……寂しいぞ。

私は黙って、夜道を鷗外パイセンと歩く。はるか昔、もしかしたら森鷗外や夏目漱石が歩いたかもしれない道を、ふたりで並んで歩いた。

ここでも言葉は交わさなかった。

頭のなかでは、会話できたのに。

お互いの台詞を設定できたのに。

どうして現実は、自分の望むようにならないのだろう。

私たちはゆっくり歩いた。高いビルもなく、何かに取り残されたような町。暗がりのなか、おっかなびっくり、足並みを揃えた。

住み慣れた谷中がまるで異国のよう。帰り道くらい知ってるのに、自分がいま、どこを歩いているのかもわからなくなる。

一瞬、わずかにお互いの手が当たった。

もし私から手を握ったら、どうなるんだろう。何かが変わるかもしれない。選択肢はあった。だけど、そうはしなかった。私は行動を起こさなかった。自分の道は恐らく、そっちじゃない気がしたから……。

二年住んでも、谷中の路地裏は迷子になりやすい。途中あまりの暗さに、ふたりで霊園に迷い込んだ。

ガサガサと、黒い木の葉がこすれ合っている。

「ひゃっ！」

私の悲鳴が、はるか上空に舞い上がる。墓地のたまり水を踏んでしまった。おろしたてのパンプスが濡れた。今日はつくづく水難に見舞われる。

ずらりと立つ墓石が、私たちを見ている。

不思議と怖くはなかった。

死者は私たちをどう思うだろう。深夜の若い男女、楽しそうに見えるかな。お幸せにって思うかな。リア充は死ねって憎むかな。いろんな死者がいるから一人ひとり違うかも。陰キャも陽キャも死ねば同じ場所に眠るだけ。そんなことを妄想しながら、霊園からの脱出に成功して、なつめ荘まで辿り着いた。

「このあたりで大丈夫です」

家の前で、私はそう告げる。こんな古い物件に住んでいるとは言えないし、自宅を特定されるのは気が引けた。

　鷗外パイセンは、

「それじゃあ、どうも」

とだけ言って、私から離れていく。

小さな背中はすぐに、路地の暗闇へと消えた。

足もとが急激に痒《かゆ》くなる。見ると、蚊に刺された跡がぼこぼこと膨らんでいる。ピンク色のつぶつぶはグロかった。足を露出させて谷中霊園に入った報いだろう。

なつめ荘は明かりが消えていた。

人の気配を感じない。闇に沈む、廃村の家屋のような佇《たたず》まい。

藤原さんも、御桃女史も、獏ちゃんも、いないような気がした。

実際は寝ているだけだろう。

ああでも、そうか。

あの変人たちも、寝たりするんだ。めっちゃ普通じゃん。

そうだよね。人間は普通、夜は眠らないといけないよね。

当たり前のことを思った。その当たり前が、私の心を軽くした。

あたりは静かだった。蟬の合唱も聞こえない。

見上げると満月が、私を見下ろしている。

月は今日の私を見て、どう思うのだろう。
って、もういいか。本当に私は、誰かの視線を気にしてばかり。
私は月を眺める。
今宵は、月がきれいですね。……なんて言う相手はいない。
「あっくしゅ！」
間抜けなくしゃみが、谷中の夜空に木霊《こだま》した。
髪はまだ濡れたまま。風邪ひいちゃう。
そもそも、ああいうところでは、髪の毛って洗わなくてもいいのでは？
私はひとつ、余計な経験を重ねた。

長い夢を見ていたようだ。
ようやく、夢から覚めた心地がする。
今日はもう、ぐっすり部屋で寝よう。

ぱちぱち、ぱぱちぱち。

ぱちっ。

キーボードから音が生まれては、学食の喧騒《けんそう》に消えていく。

小気味よい、言葉の誕生する音を楽しんでいるのは私だけ。

夏休み明けの学食は、人であふれ返っていた。長期休暇からの帰還者で、大学は活気を取り戻す。

もうすぐ三限がはじまる時間帯。お昼の峠をこえても、学生たちはいつまでもテーブルを占拠し合う。

うだるような暑さは引く気配がない。人の汗と、スパイスの香りが混ざった匂いが、時おり鼻孔をくすぐった。隣のテーブルに居座る男女六人グループは、仲良く全員で、カレーに浸したナンを頬張っていた。

私はひたすら指を動かす。食べ終わった食器を横にずらし、パソコンに文字を打ち続ける。

ノートパソコンを持ち歩くようになった。

ひらめきの鮮度を大切にしたい。思い浮かんだら即座に書く。最近はスマホで書くよりも、大きい画面で文を組み立てる癖がついた。

誰かが、すぐ後ろを通る。

私は椅子を引きながら、画面を覗かれてはいないか、自然と意識した。

講義レポートとは違う、縦書きの文章は目を引くはず。何を書いているのか丸わかりだろう。だけど気にせず通り過ぎていった。ひとりでパソコンを睨む女には、関心がないようだ。

「あっ、美里ーっ」

呼ばれて顔をあげると、トレイを持った沙耶が近づいてきた。

「お疲れ〜、超おひさ〜！」

向かいの席に腰をおろす。二か月ぶりに会った彼女は、健康的な肌色で、髪色がまた一段と明るい。沖縄旅行に行ったとインスタに載せていた。海水浴場に何度、足を運んだのだろう。大きなイヤリングの輪っかが、南国気分を引きずっていた。

「ねえ聞いてよ、インターンすっごい大変だった！」

運んできたビビンバ丼をほったらかして、勢いよく彼女は話しはじめる。

夏休み中に参加したインターン先の企業で、無償労働をいいことに、長時間にわたって単純な事務作業に従事させられたらしい。典型的なブラック企業ぶりだった。

「担当のおっさんも超キモくてさあ。今どき、女を見下してるような時代遅れ」

そうなんだ。へえーやばい。ほんとひどいね。

沙耶に相槌を打ちながら、私は入力をやめなかった。

いま、すごくいい展開。

いま、すごいいい調子。

いま、すごくいい瞬間。

「あーあ、就活やだなあ。働くって何だろうねー」

ようやくスプーンを手に取った沙耶は、味のしないものを食べているみたいに、面倒くさそうに口を動かす。

「美里も何だか、忙しそうだね」

「え、何が？」

「頑張ってんじゃん」

彼女が見ているのは私のパソコン。

私は曖昧に頷《うなず》きつつ、引き続き頭のなかに湧き出るイメージを、文字に換えていった。

「ねえ、そうだ」

わざとらしく声を立てて、彼女は私の注意をひこうとする。期待に添うように、私は沙耶に顔を向けた。

「来月、おっきめの街コンがあるんだけど」

予想通りの言葉だった。そういうお誘いの時は、いつも同じ声色になる。一オクターブ高い、無垢《むく》な女を意識させる声。

「お昼に新宿のいろんな居酒屋をめぐって、日本酒が飲めるんだって。お酒に詳しくなくても、お店の人が教えてくれるから初心者でも安心だし、出会い優先ってわけじゃないから面白そうじゃない？　ほら美里って、合コン誘っても嫌がるじゃん。街コンなら、人も多くて緊張しないし、飲み会みたいに個室に縛られるわけじゃないから気楽で楽しいよ。一回、行ってみようよ」

善意に満ちた笑顔で、プレゼンがなされる。

「うーん。ごめん、興味ないかな」

私はきっぱりと断る。沙耶は、面食らった顔を垣間《かいま》見《み》せるも、

「そっか、おっけー」

広がりかけた小さな波紋を、水平にならした。

「まあそうだよね。公務員目指してたら、遊べないもんねー」

「え、私？」

「前に公務員試験、受けるって言ってたじゃん。それで今も勉強してんでしょ？」

「や、違うよ」

ママの勧めには従わない、と言いかけて、それは思いとどまる。
進路は現在保留中。考えることを休憩しているだけ。
「待って。じゃあ今それ、何してんの？」
席を立った沙耶が、私の背後に回り込んでくる。
あ、見られる。
でも不思議と抵抗はなかった。
私は文書ファイルを開いたまま、沙耶を待ち構えた。

と、心配そうに言って、後ろから優しく抱きしめられた。

「だから、うまくできるか不安で……ごめんね……」

「安心した」

「えっ？」

「俺も、こういうこと初めてだから」

照れくさそうな、鷗外先輩。

「嘘……」

本当に？　あんなにモテる先輩が？

「俺、遊んでるようにみえる？」

困った顔も可愛い。私はこの人を好きになってよかった。

「【　　　】、俺は君が好き」

先輩と目が合った。きらきらして澄んだ瞳に吸い込まれそう。

「先輩……私も愛してる」

しおりをはさむ

小説投稿サイト 恋スル夢十夜✦ 新規登録 ログイン

[作者] mis@to [ジャンル] 二次元
[ランキング] 総合 2位

『鷗外先輩と私』第十三話

　薄暗い部屋の明かりが、私の心臓をバクバクさせる。

　シャワーからベッドルームに戻ると、鷗外先輩は不思議そうな顔で、

「【　　　】、どうしたの？」

　って言った。照らされた横顔が、凜々しくてカッコいい。

「あのね……私……」

「うん」

　先輩は真面目な顔して、聞いてくれる。

「私、処女なの……」

　言っちゃった。どうしよう、嫌われたかも。思わず先輩に背中を向ける。

　不安に押しつぶされそうになっていると、

「【　　　】……」

しおりをはさむ

◀PREV 77 /78ページ NEXT▶

「えっ、これ何……？　小説？」

「みたいなものかなー」

「えっえっ、美里が書いてるの？」

予想以上に驚いた反応。当然だ。今までずっと、隠してきたのだから。

胸のうちが、温かい水で満たされていく。心に余裕が生まれていく。

「もしかして、小説家志望？」

目を輝かせながら、沙耶が尋ねる。

「あはは、まさかー」

私はすんなり否定した。

「趣味だよ、趣味。あくまで遊び」

そうだ。

私にとって夢小説の執筆は、私を楽しくさせてくれる娯楽。

できることならいつまでも、どこでだって、夢見ていたい。

だから私は、今日も書く。思ったように、好きなだけ書く。

現実を穴埋めするように、願望を夢物語に変えていく。

「これ、何先輩？　っていうか誰？」

鷗外の字が読めない沙耶は、しきりに首をかしげながらも、書きかけの文章から目を離さない。

私の新作、鷗外パイセンとの夢小説。

作中に登場する鷗外先輩は、私が現実で会った男の人じゃない。ツイッターアカウントのキャラクターが元ネタの二次創作。

あの男との交流は終わっていた。

近況が窺《うかが》い知れるのは、本人のツイートだけ。でも最近は、非リア芸のネタ投稿がぱったりと止まっている。鷗外パイセンとしての「公式」の供給を怠るのはやめていただきたい。

一度だけ、本人からＤＭが送られてきた。

あろうことか、私の夢小説に難癖をつけてきたので、すぐにブロックした。

女をホテルに連れ込んでおきながら、ヒヨって最後まで手が出せないヘタレなど、私の考える文豪キャラ・鷗外パイセンではない。非リアだろうと童貞だろうと、彼はきっと、ここぞという時は優しくリードしてくれるはず。

解釈違いだ。

私が好きになったのは三次元の人間じゃない。

鷗外パイセンという、ネット人格。ツイッターで面白いことを発信して、みんなを楽しませる架空のエンターテイナー。

電子の海に生きる匿名アカウントに、私はきっと恋をした。
生身の男は必要ない。
私はまだ、夢を見る。夢の世界で経験する。夢のなかで、夜を過ごす。
「ねえ、ここさあー」
沙耶が人差し指のネイルで画面を指して、
「なんで名前が、空白になってるの？」
「ああ、そこね」
私は言いながら、質問には答えず、ひとりで笑ってしまう。
【　】には、誰の名前でも入るけど、私の名前がいちばん相応しい。
だってこれは、私がいちばん楽しめる物語。
唯一無二の、私のためだけの夢小説にする。
ずっと趣味で執筆を続けてきた。誰が読むか、誰にウケるか、そんなの関係ない。
これは私のためのストーリー。
それでもよければ、読者は好き勝手に、自分の名前を入れて読んでくれて構わない。
気に入ったら、私の作った夢の世界を、一緒に旅してほしい。
私は私の夢を続ける。現実の続きを創作する。
夢見る夜は心地いい。

「そっかあ、何だかよくわかんないけど」沙耶は向かいの椅子に座り直す。「なんか美里を見てると安心した。まだ就活まで、時間あるしね。焦る必要なんてないよね」

そうだ。沙耶の言う通り。

焦る必要なんて全然ない。

私は私のペースでいこう。

「でもなんか、あれだね。前から思ってたけど」

恐る恐る、彼女は続けた。

「……美里って、ちょっと変わってるよね」

苦笑いを浮かべつつ、こちらの反応を伺っている。

私は迷わず一言で応える。

「ありがとう」

今日はいい日だ。褒められた。

2　エゴサーチと奇跡の一冊

『さよならの空席』／岡村正希 著

感想レビュー(625)	ネタバレ(33)

T.yoshida

★★★☆☆

今さらながら読了。

いつぞやの「むつらぼし新人文学賞」受賞作。

通勤電車に揺られて、やりたくない仕事に明け暮れるサラリーマンの主人公は、趣味に没頭できる週末だけを楽しみに、日々の労働に耐えている。やがてオーバーワークで腰を痛めてしまった彼は、満員電車で座席に座るための知恵をしぼりはじめる。奇想天外な作戦を頭で練り、あらゆる技で席に座るという、些細な楽しみを見つけた主人公。次第に己の人生に疑問を持ち、会社を辞めて第二の人生をスタートさせる……といったストーリー。

可もなく不可もない、さらっとした印象の読後感。

満員電車に苦悩するサラリーマンの悲哀には共感するところ多し。

主人公の行動原理が「椅子に座りたい」だけというくだらなさは、評価が二分するところ。シュールさを狙っている文体がやや鼻につくのと、著者の文学性が薄いので★マイナスふたつ。

テーマは普遍的なものを感じた。

「文壇に新たな若い才能が現れたことに、期待が高まる次第です」

選考委員長はそう締めくくり、厳かな一礼で降壇した。

参列者の惜しみない拍手が場内に響きわたる。当の「新たな若い才能」は、拍手が照れくさいのか、ぺこぺこと頭を上下させつつ自席に戻っていった。

屈託のない笑顔……嬉《うれ》しくてたまらないのだろう。その気持ちは痛いほどわかる。文壇の重鎮からの講評を、目を輝かせながら聞いていた。この式場での緊張感すらも、楽しんでいるように見えた。

僕は、配布された紙の資料をめくる。

受賞者は二〇〇〇年生まれの十九歳。プロフィール欄に書かれた数字を見て、息がつまる。三十六歳の僕とは十七歳差。干支《えと》が一周どころではない。

この新人文学賞だけでも、年に一度、後輩作家がデビューを果たす。僕と同じ受賞歴の持ち主が、続々と現れる。今日の彼も、すぐに僕のキャリアを追い越すだろう。立ち止まった人間は、ただ忘れ去られていく。

「それでは、これにて第三十二回むつらぼし新人文学賞、贈賞式を終わります」

あちこちで参列者が立ち上がり、のろのろと出口に向かいはじめる。先ほどから腰が痛い。二時間とはいえ、座りっぱなしは体にこたえる。ここのところ急にガタがきた。いつだったか父が「三十こえたら思い通りにいかん」と、腰をさすりながらボヤいていたっけ。

人の寿命は本来、三十歳程度なのかもしれない。長生きの代償を、現代人は痛みで払い続けるのだ。

「受賞作のパイロット版でーす、どうぞー」

出口付近には、見たことのある編集者の姿。

「どうぞ、受賞作の掲載誌でーす」

声を張り上げて冊子を配っている。流れで受け取ってしまった。

編集者が、僕の顔に気づくことはなかった。

式場を後にして、ひとつ下の階へと、集団がエスカレーターで移動する。次の広間も、大きくて豪奢《ごうしゃ》なつくりだったと記憶している。

ホテルの従業員からシャンパングラスをもらい受け、祝賀パーティーの会場に入った。

さすがは日本最高峰の高級ホテル。六年前と変わらぬ、貴族のパーティーかと見まごう絢爛《けんらん》さに、背筋が伸びる。

美味しそうな匂いが、雪崩《なだれ》のように襲ってきた。無数に並んだ立食式の丸テーブルの前に、料理人たちがずらりと待ち構える。寿司や天ぷら、ふかひれ蕎麦《そば》にローストビーフ。遠目でも、珠玉のおもてなしが認識できた。

懐かしい……あの時は三十歳だった。

六年前の記憶が、今の情景とぴったり重なる。

風化したはずの思い出が押し寄せてきた。眩暈《めまい》をおぼえて、気つけがてら、グラスを一息にあおる。しゅわっと爽快なアルコールが喉を走り抜けて弾《はじ》けた。

徐々に、場内の人口密度が増していく。人の声が幾重にも轟《とどろ》き合い、その喧《やかま》しさはまるで、耳を拳銃で撃たれるみたいだった。

僕はスーツの襟を整えて、ネクタイが曲がっていないかを確かめる。

久しぶりの背広はよそよそしい。家を出る直前、ネクタイを締めるのに三十分も格闘した。妻に泣きつくと三十秒で片がついたが、歩くたびに少しずつ左によれる。何度も手で直した。

空のグラスを持ったまま、ぐるりと一周して様子を伺う。

話し相手は見つからなかった。

手持ち無沙汰を避けるため、料理を取りに行く。供される食べ物はわかりやすく豪華だった。ローストビーフなんていつぶりだろう。その場でシェフに切ってもらい、僕は誰もいないテーブルを見つけて落ち着いた。「お飲み物のお代わりはいかがですか?」と、給仕の女性に声をかけられる。ビールを頼むとすぐに運ばれてきた。

る。

その後も、黙々と食事を摂《と》った。

高名な小説家たちが、幾人も、テーブルの前を通り過ぎた。

連載を抱えて忙しいはずの大御所作家もいた。談笑しながら、楽しそうに過ごしてい
る。

一度は話したことのある人がほとんどだった。六年前、揃《そろ》って僕に祝いの言葉をくれた、先輩作家諸氏。

作家同士でも、顔を認知していないことは多い。よほど名を馳《は》せるか、メディア露出がなければ、まず顔なんて覚えない。小説家の肖像は薄いもの。

誰もが、僕のことを忘れている。そう思うと自分から声をかける勇気も湧かなかった。

あたりを見回す。報道陣は少ないが、ちらほらカメラを持った記者が入り混じっている。テレビ局は来ていない。そんなものだろう。新人文学賞の祝賀パーティーで、マスコミが興味を示すのは芥川賞くらい。

ふと、隣のテーブルを見ると、坂井《さかい》さんがいた。

こちらの視線に気づいたのか目が合ってしまう。

「こんばんは」

先手をうって、僕から近づいた。

「ああ、岡村《おかむら》先生ぇ！」

パッと笑う坂井さん。大きなダミ声が、僕の鼓膜を揺らす。

「いらしてましたか。お久しぶりですねえ！」

「ご無沙汰してます」

会うのは何年ぶりだろう。僕より年上のはずだが、老け込む様子はまったくない。体はさらに一回り大きくなり、まるで髭《ひげ》の短い関羽《かんう》のごとき出で立《いた》ち。毎日ローストビーフを食べていると言われても納得してしまう。血気盛んな働き盛り。さっきの「人間三十歳寿命論」は捨てることにした。

「もう、どうしたんですか岡村先生！」

「え、えっ？」

「相変わらず太宰みたいな顔してぇ！」

背中をバシバシと叩《たた》き、巨体を揺らして豪胆に笑う。

「何ですか、太宰みたいな顔って……」

「作家らしい憂鬱な顔つきってことですよ、がはは！」

底抜けに明るい応対で、面食らってしまう。

「先生、ますます痩せました？　ちゃんと食べてますか？」

坂井さんは僕の担当編集者。かつて僕の小説を、世に送り出した人だ。今となっては、僕の顔を見るのは気まずいかと思ったのに。

「まあでもお元気そうで何よりです。ところで……」

今度は僕の腕を、強く揉《も》みしだきながら、

「最近はどうですか？」

と、尋ねてきた。

それが何を意味するのかわからず、答えに窮する。

最近はどうですか？

最近はどう過ごしていますか？

最近は生活できているのですか？

最近は——小説を、書いていますか？

「はあ、まあ……はは」

僕は笑ってやり過ごす。坂井さんは気に留めることなく、

「それにしてもまーた、平成生まれがデビューですよ！」

大げさに手を広げて、ため息をついた。

「はい、すごいですね」

「才能ってもんは、いやはや恐ろしいですなぁ！」

言葉とは裏腹に、はしゃいでいるのが見てとれる。編集部としても、若い才能を発掘できたのは大きいのだろう。

「彼、平成十二年生まれですよ？　もう時代は平成ですなぁ！」

坂井さんが平成、平成と連呼するので、

「でも、平成はもう終わりましたから」

などと、よくわからない返しをした。

「それもそうですな、いやぁ新元号には慣れない！」

熊のようにのけぞる坂井さん。彼の上機嫌な空気にほだされたのか、僕のお腹《なか》から、とある言葉がせりあがってくる。

それはずっと飲み込み続けた言葉。いまの僕が発する資格のない言葉。

「あの、坂井さん……」

それでも言いたくなって、僕は切り出す。

「はい？」

坂井さんが、打って変わって神妙に僕の目を見た。

「いえ、大丈夫です」

やっぱり言えなかった。

その後にやってくる覚悟と責任を、僕は受け止めきれないと思ったから。

「何ですか先生、まーた太宰治になってますよ顔が！」

坂井さんが、僕を覗《のぞ》き込む。先生と呼ばれることが気恥ずかしい。誰かにとっての先生だったことはない。

「あっ坂井さんだー」

「おお、どうもどうも！」

ぱっと坂井さんが、僕の横から離れる。向かう先には、ひとりの女性作家。話したことはないが一方的に知っている。

「羽鳥先生、先日はおめでとうございましたっ！」

坂井さんは腰を曲げて、女性作家に挨拶をする。

周囲の人間が、ちらちらと視線を向けた。この場に、今年の芥川賞作家を知らぬ者などいない。

彼女も後輩作家にあたる。僕と同じ、この文学賞の出身だった。

親子ほど歳の離れた相手に、坂井さんは丁寧な口調で話しこんでいる。あからさまな気遣いが見てとれた。

担当編集者との会話が打ち切られた僕は、悟られないよう静かにテーブルを離脱する。

やはり、来なければよかった。

祝賀パーティーの招待状は毎年届いていた。今まで秘密裏に廃棄してきたのに、今年に限って郵便物を妻に見られたのが仇《あだ》となった。

「なんで行かないの、肉を食い散らかしてきなよ」

言われるがまま今日を迎えたものの、あいにくローストビーフは一枚しか食べていない。

とうに食欲は消え失《う》せた。デザートに可能性を賭けて、一口サイズのケーキ片をもらい受ける。食べてみると意外にいけた。甘さ控えめで上品な味わい。再び取りにいき、今度は小皿の限界まで盛った。ついでにホットコーヒーを頂戴する。

やけ食いなのはわかっていた。

構うものか。どうせ参列するのも最後だろう。帰る前にスイーツで、心に穏やかさを取り戻したかった。

「おめでとうございます！」

ひときわ大きな歓声があがる。まばゆい閃光《せんこう》が連続で走る。記念撮影であろう、会場の中央に男たちが集まっているのが見えた。

興味本位で近づいてみる。囲まれていたのは、今夜の主役。生まれたばかりの新人作家は、はにかみながら、小刻みに頭を下げる。手に持つグラスにはオレンジ色の液体。ジュースに違いない。皮肉にも、この場に用意された多量の祝杯を、未成年の当人だけは飲むことができない。それはあまりにも早い、才能の開花を示していた。

大勢の出版関係者に囲まれる、期待の新人作家。

六年前。いまの彼と同じ立ち位置に、僕はいた。

今日と同じ、この帝国ホテルの催事場で、僕は新人賞をもらった。そして坂井さんの指導の下、受賞作を書き直し、デビューした。

『さよならの空席』

デビュー作にして僕の代表作。人生でたった一冊の著書。

当時の選考委員の一人は、僕の憧れの、熟年作家だった。

「次回作が楽しみです」

力強い物言いに、僕の全身は震え立ったものだ。

あれから六年。僕の心に宿った炎は消え失せた。いまだ僕は、二作目を書けていない。

「キミ、二作目はどうするの？」

新人の彼に赤ら顔で尋ねたのは、文芸部の編集長だ。かつて僕も同じことを聞かれたっけ。

「うーん、どうするか迷ってて……書きたいことがいっぱいあるんです！」

新人が言うと、周囲から一斉に「おお～」と歓声が沸き起こる。

二作目はどうするの……か。

僕はどんな顔して、何と応えたのだろうか。彼ほど無邪気には笑っていなかったと思う。

いきなり文学賞を得て、小説家になる。いっぱいいっぱいの目まぐるしい日々。

いた。

あの日、僕は小説家になった。

第二の人生がスタートしたと信じて疑わなかった。疑いなく、輝かしい未来を夢見ていた。

いま、目の前にいる彼も、そうに違いない。

彼はまだ知らない。デビューが、人生のピークになる人間もいることを。

いや……。

今日は祝いの席。そんなことを知る必要もない。

つくづく呆《あき》れてしまう。おめでたい場で、暗いことばかり考える自分に。

足早に会場を出た。まだ帰る人はいなかった。新しい来場客と、何度かすれ違った。

外はすっかり肌寒かった。九月とは思えない、昼夜の寒暖差。待機中のタクシーを横目に、日比谷駅へと足を向ける。

途中、たくさんの女性たちが、道にずらりと並んでいた。大きな劇場の前だ。ひとりのスターのために、何百人ものファンが待ち構えている。

地下鉄の階段を降りて、ホームで電車を待った。まだ二十一時過ぎなのに、やたらと千鳥足のビジネスマンが多い。今日は金曜日だと思い当たる。遅くなれば、どんどん酔っ払いが増えるだろう。早めに切り上げてよかった。

そう思ったのも束《つか》の間《ま》、ホームにやってきた車両はすでにすし詰め状態だった。

無理やり身体《からだ》を車内に押し込む。ここから根津までは九分。大丈夫。耐えられる。

身動きは取れなかった。車体が揺れるたび、人に押されるがまま、足がもつれた。

「ちっ」

舌打ちとともに、背中に痛みを感じた。強引に首を後ろにねじる。腕を組んだビジネスマンが、苛立《いらだ》たしげに僕を睨《にら》んでいた。

僕の背負ったリュックが邪魔なのだろう。けれど肩から降ろそうにも、手をあげるのもままならない。

満員電車は苦手だ。この地獄から解放されたくて、今の生活を選んだようなもの。

『この先、揺れますのでご注意ください』

アナウンスの直後に、ガタンと車輪の鈍い音で、大きく揺れる。舌打ちビジネスマンは、僕の背中に肘打ちを繰り出した。

たまの辛抱。そう思っても、気持ちがふさぎ込む。

満員電車が好きな人なんていない。誰だって乗りたくない。わかっている。それでも僕は満員電車が嫌だ。嫌なものは嫌だから乗りたくない。

気を紛らわせよう。僕は身をよじってアイフォンを取り出す。

読書メーターのページを表示したままだった。

「今さらながら読了」ではじまる、ネット上の読書感想文。

式典の前に読んでいたものだ。すぐに×を押して閉じるも、「テーマは普遍的なものを感じた」という一節が頭によみがえり、ぐるぐると暴れ出した。

【エゴサーチ】がやめられない。

依存症と言っていい。一日に何度も、自分の名前と作品名で検索をかける。読書メーター、ブクログ、アマゾンレビューにはじまり、ブログ、ツイッター、インスタグラムまで調べ尽くす。

今や、新規の投稿が一件もない日がほとんど。一週間にひとつ見つかれば御の字で、その週の労力が報われた気持ちになる。

当たり前だ。

たった一冊の、六年前の小説。今さら読まれるほうが珍しい。

本は永遠に残るから良いと言ったのは誰だったか。その言葉を僕は呪う。

本が店頭に置かれるのは僅かな期間。発売から少し経てば、大半の文芸書は書店から一掃され、文庫も新刊コーナーから姿を消し、かろうじて大型店舗が本棚に差していた一冊すらも、やがては見かけなくなる。

それでも。

未《いま》だに、読んでくれる人がいる。

図書館でも古本屋でもいい。今日、読んだ人がいる事実に救われる。

……本当に情けない。

いつまで過去にすがって生きるつもりなのか。そう思い直してもエゴサーチから逃れられない。

そうして六年。いつの間にか年月は過ぎた。

「テーマは普遍的なものを感じた」

駄目だ。まだ振り払えない。

スマホを仕舞って目を閉じる。しかし、すぐに目を開けた。何かをしていないと落ち着かない。僕はすがるように中吊《なかづ》り広告に目をやった。

ああ……。

今日はことごとくハズレくじを引く。

「引きこもりから美人芥川賞作家へ……。

羽鳥あや　壮絶な十代の記憶をたどる」

大衆誌の、特集記事の見出し。その横には「映画化決定！」と添えられている。

羽鳥あや……。

不思議な感覚だ。さっき見かけた人間の名を、またすぐ目にしている。

エゴサーチ、しなくてもいいんだな。

わざわざ探さなくても、世に溢《あふ》れかえっているんだな。

彼女が小説を書けば多くの人に届く。メディアが拡散する。日本中に広まる。

僕はもう一度、広告の見出しを読んだ。

引きこもりから美人芥川賞作家へ……。

わかりやすく提示される、作家自身のストーリー。なるほど実にキャッチーだ。辟易《へきえき》する。

作者のことがそんなに重要だろうか？

小説が、物語が面白ければそれでいい。それで十分なはず。なのにマスコミは、作者にばかり注目する。若いだの、美人だのと、盛り上がる。

電車内を見渡しても、本を読んでいる人はいなかった。みんなスマホをいじって俯《うつむ》いている。今どき小説なんて誰が読むんだ。本なんて古臭い過去の産物だ。それでも世間は、気まぐれに文壇に目を向ける。若さや美貌を持ち上げては、一部の作家の神輿《みこし》を担ぐ。

もしも僕が、作家を続けていたら。一冊で終わらず本を出していたら。

僕はあの中吊り広告に載れただろうか。

僕の作品は実写映画化したのだろうか。

怪しいものだ。なぜなら僕にはストーリーがない。ただのサラリーマンあがりの中年。ずば抜けたルックスも、知名度もない。

普遍的。

やめろ。そんな言葉は忘れてしまえ。

普遍的、普遍的。

うるさい。言葉を切り取って喜ぶな。

普遍的、普遍的、普遍的。

投げつけられたスライムのように、頭にこびりついた呪詛《じゅそ》の言葉。

読む人がいるなら、まだ忘れられていない。

普遍的なら、まだこの世界で勝負ができる。

そんな風に思ってしまう。まだいけるんだと己惚《うぬぼ》れる。

僕は作家になったから、小説が書けなくなった。消えたはずの炎はくすぶり続けている。

「おかえりなさい」

自宅に戻ると、妻がひょこんと、店のカウンターから顔を覗かせた。

地下鉄の根津駅から、上野《うえの》方面に歩いて五分ほど。

住宅街にひっそり明かりを灯《とも》す喫茶店『ブックマーク・カフェ』は、三年前にオープンさせた。二人掛けのテーブル席を六つ並べた小さな空間。僕と、妻のふたりで回している。

壁一面にそびえるのは、本がぎちぎちに詰め込まれた巨大な本棚。

僕の好きな本を、コーヒーを飲みながら読んでほしい。そんな思いで私物の本を陳列した。この店自体が、僕の書斎のようなもの。

古本屋と勘違いして、本を持ち込むお客さんが後を絶たないので、買い取りも行うようになった。そのために古物商の許可まで取得した。本が集まりすぎて販売するようになり、後付け設定で「古本も買えるカフェバー」というコンセプトに修正した。

客入りは芳しくない。ご近所さんや、雑誌の小さな紹介記事を見て訪れる人がほとんどだ。

今は男性客がひとりだけ。会社帰りだろうか。脱げばいいのにジャケットの袖をまくって、文庫本を読んでいた。

会釈をしたが気づいてもらえなかった。そのままカウンターへと向かう。

「どう、楽しかった？」

妻にそう問われ、

「まあそうだね」

と、軽く濁す。

「ほらほら、行ってよかったでしょ」

狭いカウンター内で、小刻みに身体を揺らす妻。コケシみたいだ。セミロングの横髪が左右にたゆたう。

「うん、そうかも」

行ったことを後悔しているなんて当然言えない。

「ねえ。今からスーパー行っていい？」

「何か足りないの？」

「じゃなくて、パート」

「えっ、今日はシフト入ってないだろう？」

「そうなんだけど」

人手が足りず、パート仲間からの救援要請が入ったという。

「閉店作業だけでも手伝えないかって。だから店番、お願いね」

店のエプロンも外さず、妻が足早に出ていった。小走りなのにスローモーションのように遅かった。

仕方なく、僕はリュックを降ろして、スーツのままカウンターに入る。

特にすることはない。

何か違和感があると思ったら、女性アイドルの歌が店内に流れていた。妻の仕業だ。雰囲気に合わないからやめてほしいと言っているのに。

お客さんに勘づかれぬよう、曲の終わりを狙ってCDの再生を停《と》め、本来のBGM用ラックからディスクを取り出して差し替える。流行《はや》りのポップスから急にヘンデルに繫《つな》いでも、男性客は眉一つ動かさない。

小さく流れる『サラバンド』が、静寂を埋めてくれた。

伝票を見ると、ブレンドのみ。たった一杯でねばられている。

先月から、夜はバー営業もはじめようと、基本的なお酒は取り揃えたものの、ほとんど注文がなかった。

微動だにせず、男性客は真剣な面持ちで本を読んでいる。コーヒーカップはとうに空だろう。しかし「お代わりいかがですか？」と水を差すのも気が引けた。そういうのは苦手だ。どうしても語調が固くなり、タイミングを計りかねる。物怖《ものお》じしない接客術は、妻のほうが得意だった。

妻は、隙あらばパートに行ってしまう。

二十三時まで営業する近くの大型スーパーで、主にレジ打ちを担当。断り切れない性分に加え、近所に住んでいるのもあって、休みの日に呼ばれることも多い。そこまでお付き合いする必要はないと指摘しても、嫌な顔ひとつせずに出かけていく。

家計が苦しいのは事実。ここの家賃も馬鹿にならない。

印税は、店の開業資金で使い果たした。今後の増刷も見込めないから、他の収入源に頼るばかり。

結婚したくせに、ふたり分すら稼げない自分が情けない。

妻にそう言うと、「考え方が昭和」と笑って受け流される。まったくみんなして、平成だの昭和だのと括《くく》りたがる。

時刻は二十二時前。僕は持ち帰ってきた冊子を取り出した。受賞作のパイロット版。急いで印刷をかけたであろう、粗悪な紙質が、どうにも読む気を失せさせる。

十九歳の書いた小説……。

足もとにあるゴミ箱に放り捨てた。ゴンと、思った以上に固い音が響きわたる。すぐに回収した。こんなところに捨てれば妻に見つかってしまう。それに読んでいない本を捨てるのは、やはり失礼だと思い直して反省した。

レジまわりを整理整頓して、時間を潰す。帳簿や発注票が、レジ横のファイルボックスに乱雑に詰まっている。少し怠けるところだ。折れ目を指で直しつつ、クリアファイルにまとめていく。

紙束の隙間から、何かがひらりと床に舞い落ちる。

手紙だった。

思わず、焦って拾い上げる。未開封のまま……よかった、妻には読まれていない。

一か月前、祝賀パーティーの招待状と一緒に、坂井さんから送られてきたものだ。置き場に困って、ここの書類に混ぜて隠したのを忘れていた。不注意も甚だしい。

ファンレター。

平たく言えばそうだ。編集部に届いたものが、作家宛に転送されてくる。デビュー当時はそれなりに戴《いただ》いたものの、今や年に一通ほどに落ち着いた。

両手で持って、じっと眺める。

薄い山吹色の封筒には、控えめに紅葉の葉が描かれていた。

どんなに見つめたって、封を切らない限りは読めない。けれど、どうしても開けられなかった。読みたいという気持ちと、読む資格がないという気持ち。ふたつの感情がせめぎ合う。

坂井さんは、どんな思いでこれを郵送したのだろう。担当編集者の義務とは言え、律義な人だ。

彼に会う機会も、めっきりなくなっていた。

以前は月一で「打ち合わせ」と称して、よくご飯を食べに行った。坂井さんの選ぶ店はどこも美味しく、その都度、帰り際には創作意欲が湧いた。駆け出しの新人のために、創作のネタと、熱意を注入してくれた。

「次の作品も楽しみにしています」

坂井さんが、会うたびに言ってくれた言葉。今日のパーティーでは聞けなかった。当たり前だ。それだけ年月は過ぎた。

そして、僕だって言えなかった。

「二作目を書きたいです」

喉をせり上がってきた言葉を、僕は必死で飲み込んだ。

二作目を書きたい。

それは本心ではなかった。言いたいだけの嘘《うそ》でしかなかった。もしそう言ったら、再びチャンスがもらえるのかを、ただ知りたかっただけ。

まだ間に合うのか。僕はまだ作家として扱われているのか。それを確認したくなった。

愚かにも程がある。

小説を書かないくせに、小説家の立場に、しがみつくだなんて——。

三十歳の時、新人文学賞を受賞した。

僕は小説家と呼ばれるようになった。

それまでは、新卒で就職した会社に勤めていた。何十社もエントリーシートを手書きして、面接に明け暮れて、最初に内定が出たのは大手の印刷会社だった。日本の出版物の四割を牛耳る、社員数一万人の大企業に、僕は働き口を決めた。

配属されたのは営業部。意外な采配に驚いた。

最初の一年。待っていたのは、飛び込み営業の日々。企業を訪問して「社名を入れたオリジナルカレンダーを作りませんか?」という注文を取ってくる。一日のノルマが設定され、一週間ごとに社員同士のランキングが発表された。ゼロ年代も後半に差し掛かり、ようやく就職氷河期が終わろうとしている時に、旧態依然とした社内競争のなかに、僕は身を置くことになった。

勤務中に突然、カレンダーの押売りが入ってくる。先方からすれば邪魔者でしかない。

「アポイントのない方はご遠慮いただいてます」

だいたいは一階の受付カウンターで、若い女性に事務的にあしらわれた。

うまく社員に取り次いでもらえたとしても、

「他で作ってるんだよ」

「うちは間に合ってるから」

と、外に追い立てられた。それでも「名刺とカタログだけお渡しさせてください」と食い下がった。そうする決まりだった。会社に戻った時に、名刺とカタログの減り具合を、上司が確認する。捨てられるだけのゴミを、なるべくバラ撒《ま》いて会社に帰った。

「今どき名入れカレンダーなんて必要ある？」

「おたくでカレンダー作るメリット教えて？」

そう言われても、うまく説明できない。カレンダーなんてどこで作っても同じだ。自分が欲しくないものの、魅力を感じないものを、他人に売る術《すべ》など思い浮かばなかった。

売上は伸びず、上司に怒鳴られる毎日が続いた。怒られても、人間性を否定されても、営業成績は変わらない。同期は次々と目標を達成し、別のチームに移っていった。彼らは、実にうまく契約を取ってきた。どこにカレンダーを買ってくれるマーケットがあったのかは未だにわからない。

社内では無能と叱られ、社外では闖入者《ちんにゅうしゃ》として煙たがられる。

眠りが浅くなり、夢のなかでもカレンダーを売り歩いた。荒廃した砂漠をさ迷いながら、次の飛び込み先を探して這《は》いつくばり、閻魔《えんま》大王のような鬼が現れて「お前はクズだ！」と罵声を浴びせられる夢。同じ悪夢を繰り返し見た。

限界だった。

人間扱いされない。心の安らぎがない。

「結果出せねえなら電車にでも飛び込んじまえ」

ある時、上司にそう言われた日の帰り道。電車のホームで、あと一歩、前に踏み出せば、許してもらえる気がした。

死んでまでは怒られやしないだろう。それくらい苦しかったのだと、上司も理解してくれる気がした。今からいつも通り、苦役の満員電車に乗り込むのと、その車両に轢《ひ》かれて楽になるのを天秤《てんびん》にかけているうち、ホームに電車が到着した。

結局、飛び込めなかった。

白線の内側で立ち尽くすだけ。どこまでいっても臆病だった。

三年目の秋、社内の産業医に心療内科への通院を促され、あっという間に病名がついた。うつ病。よく聞く心の病気。まさか自分がそうだという自覚はなかった。

自分のなかで、何かが音を立てて壊れた。

すべてがどうでもいい。僕は退職願を出すことにした。

一度パソコンで打ってから、考えた末に、直筆で書き直した。

月曜日の朝イチで上司の席に持っていくと、上司は「ふっ」と噴き出し、面倒くさそうな顔で僕を見た。「辞表」と筆ペンで大きく書かれたその封筒は、開封されることなく受け取られ、翌週に人事部に呼び出された。

「営業が無理なら、集配に回りますか」

初めて入るフロアの片隅、書類に埋め尽くされた小さな部屋に通された僕は、人事担当から異動を勧められた。

「岡村さん、辞めてどうするんですか？」

元より考えていなかった。今の苦しみから逃れたい人間が、将来などを鑑《かんが》みるわけがない。

「メールボーイは楽ですよ」

退職の願いは叶《かな》わず、僕はそのまま、会社に居座ることになる。

送別会もなしに、すぐに配属が変わった。末端の営業職には引き継ぎもなかった。

勤務場所は、二十八階建て本社ビルの一階。新しい業務内容は、集配だった。会社に届いた配送物を、部署ごとのカゴにふり分けて、そのフロアまで持っていく。また、社員が外に送りたい郵送物を預かって、宅配便の業者に引き渡す。チームは全部で五人だけ。昼休憩以外で、社内から出ることはなくなった。

印刷会社なので紙の受け渡しが圧倒的に多い。重労働だが、単純な作業の繰り返し。ノルマもない。ミスも減り、待機時間が長くなった。不眠症どころか、就業中に居眠りしたってお咎《とが》めなし。定年間近のチーフは、いびきをかいて惰眠《だみん》をむさぼっていた。漫画やゲームは禁止だが、空いた時間を潰すために読書が許された。今まで、ろくに小説など読んでこなかった。何から手をつけていいかわからず、青空文庫で古典文学を片っ端から読み漁《あさ》った。

すぐにのめり込んだ。普段、何気なく話しているしゃべり言葉にはない、美しい日本語に魅了された。

遅まきながら、読書に目覚めた。誰にも邪魔されずに、ひとり没頭した。カフェにある蔵書は、この頃から収集したものだ。

特に好きなのは川端康成《かわばたやすなり》の『雪国』。トンネルの有名な第一文より、その次にくる「夜の底が白くなった」に打ちのめされた。言葉で書かれているのに、他のどの言葉にも置き換えられない、最上級の文章表現。僕は、白くなった夜の底は見たことがない。しかしこの一文を読んで、夜の底が白くなる瞬間を知ってしまったように思う。

仕事が楽になったおかげで、ストレスはなくなった。心療内科の通院も終わりを迎える。

次に待っていたのは「虚無」だった。

うすうす気づいていた。これは会社にとって救済措置にすぎない。人並みに仕事ができない者を飼い殺しにする絶海の孤島。それが集配部。他の四名も、それぞれの部署で厄介者扱いされていたと聞いた。人事が「メールボーイ」と称したのも、子どものお使いレベルの業務に従事する僕たちを揶揄《やゆ》したものだと後に知った。

仕事というものは、やりがいを感じるか、反対に苦痛が伴えば継続できる。良くも悪くも暇になると、たちまち余計なことを考えはじめる。限りある人生の持ち時間を、給与に引き換えているだけの日々……今度は、そんな恐怖を感じはじめた。

せめて休日だけでも充実させよう。そう思い、土日は無理にでも遊びに出かけた。ひとりで美術館を巡り、大学時代の友人と集まって酒を飲んだり、知り合いのバンドのライブや、小さな劇場の演劇に足を運んだ。文化的な生活を試みた。

身体も動かしてみた。知人がフェイスブックで参加者を募るバーベキューやハイキング、未経験ながらフットサルやボルダリング、果てはサバゲーまで、柄にもなくアウトドアに身を投じた。

休日の娯楽を楽しむために、平日の勤務をこなす。人生で有意義な時間は週二日。七分の二を大切にしようと割り切った。

そんな生活もすぐに飽きてしまった。大して好きでもないレジャーには没頭できなかった。加えて、他人との交流は気持ちが疲れる。休日をエンジョイしようとアクティブに動いて、かえって心身をすり減らした。

仕事にやりがいを見つけられない。

趣味にも生きがいを見いだせない。

またしても、死にたくなっている自分がいた。

休日は家にいることが多くなった。遊びに誘われても断って、日がな一日、実家から持ってきた昔のテレビゲームをプレイして日没を待った。それもすぐに飽きた。メールボーイにジョブチェンジして、四年が過ぎた。二十九歳。泥濘《ぬかるみ》に足を取られたまま、二十代の終わりが迫った。

僕は、ブログを書くようになった。

仕事のこと、自分のこと、現状についての想《おも》い、将来への漠然とした不安まで、社員に特定されないように配慮しながら、匿名で綴《つづ》った。

吐き出さなければ内側から溺れてしまう。

誰でもいい。抱えきれなくなった悩みを、誰かに聞いてほしかった。

「甘えんな」

「仕事があるだけマシ」

辛辣なコメントも書き込まれたが、

「素敵な文章ですね」

「応援しています！」

好意的な反応もあった。素直に嬉しかった。

そのうちブログは連載のかたちをとり、小説のような語り口になる。

僕は試しに、アップしたブログの文章をもとに、小説を書いてみようと思い立った。

やってみると書けた。キーボードを打つ指を止めないよう、手首に痛みをおぼえるまで書き続けた。

土日だけでは飽き足らず、平日も帰ってから寝るまでの時間を費やした。就業中にも、頭のなかでプロットを練った。

もちろん楽じゃなかった。一筋縄ではいかなかった。

文章表現で煮詰まったり、語彙《ごい》の乏《とぼ》しさを嘆いたり、書いては消しての、試行錯誤の連続。最後まで書ききれるかも不安だった。

それでも執筆をやめなかった。僕は、熱に浮かされていた。

小説の書き方なんて知らない。今まで読んだ読書の記憶と、自分のなかにある経験や思考だけが心頼み。取り憑《と　つ》かれたように、手探りで、言葉を繋《つな》げて重ねていった。

死なないために書いていた。

執筆をやめてしまえば、いつまた僕は、駅のホームで白線を越えることに、魅《み》せられるかわからない。

死から逃れるための創作に、僕は懸命にしがみついた。

この世に命を繋ぎとめようと、僕は言葉を書き続けた。

半年で書きあげた。

ブログに掲載するつもりでいたが、ちょうど締切間近の文学賞を見つけ、新人賞に応募することにした。何度か推敲《すいこう》してから、プリントアウトした紙束を郵送した。いつも取り扱う会社の荷物よりも軽かった。

送ってしまうと全身から、すうっと何かが抜け出した。

「憑き物がとれたような顔をしている」

集配部のチーフに、そう指摘された。しばらくは穏やかに仕事をこなせた。

最終候補に残ったと編集部から連絡があり、しばらくして僕は、新人文学賞を受賞した。

小説の出版が決まった。

それはまるでワープだった。

突如現れた、別世界へのワープポイント。誰かの人生と入れ替わるみたいに、今まで歩いてきた道とは、まったく繋がっていないところに飛ばされた。

僕は小説家として扱われた。

環境は目まぐるしく変わり、いくつも取材を受けて、初めてテレビに出演した。

会社に籠《こも》って荷物を上げ下げするだけの僕が、まるで舞台の主演俳優のように、スポットライトを浴びた。

勢いで仕事も辞めた。

劇的な変化に、テンションが上がってしまっていた。

今度の退職願はすんなりと受理された。送別会はなかったが、チーフから「頑張れよ、作家先生」と握手を求められた。その手は乾ききった岩肌のようだった。

本の評判はわるくなかった。

五か月で重版がかかり、好調に増刷された。「なかなか重版ってないんですよ、出版不況ですから」坂井さんはそう喜んだ。僕は相変わらずの夢心地で、たびたび振り込まれる印税でのんびり暮らした。

二年で十万部売れた。

そこまでだった。本は売れなくなった。翌年の文庫版は、見向きもされなかった。落ちるのは一瞬だ。僕を包んでいた柔らかい泡がはじけて、地上に叩きつけられる。

僕は日常に戻ってきた。

因果応報。焦るには遅すぎた。

すべては二作目を出さなかった自分の責任。

僕はずっと、次の小説を書けないでいた。

「次はどんな作品にしたいですか？」

坂井さんから幾度も催促があった。

「ぜひ、うちでも書いてくださいよ」

ほかの出版社からも声がかかった。

でも無理だった。どう足掻《あが》いても出てこない。書くべきものが見つからない。

次回作？

次って何だ？

一体、何を書けばいい？

『さよならの空席』は私生活の延長だった。通勤ラッシュで疲弊《ひへい》し、カレンダーを売ろうと疲弊し、上司に怒鳴られて疲弊し、同僚から嘲笑されて疲弊し、帰宅ラッシュの満員電車に押し込まれて疲弊していた日々の経験を書いたにすぎない。創作物には違いないが、当時の苦しみがあったからこそ書けた、極私的な代物。

自分の人生を一作にまとめてしまった。

無我夢中で出来上がった、奇跡の一冊。

だからもう書くことが見当たらない。小説の書き方はわからないまま。

「続編というかたちもありますよ」

業を煮やした坂井さんがシリーズ化を提案しても、

「いえ、もうあの物語は終わってるので」

そう理屈づけて道を閉ざした。

今さら印刷会社には戻れない。三十三歳、再就職も考えたが、勇気が出なかった。社会復帰が怖かった。もしまた地獄に戻ったらと思うと、目の前が真っ暗になって足がすくむ。満員電車に再び耐える自信もなかった。

生活のため、残りの印税となけなしの貯金で、カフェをはじめた。

社会人時代によく遊びに誘ってくれた友人の紹介で、古い物件に巡り合った。場所は文京区・根津。築四十年以上、脇道に佇《たたず》む三階建てのビル。一階は店舗貸しで、二階のアパート部分も一室ちょうど空いていた。一緒に借りれば家賃も値引きすると言われたが、肝心の一階の内装は居抜き物件にしてはコンクリートの壁がくすんでおり、リフォームが必須だった。いい条件とは思えなかった。

けれども僕はここに決めた。

内見で初めて、根津という土地に降り立った。付近を散歩してみると、何となく空気が気に入った。都心にしては驚くほどに緑豊かで、古い建物が残り、豆腐屋、八百屋、蕎麦屋、金物屋など、昔から商売の地のようだ。僕みたいな新参者が出店してよいのか不安もあったが、素通しのガラス張りの店構えが多く、外に向けて開いている印象を受けた。

駅前には、大きなスーパーや薬局も立ち並ぶ。しっかりと人の営みが感じられるのに、メインストリートの不忍通りから一本脇道に入ると、静寂が大切に守られている。ここはきっと住みやすいだろうなと思った。

そして街灯には、『文豪の街』というう金文字のプレートが掲げられていた。

「大丈夫。根津は、あの立川談志《たてかわだんし》が住んだ町だから！」

契約したところで一円も得しない、落語好きの友人にも背中を押された。

ブックマーク・カフェ。

本に栞《しおり》をはさむように、少しばかりの休憩をしてほしいとの思いを込めた。

本当はもうひとつ意味をもたせたのだが、特に気づいてもらえないので、なかったことにしている。

行きついた職業は、小さな喫茶店のマスター。

美味しいコーヒーの淹《い》れ方は、まだ修行中だ。

過ぎし日が、走馬灯のように脳裏を駆け巡る。

つくづく甘えた生き方をしてきたものだ。営業マンとして結果を出せず、集配にも本気で取り組めず、文学賞をもらっても調子に乗るだけで次に進めず、朝夜の通勤電車から逃げるためにカフェを作って今に至る。あまりにも自分本位な生き方だった。

今夜はやけに過去を振り返ってしまう。祝賀パーティーに出席した影響だろう。
僕は、レジ横のパソコンを立ち上げた。
ドロップボックスから、書きかけの文書ファイルを開く。
まだ客がいるなかで、僕は「副業」に着手した。
もちろん中身は新作小説……などではない。

美肌に効果的な「赤酢豆乳」の作り方!
一日大さじ一杯がカギ!?

#健康 #美容

たくさんの栄養素に満ちた酒粕からできた赤酢。

体に良くないわけがないんです!

赤酢は一般的なお酢よりも飲みやすく、酸味が苦手な人でもチャレンジしやすいですよ。


そして、もうひとつ!

美容好きの間で知らない人はいない、女性の体に必要不可欠なエストロゲンに似た働きをする「イソフラボン」がたっぷり入った「豆乳」!


「赤酢」と「豆乳」。

このふたつを、大さじ一杯ずつ混ぜるだけで簡単にできちゃうのが、

最近話題の、『赤酢豆乳』!


味もまろやか! バナナなどを入れてシェイク風にするのもオススメ!

色は可愛らしいピンク色。インスタ映えもバッチリ狙えちゃいますね!

＜ 2／2 ＞

美肌に効果的な「赤酢豆乳」の作り方!
一日大さじ一杯がカギ!?

#健康 #美容

――江戸前寿司には欠かせない「赤酢」。
知っていましたか?　実は、アミノ酸が豊富に含まれているんです!

様々な穀物を発酵させて作るお酢のなかでも、赤酢は「酒粕」を発酵させています!

～酒粕に含まれている主な栄養素～

・たんぱく質(アミノ酸)
・ビタミンB1
・ビタミンB2
・ビタミンB6
・パントテン酸
・葉酸
・食物繊維
・亜鉛
・ナトリウム
・カリウム
・リン
・カルシウム
・マグネシウム
・鉄
・銅

＜　1／2　＞

ネット記事の原稿を、さくさく進める。

店の赤字を補うためには、空き時間の副業が不可欠だった。

一記事あたり四千円。だいたい八千字前後だから、二文字で一円の稼ぎ。コストパフォーマンスは悪いが、糊口《ここう》をしのぐには仕方がない。

量産優先、スピード命。

発注元から指定されたトピックを基に執筆する。検索ですぐにわかるほどの知識を羅列し、SNSから生の声を吸い上げてまとめると一丁あがり。テンプレートに慣れれば、二時間で仕立てられる。

流し読みされ、ネットの海に沈んでいく文章たち。

こんなもの本当は書きたくない。どうせ書くなら、いつまでも残ってほしい。いつまでも読まれてほしい。

小説には五十年、百年、読み継がれる名文がある。

著者が死んでも残る言葉は、どうすれば生み出せるのか。坪内逍遥《つぼうちしょうよう》が小説を確立して以来、多くの傑作がこの国で生まれた。幾人もの文豪が、素晴らしい作品、まさに普遍的な物語を遺《のこ》した。

……僕の役目じゃない。

僕が書かなくても、面白い小説は世の中にたくさんある。一作書けただけでも十分だ。

もう書かなくてもいい。

そう思ってきたのに、今日はどうしたって、未練が湧き出してくる。久しぶりに、文壇という夢の世界を覗いたから。

駄目だ。地に足をつけよう。ネット記事を書こう。粛々と生活をしよう。僕は沼から這い出るみたいに、もがくようにキーボードを叩いた。

記事はあっという間に出来上がった。生みの苦しみは感じられない。

閉店間際に、男性客が帰った。二十二時五十八分。コーヒーのお代わりは取れなかった。

何を読んでいたのだろう。気になっても、声はかけられない。

本を読んでいる人の、横顔を眺めるのが好きだ。文字に目を向けた人の表情は男女問わず美しい。

さっきの客は、僕と同じ三十代後半か、もう少し若そうだった。指輪はしていなかったので独身だろう。

会社終わりに、都会の喧騒《けんそう》を離れてわずかなひと時。自分の時間を読書に費《つい》やす。ふと日常を忘れて物語の世界に耽溺《たんでき》する。家に帰ればあとは寝るだけ。気持ちがリフレッシュできたことを喜びつつ、「明日もまた頑張ろう」と自分を励まし、寝室の電気を消す。

ついつい想像を巡らせる。ひねりのないベタな想像。

それでいい。頭のなかは自由な宇宙。

少ない情報から、好きに膨らませてよい。

読書も同じだ。余白の多い文章ほど、夢中になれる。誰にも邪魔されない旅ができる。

最近はめっきり本を読んでいない。

あんなに好きだった読書とは、今は距離を置いている。

小説を読むと、作者に嫉妬してしまいそうだから。書ける人を自分勝手に、僻《ひが》んでしまいそうだから。本棚に並ぶ大量の書籍とも、だから僕は訣別《けつべつ》した。

余計なことを考えるな。とうに結論は出たはずだ。

僕は淡々と、閉店作業をこなした。洗い物を終わらせ、簡単に店内を拭き掃除。売上計算はするまでもない。最近は数日分をまとめて行っている。

「ただいま」

妻が帰ってきた。

「忙しかった。これは痩せた」

走ってきたのか息が荒い。前髪が乱れ、ほのかに頬も赤かった。

「これは痩せたね。痩せたわ、間違いない」

わざとらしく、妻がこちらを見てくる。妙に機嫌がいい。
思わず笑ってしまうと、
「馬鹿にされた」
今度は眉間に皺《しわ》を寄せて、口をすぼめる。
「そうだこれ、お惣菜《そうざい》の余り」
太ったレジ袋を両手で掲げて、カウンターに載せるやいなや、店の扉から出ていった。
二階の自宅には、外階段から行くしかない。
レジ袋の中身を確認する。売れ残った廃棄用の、揚げ物や副菜のパックが詰まってい
る。すべて店の冷蔵庫に収納した。妻のおかげで、食費は抑えられている。
妻との入籍は五年前。両親が見合いに乗り出した成果だった。
「あとは結婚だけね」「そろそろちゃんとしなさい」
作家デビューの報告に舞い上がった親たちは、どさくさ紛れに僕を既婚者に仕立てよ
うと企てた。「父の会社の同僚のひとり娘」という断りにくいお相手で、「一度会ってみ
るだけなら」という僕の譲歩はなし崩し的に忘れられ、両家の間で挙式の準備が整えら
れた。結婚とは、周囲に流されてするものだと知った。
妻も幸いなことに読書家で、会話は弾んだ。一緒にいて気を張らないでよかったのも
あって、僕も結婚を強く拒むことはなかった。

しかし結婚生活も五年目。とうに肉体関係はなくなった。子どもを作る予定もない。夫婦の仲は良好だが、どこか踏み込めないまま、ふたりの距離感が固まった。

妻は自分の気持ちを口にすることが少ない。

何を考えているのか、時たま不安に襲われる。

駆け出しの作家と結婚した妻は、一作で終わった僕を、どう思っているのだろう。本心を尋ねることもできない。きっとこのまま日々は過ぎる。

構わない。僕の抱えた後ろめたさは消えないが、胸のうちに秘めたままでいれば、この先も関係は維持できる。

僕は閉店作業を終え、カウンター内のチビ椅子に座って一息ついた。

ファンレターを取り出して眺める。本日の業務はすべて終了したが、この問題が残ったままだった。

せっかくいただいたのだ、捨てるわけにはいかない。

僕は入口の扉を確認する。妻が戻ってくる気配はなかった。

意を決して、指に力を入れて封を切る。ぴりぴりと音をたてて、中身が露《あらわ》になった。丁寧に折りたたまれた便箋を広げると、小さな文字が直線上に整列していた。

岡村正希　様

ご無沙汰しております。

久しぶりにお手紙をお送りいたします。

本年度より、夫の転勤に伴って仙台へと移住しました。住み慣れた弘前の地を離れ、都会暮らしも、ようやく落ち着いてきたところです。

先日、七夕まつりを見に行ったものの、地元のねぷたを思い出して、郷愁にかられてしまいました。間もなく紅葉の季節ですので、コケシで有名な鳴子の大滝に足を運んでみようと思います。秋保《あきう》温泉にも立ち寄ってみるつもりです。先生は、温泉などはお好きでしょうか。

電車移動も増え、東京ほどではありませんでしょうが満員の電車に乗り合わせる機会がありますと、あの『さよならの空席』の主人公を思い出して、まるで自分が追体験をしているような不思議な心地を感じます。まだ私のなかで、彼らは生きております。

もう何回目になりますでしょうか。

先日『さよならの空席』を、また読み返しました。

改めて、岡村先生の言葉選びの美しさにため息が出ました。電車の窓から見える都心の夕暮れの描写は、何度読んでも色あせることなく情景が目に浮かびます。

これまでのお手紙でも散々書いておりますが、やはり先生の作品は、ノスタルジックな黄昏《たそがれ》に満ちているところに惹《ひ》かれます。

他の人にとっては、ちっぽけかもしれない悩みでも、自分にとっては大きな問題である点を、丁寧な筆致で描かれておりますね。

ですから私は、先生の作品をシュールなどとは思いません。

確かに多くの方がそのように評されましたが、先生の作品には、もっと真に迫る、普遍的な切実さがございます。傍から見れば滑稽に思われようとも、人はみな、それぞれ何かを抱えて懸命に生きている……私は一読者に過ぎませんが、そう受け取っております。先生はこの物語に、何気ない日常をたくましく生きるためのエールを込めていらっしゃいますね。

最近はいかがでしょうか。何か書かれておりますか。

『さよならの空席』は、私にとって、かけがえのない物語です。

いつか岡村先生の新作が読める日を、楽しみにしております。

少しずつ肌寒くなってきましたね。
季節の変わり目、どうぞ先生も御身体をご自愛ください。
次回作、気長に待っております。
乱筆失礼いたしました。

敬具

ごめん。

何度も頭のなかで、頭を下げた。

ごめん。ごめんなさい。待たせてごめん。

僕は甘い。大馬鹿野郎だ。

坂井さんが転送したファンレターを、煩わしいと遠ざけた挙句、はた迷惑にすら感じていた。

あれは自分が、現実から逃げるために書いた小説。

己の苦痛を切除するための、ひとりよがりな物語。

うまく生きられないから世の中に吐き出しただけ。読む人のことを、触れる人のことを、考えなかった。

あんなものでも、大切に思ってくれる人、面白いと思ってくれる人がいる。本当に嬉しい。ありがたい。僕はそれを知りたくてエゴサーチに明け暮れる。

だけど申し訳ない。もう期待に応えることはできない。

小説家になった以上、小説を書き続ける責任があった。その責任を、作者は背負っていた。

やはり手紙を読む資格などなかった。ちっぽけな僕には受け止めきれない。

僕は奇跡的に一冊、書けただけ。次はない。奇跡に二度目はない。もう小説を書くことはできない。

僕はもう、小説家ではない。

本を出したことのある人にすぎない。

「今日はお集まりいただき、ありがとうございます」

テーブルに座った六名の参加者に、弓弦葉《ゆづるは》さんが一礼する。

「中止にならなくてホッとしてます」

十月に入って、最初の土曜日。外は晴天に見舞われた。

前日の大雨が嘘のようだ。関東に迫った台風が、深夜に北陸方面へと逸《そ》れ、起きてみれば青空が広がっていた。

「ではでは、今月の『文学サロン』開幕です」

ぱちぱち、ぱちぱち。控えめな拍手が送られる。

予定通りの十三時。ブックマーク・カフェ、恒例のイベントがはじまった。

司会をするのは、純文学系同人誌『らおゆえ』を主宰する、三月《みつき》弓弦葉さん。

美しい字面はもちろんペンネーム。本名は知らない。一児の母で子育てをしながら、趣味で小説を書いている。詩的で、凛《りん》とした文章を綴る。うちの妻とも気が合うらしく、背が高くていつも柔和な微笑《ほほえ》みをたたえる弓弦葉さんを、妻は「女神、女神」と褒め称える。

出会いは一年ほど前。

来店した彼女に、お会計の後で相談を受けた。

「文豪の街、根津のカフェで文学サロンをやりたいんです」

文学サロン？

文壇の重鎮たちが葉巻とウィスキーを夜な夜な嗜《たしな》むような密会か？

そんな旧時代的な場面を思い浮かべたが、聞けば、少人数で楽しむ文学イベントを企画したいとのこと。

「みんなでオススメの小説を持ち寄ってプレゼンしたり、テーマを決めて冒頭だけ小説を書いてみたり、本をもっと好きになれるような、体験型のイベントを考えています」

ちょっとした交流会。とりあえず怪しいものではなかった。妻も「面白そう」と興味津々で、試しに店舗を貸し出してみると、ちゃんと人が集まった。

それからは月に一度、こうして弓弦葉さんに店を任せている。

イベントの開催なんて、カフェのオープン時にはなかった発想だ。回を重ねるごとに、参加するお客さんの顔ぶれが増え、フリーペーパーを置かせてほしいと頼まれたり、自費出版のミニコミ誌や詩集を売らせてほしいと頼まれたりして、今では店内の一角に委託販売コーナーを作るまでに至った。

お客さんも、通常営業とは異なる顔ぶれ。二十代前半の若者を中心に集まってくる。

みんなそれぞれ、創作に関心があるようで、なかには作家志望者もいた。

弓弦葉さんの文芸同人誌に寄稿する純文学系のＯＬ、小説投稿サイトに異世界ファンタジーを掲載する大学生男子、壮大な本格ミステリに挑戦するフリーターの男性など、皆一様に、小説家への憧れが見てとれた。

「まずはこのボトルです」

弓弦葉さんが、緑色の瓶を掲げる。

「アブサンと言って、飲むマリファナとも言われた禁断のリキュール。あまりに人々を魅了するため、生産国だったフランスで、ごく最近まで製造が禁止されていました。かのゴッホも愛飲したと言われています。このお酒は、太宰治の『人間失格』にも登場し、主人公が抱えた喪失感を、飲み残した一杯のアブサンに例える心象が描かれます」

流暢《りゅうちょう》な語り口で、ストーリーが紡がれる。

参加者も興味津々に「へえー」「すごい」と合いの手を入れる。至近距離で、密な交流が行われる。

本日のサロンテーマは「小説のなかのお酒」。

数々の名作に登場する一風変わったお酒を、皆で試飲しながら物語世界を楽しむという趣旨だ。こうして毎回、本に関連したテーマを弓弦葉さんは持ってくる。

小説が好きなんだな。

好きだからこそ、アイデアが光る。場も活気づく。

「では飲んでみてください。マリファナは入ってないので御安心を」

参加者は、なごやかに笑いながら口に運んでいく。

「うわっ強い！」「よもぎっぽい味する〜」

「度数は四〇%あるのでご注意ください」

「先に言ってよー」「あはは、太宰も飲んでそう！」

居合わせた人と気ままに過ごすだけの、ほがらかな時間がカフェに満ちる。

他人と関わる機会は貴重だ。大人になるにつれ、人はコミュニティが固定される。直接会わなくなり、バーチャルなやり取りも増える。ＳＮＳで友人の近況を知り、何となく会った気になっている。繋がり合っているのに、ひとりぼっちの寂しさがつきまとう。

僕たちは、孤独になれずに孤立している。

人は、誰かと関わりたいと願う生き物。かつて僕が、仕事で追い詰められて仲間を求めたように、ブックマーク・カフェが寂しさを解きほぐす場所になってくれたらいい。

集まった人の笑顔を見るうちに、そう思うようになった。

「アブサンには、角砂糖を火で燃やして飲むという伝統的な……」

サロン中は、僕の出る幕はない。カウンター越しに見守るのみ。

おや？

用意した椅子がひとつ、空いたままだった。

確か今日は七名だったはず。珍しく、常連の「彼」が来ていない。パソコンで予約表を確認する。やはりその名はあった。

無断欠席……緩い集まりだから構わないが、少し引っ掛かる。どうしたのだろう。

イベントはつつがなく進行する。アブサンに続いて、赤玉ポートワイン、ギムレットなどが供された。土曜の昼間から、見知らぬ者同士がお酒をたしなむ有り様は、見ていて心地よい。

「お次はこちら、数多《あまた》の文人を魅了した、電氣ブラン！」

「ちょ、ちょっとすみません……！」

酔いがまわった参加者の訴えをきっかけに、休憩を取ることになった。妻がコップに水を汲《く》んで、テーブルに配ってまわる。

——危なかった。

矢継ぎ早に度数の高いアルコールを摂取したわけだ。事故にもつながりかねなかった。

「弓弦葉さん、申し訳ない」

僕は謝る。一呼吸入れませんかと、助言するべきだった。

油断していた。そのために、オーナーの僕がいるのに……。

けれど当の本人は、

「私は飲み足りないんですけどねえ」

横一列に並ぶ酒のボトルを眺めて、きょとんと首をかしげた。

飲《の》ん兵衛《べえ》だ……顔色一つ変わっていない。

幸い休憩中も、変な空気にはならずに済んだ。カウンターに戻りかけたところで、

「あの、店長さん」

後ろから声をかけられる。

くすんだボルドーのセーターに、デニムを穿《は》いた女性。

「ああ鈴木さん、お水もう一杯いる？」

谷中に住む、大学生の鈴木美里。何度かサロンに来てくれているが、特徴の薄い顔立ちで、服装がころころ変わるので、一か月ぶりに会うと「はじめまして」と言いかけてしまう。

「お水は大丈夫です。それより……」

すっと、僕の耳元に近づいて、

「今日って、鷗外パイセンは欠席ですか？」

まわりに聞こえないように耳打ちしてきた。

「ああ彼ね、参加希望のメールはもらってたけど、来てないな」

「そうですか」

「鈴木さんは、何か聞いてない？」

「え？」ぴくっと目が動く。「どうしてですか？」

警戒するように一歩、身を引いた。

「だってほら前に、仲良さそうに話していたから」

「知りません」

きっぱりと切り捨てる。何か、気にさわる言い方をしただろうか。

僕が様子を伺っていると、

「……よっぽど、顔を合わせたくないんですね」

仏頂面のまま、席に戻っていった。

イベントが再開しても、彼女の眉間は皺まみれ。彼のドタキャンを、明らかに気にしている模様。

参加者間でトラブル？

不安になるも、そこまで踏み込むのは難しい。大ごとじゃなければよいのだが……。

鷗外パイセン君。

彼は、最初から異彩を放っていた。

半年前、彼はこの文学サロンにやってきた。立ち襟の白シャツに、薄手の着物。小倉《こくら》織《おり》を思わせる紺色の縦縞袴《たてじまばかま》からは、黒い編上げ靴が覗く。書生風とでも言おうか。コスプレ的な若作りに見えた。

森鷗外をイメージしたのだろうか。しかし鷗外に、書生の印象はないのだが……。

「はじめまして。将来の夢は文豪です」

彼は最初の自己紹介で、堂々と宣言した。ジョークと受け取られたのだろう、周囲からは笑いが漏れた。

我関せず、神経質そうに目を泳がせ、

「自分にしか書けないものを探しています」

と、いたって真面目な調子を崩さずに締めくくった。やがて弓弦葉さんの講釈がはじまると、鞄《かばん》から朱塗りのケースを取り出した。それは硯箱《すずりばこ》で、小さな硯に、持ち運び用の墨汁を垂らし、次に竹製の筆巻きをくるくると開いて、細い筆を構えた。そうしてノートに、墨でメモを取りはじめた。

ちらちらと両隣の人が横目で盗み見ても、彼は涼しい顔だった。「これが何か？」とばかりに、筆を走らせていく。

見てほしくてたまらないのだ。

パフォーマンスにしか思えなかった。普通にボールペンを使えばいいものを、その「普通」から逸脱するために、奇を衒《てら》った行動に出てしまう典型的なパターン。

何度か、隣町の千駄木で彼を見かけた。遠目でもすぐにわかる。文学サロンと同じ書生姿で、交差点にあるミスタードーナツに入っていった。

微笑ましい。

人と違う個性を求めて、キャラ作りに傾倒するのはよくあること。誰にも迷惑はかけていない。いつか恥ずかしさに気づくものだ。「厨二病《ちゅうにびょう》」と言うには、彼の場合は少々、年齢がいきすぎているが。

彼も作家志望のひとりだった。

近々、本が出るとサロンで喧伝《けんでん》していた。ＳＮＳの発言をまとめた語録だという。一般人の語録にどんな需要があるのか定かではないが、彼はネットの世界では人気者らしい。ツイッターのフォロワー数は意外にも多かった。

一度、自作小説の添削を彼に求められたことがある。

サロンが終わっても帰ろうとしない。他の参加者がいなくなり、僕が食器を片付けようとテーブルに近づいたところで、

「小説、読んでくれました？」

そう言って立ち上がった。

「ああ、ええと……？」

「先日データで送ったやつ」

先週、いきなり店のメールアドレス宛に送られてきた。

「ごめん、まだ目を通せてなくて」

ファイルを開いてもいない。小説というものは、気乗りしないと読めやしない。

「そうですか、まだ『出逢《であ》って』ないんですね」

そう言って、不敵な笑みを浮かべてくる。

「今度、読ませてもらうから」

僕がやり過ごそうとすると、

「いまちょうど持ってますよ」

と、すぐさま紙束が取り出された。黒のショルダーバッグが、実に着物と似合わない。

「満を持して、初めて筆をとりました。処女作こそ真価を問われます。プロの小説家を目指すからには、先人の意見が聞きたいんです」

彼の食い下がる様子を見て、妻が「片付けは私やるよ」と言い、いよいよ逃げ道がなくなった。観念してコピー用紙を受け取る。


『文豪記』


なぜか禍々《まがまが》しい字体で、タイトルが記されている。

嫌な予感に飲み込まれる前に、ページをめくった。

【あらすじ】

小説家を志して田舎から上京した「私」は、文学の聖地・谷根千に居を構える。文豪の足跡を辿りながら、深い哲学的思索を通して、本当に「己が書くべきもの」とは何かを探っていく。

理想の小説が完成間近に迫った折、かつての同郷の娘が「私」の自宅を訪れる。交流は深まり、愛の本質を摑みかける「私」であったが、女というものが、ただの肉の塊でしかないと悟った時、ふたりの関係は終焉を迎えた——。

愛とは何か。生きるとは何か。

文学を追い求め、「私」から「文豪」へと変貌する、男の一代記を描く。

藝術的素養を喪失した現代社会を舞台に、著者の哲学と思想が収斂した、衝撃のデビュー作。


あらすじというよりは、煽《あお》り文句に近い。本来は編集部の役割だ。

彼の視線が気になるので、素早く紙をめくって、本文を斜め読みする。

一人称小説。私小説のような体裁だ。

驚くほどに既視感のある物語だった。主人公の設定や、物語の流れは森鷗外の『青年』に似ているし、遠方から女性が尋ねてくるというのは、同じく鷗外の代表作『舞姫』の影響を感じる。

内容は、難解をこえて難読だった。部屋に籠って自問自答する描写が多くて場面が動かない。胸焼けするほど気取った文語調で、まわりくどい言い回し。彼が単純に、難しい表現を使いたいだけのように思えた。

「この『傀儡《かいらい》中華を食べて、私は踵《きびす》を返した』っていうのは？」

どうしても見過ごせず、途中で質問してしまう。

「傀儡の中華料理を食べてから、家に帰っていく描写です」

「傀儡の中華料理？」

「やけに引っ掛かりますね」

それはそうだ。意味がわからないからだ。

「本場の味には程遠い、偽物みたいな中華料理を食べてしまった主人公の、切なさを表現した比喩のつもりでしたが」

傀儡とは、操り人形のこと。偽物という意味合いはない。

あまりにふわっとしている。全体に漂う、曖昧な薄っぺらさ。これは「文学っぽい何か」にすぎなかった。

「あれ？」

すぐに最後のページに辿り着いた。物語は、半端に終わっている。

「ええと、続きは？」

「ひとまず第一章まで書きました」

続きは構想中だと言う。

「この後はどうなるの？」

「主人公が部屋でひとり『哲学的思索』を深めて、自分が真に『書くべきもの』を見つけます」

「その『書くべきもの』って？」

「構想中です」

そこが一番肝心な気もする。

「ちょっと、まだ何とも言えないかなあ」

率直に伝えると、

「他には？」

「というと……？」

パイセン君が眼光鋭く、僕の目をみる。

「ここのシーンがいいとか、文体から何かを強く感じるとか」

指で顎をいじりながら、むず痒《がゆ》さを我慢するような顔を向けてくる。

僕は少し迷ってから、

「これは、誰に向けて書いたの？」

と尋ねた。

「誰に……？」

パイセン君は、不思議そうな顔で返す。

誰に読んでほしいのか。誰が面白いと思うのか。そういった想定が、この小説からは感じられなかった。

「誰に向けてとか、そういうことは考えません」

彼は珍しくはっきりとした調子で言った。

「俺が小説を書くのは、自分のためですから」

その時に襲ってきた眩暈を、僕は生々しく記憶している。

かつて、エゴサーチで見つけた『さよならの空席』の感想文。

「星ひとつ以下。作者のエゴ丸出し。

誰に向けて書かれたのか、まるで不明。

自分のためにしか書かれていない駄文」

彼への苦言は、ブーメランとなって僕の全身を切り刻む。
他ならぬ、僕のほうこそ自分のために書いたくせに、偉そうに言ってしまった。
同時に、彼には苛立ちをおぼえた。
最後まで書いていないいくせに、何が読んでくださいだ？
作家デビューしていないいくせに、将来の夢は文豪だと？
ドス黒い汗が、全身の毛穴から噴き出してくる。
けれども僕は、
「小説は結末が大事だから、完成したらまた読ませて」
と、我慢して逃げる方向に舵《かじ》をとる。
彼は原稿を見つめてしばらく黙って、
「……このまま書き進めていいですね？」
念を押すように迫った。どこまでも、目は真剣そのものだった。
僕は、「頑張って」とだけ伝えて、添削を打ち切った。
あれから随分と経った。
まだ、小説の続きは送られてこない。

酔いが醒《さ》めないお客さんに配慮して、残りのお酒は希望者が試飲するかたちで再開し、最後に妻の用意した紅茶を全員に振る舞って、寛《くつろ》いだひと時ののちに文学サロンはお開きとなった。

「また来月～」「ありがとうございました～」

帰路につく参加者を、弓弦葉さんが店前で見送る。

結局、パイセン君は顔を見せなかった。

本の出版が近いなら、忙しいのだろう。彼に会いたいわけではないが、自作をプリントアウトしてまで持ち込んでおいて、尻切れトンボのように音沙汰がなくなるのは、一抹の寂しさをおぼえる。

片付けを終えると、もう窓の外はどっぷりと暗い。

「今日もありがとうございました」

長い髪を垂直に垂らして、弓弦葉さんが深々とお辞儀をする。

妻が紅茶を新しく淹れたので、元に戻したテーブル席で一息つく。カップを口に寄せると、甘い香りが鼻孔をくすぐった。不思議な味だ、アーモンドのような甘み……お客さんに出したのとは違う。

「美味しい。奥さん、これは何ですか？」

茶葉の正体を、弓弦葉さんが妻に問う。

「秋らしく、キャラメルモンブランティー」

妻は紅茶に詳しい。珈琲《コーヒー》党の僕にはない、独自のこだわりをもっている。店で使うこのカップも、妻がセレクトして揃えた。かなり値がはった。お客さんが割った場合を考えると恐ろしいので反対したのだが、「すべてのお紅茶はウェッジウッドに注がれる」という、よくわからない主張に屈した。ちなみに最初にカップが割れたのは、開店してわずか一週間後。妻が床に落とした。

「あっそうそう、岡村さん」

妻と「秋のスイーツ談義」で盛り上がっていた弓弦葉さんが、僕に向き直る。

「来月のスピーチも楽しみにしていますね」

言われて、時間が停止する。

「…………」

「岡村さん？」

「…………」

「下町文学賞のスピーチですよ」

スピーチ。記憶の奥底が噴火する。

ああそうだ、スピーチだ！

「岡村さん、忘れてました？」

弓弦葉さんの語気が強まる。

「いえ、そんなことは……」

取り繕えないほどに、語尾が弱まってしまった。

「あれ、そんな仕事あったの？」

妻がカップを置いて、僕を見やる。

「大丈夫、忘れてないから」

必死な言い逃れ。

……忘れていた。

【谷根千・下町文学賞】の受賞式が、来月に迫っていた。

文学賞と言っても、出版社は関わっていない。このあたりの文化振興協会が主催する、地域イベントの一環だ。名前に冠する通り「谷中・根津・千駄木を舞台にした、情緒豊かな下町の庶民を描く小説」を一般公募で募っている。応募対象者はアマチュア作家に限定され、受賞作は地域のミニコミ誌に掲載される。流石は文豪の街、かれこれ二十年ほど続いているらしい。

「ほんと、お願いしますよ？」

半年ほど前。実行委員会に属する弓弦葉さんから、受賞式でのスピーチを頼まれ、安請け合いをしたのだった。僕は大切な約束でも失念する。会社員時代から進歩がみられない。

「やります、大丈夫です」

今さらやめるとは言えなかった。

まだ日はある。急いで原稿を用意すれば何とかなる。

「よかった！」彼女は一転してぱっと明るく、「過去最高に盛り上がりますよ！」

と、どこか高揚している様子。

その理由はすぐに判明した。

「何たって、羽鳥あや先生が来ますから！」

羽鳥あや？　何の話だ？

何故《なぜ》その名が急に出る？

「すごーい」

ポットにお湯をつぎ足しながら、妻がのんきな声をあげる。

「え、あの……芥川賞作家ですよ？」

「しかも人気絶頂の美人作家！」

「いやいや」それは知っている。「よく呼べましたね」

「ふふ、実はですねえ……」

なんと、羽鳥は特別審査員だという。一年前にオファーしたらしい。芥川賞を受賞する前、まだメディアに持ち上げられていない頃か。

「彼女は絶対ベストセラー作家になるって、デビューした時から思っていましたから」

用意周到。つくづく彼女の行動力には感心する。

「今回、授賞式の観覧希望メールが殺到したんです。今まで参列者が少なくて閑古鳥が鳴いていたのに、初めて抽選になったんですよ。岡村さん、一緒に谷根千・下町文学賞、大成功させましょうね！」

まるで僕も運営側のような言い方。どんどん話が大きくなっている。

「そうだ、もしまだスピーチ原稿を書かれていなければ、ぜひお願いしたいテーマがありまして」

渡りに船とばかりに、ぽんとひとつ手を打つ。

「どんなテーマでしょう？」

「ずばり『小説家になるには？』です！」

よりによって……頭を抱えたくなった。

「羽鳥先生の影響で、小説家志望の若い子が増えているんです。夢に溢れる若者がたくさん来ますから、ぜひ岡村さんにも、そのテーマでご高説を賜りたく」

「いや、だったら羽鳥あやに頼んでよ」

「それは断られました」

本命を射損ねた白羽の矢を、向けられていた。

やめよう。辞退するなら今しかない。僕が引き受けるのは、断るよりも失礼に思えた。

しかし妻が「正希さんにぴったりのテーマ」などと口走り、話はまとまった。

「当日の動きなどは、メールでお送りしますね」

弓弦葉さんが帰り支度をはじめる。まだ中身の残る酒瓶で膨れたトートバッグを肩に引っかけて、足早に扉へと向かう。

「ご馳走様《ちそうさま》でした、失礼します」

よろけることもなく、真っすぐなお辞儀で、店を後にした。

「スピーチ、今日思い出せてよかったね」

悠長に、妻が言った。

ああ……。

羽鳥先生に、岡村さん。

呼び方の違いに気づいたのは、それからすぐだった。


ある日の夜。

僕の手は、封印した過去を開けようとしていた。

自宅のリビングにある、小さなカラーボックス。未読の新刊小説や、読みかけの文庫本、妻の愛読する女性誌など、下のカフェには置かない本が、ここには乱雑に並ぶ。小説を最後に読んだのはいつだろう。本に囲まれたカフェで働きながら、遥《はる》かに小説から遠ざかったものだ。

カラーボックスから、久方ぶりに自著を取り出す。

文庫版『さよならの空席』初版本。

手元に残していた一冊は、思ったより劣化が激しい。表紙はスレて、角も小さく折れている。小口は幾度もページをめくったかのように黒ずんでいた。古本屋の百円コーナーで売られる処分品ほどの保存状態。

ろくに開いたおぼえもないのだが……。歳月をかけて、自然と朽ちていったのだろうか。

妻はソファーでどら焼きのぬいぐるみを抱いて、音楽番組を観ている。その隣に、静かに腰をおろす。テレビ画面を一瞥《いちべつ》したが、黒いサングラスの司会者以外は、誰の顔も知らなかった。

重い鉄扉を引っ張るように、ゆっくりと表紙をめくる。

言葉が、詰まっていた。

昔の自分が、選んで、置いて、綴った、文字列。

ぱらりぱらりと飛ばし読みする。ざっくりと文字を拾ううちに、心の奥に沈んだパズルのピースが、浮かんできては、くっついていく。

辛《つら》い日々の記憶が、肌に蘇《よみがえ》る。

思い出さないではいられない。

新卒からの三年。カレンダー売りだった時代は、退社の時間まで、体力が残っている日などなかった。

せめて帰りの電車くらい、席に座ってゆっくりしたかった。背もたれに体重をあずけて、抜け殻になって休みたかった。

都心から実家の神奈川に向かう、終電近くの小田急線は、酷いときには乗車率一〇〇%をざらに超える。ぎっちぎちの車内では、まともに立ってもいられない。吊り革だけが頼みの綱。揺れる車内で押しつぶされながら、何とか一駅分でも多く、腰をおろせないものかと思案した。

新宿駅から乗車する際に、誰よりも早く座席を獲るための最短ルートを考え、始発で座れずとも、次の駅で降りそうな人を探しては人間観察の技術を磨いた。自分なりの作戦が成功し、読みが的中すると嬉しかった。一日の最後に包まれる達成感。座りさえすれば、読書もできた。他人の体に圧迫されないで済んだ。

くだらないことを考えるくらいしか、逃げ道がなかった。

あの頃のひとり遊びを、小説に仕立てただけ。体験も創作も、リアルからの逃避にすぎない。

苦い思いで過去を振り返りながら、僕は最後のページに辿り着く。すぐに読み終わってしまった。字は大きいし、改行だらけ。長編とは名ばかりの薄い本だった。

自作を読むのは恥ずかしい。

稚拙な文章に、凡庸な構成。外に吐き出した己の未熟さを、見せつけられた。

これが受賞作……。若気の至りにしか思えない。

受賞時の講評では、審査委員長の先生に、

「『満員電車で座席に座る』という、些細《ささい》な喜びに焦点をあてることで、退屈な日常に埋もれないよう闘争する青年の姿が克明に描かれていた。現代日本における疑似的な平和に対する『反逆的サバイバル』を体現している」

などと称賛された。

今でも一言一句、諳《そら》んじられる。文芸誌に載った講評文を、かつて何度も読んだから。

そしてその後に、こうも続いた。

「この小説が、誰のために書かれたのかは明らかである。著者自身の救済をはかるような、私小説の香りが全体に漂い、郷愁を帯びたウェットな文体が物語を形づくる」


すべて、お見通しだった。

自分のために書かれた私小説。

しかし事実として本は売れた。読者からは「考えさせられた!」「シュールだけど実は深い!」という感想も寄せられた。

僕に、そこまでの作品意図はなかった。あの時の気持ちや境遇をそのまま書いただけ。偶然の産物として生まれた、奇跡の一冊だ。

思い返せば執筆は苦しくもあり、楽しかった。体験や思考が、フィクションの世界で広がっていく。もう一度、あの感覚を味わいたいという欲求はある。それはきっと叶わないことなのだが……。

「あっ次、私の天使だ」

妻が、テレビに前のめりになる。

画面の向こうのステージには、若い女性たちが立っていた。

妻はアイドルが好きだ。ライブや握手会には行かず、映像と音源を自宅で楽しむ応援スタイル。「茶の間ファン」と言うらしい。

裾の長い、純白のロングコートに身を包んだ一団が踊り出す。よく見るような、制服を模した衣装ではない。胸元やスカートの袖に、金の刺繡《ししゅう》が施されている。極彩色のステージ照明に照らされて俊敏に舞う姿は、一人ひとりを抽象化して、「可愛い」という集合体に昇華する。

観客席を埋め尽くす、黒い男たちの頭から湧きあがる熱気が、画面越しにも伝わってきた。

煌《きら》びやかなパフォーマンス。女性たちが、若さを爆発させる。

僕にはそれが、命を燃やして輝く光に見えた。

軽快なステップから繊細なウェーブ。一糸乱れぬ、統率のとれた動きは波紋のよう。

一拍の余韻を置いて、サビのユニゾンが響く。

一転して全員が笑顔を咲かせて、カメラに向かって歌う。

伸びやかな声。耳に残るキャッチーなフレーズ。

弾むような電子音に載せて、明るく飛び跳ねる。

妻が応援している人はどれだろう。動いていると、殊更に判別がつかない。

僕は、テレビに齧《かじ》りついた妻の横顔を眺める。

視線に気づくことなく、偶像に熱中する彼女。

いつも、何を思っているのだろう。

本音を語らないのは、無言の圧力に思えた。

自分の不甲斐《ふがい》なさを痛感する。脱サラした小説家と結婚したつもりが、小さなカフェを経営することになり、赤字補塡《ほてん》のために低賃金で自らもパートに奔走《ほんそう》する。そんな将来は、きっと望んでいなかったはず。

僕は静かに自著を閉じた。参考にすべき箇所は、拾えなかった。スピーチの材料になればと思ったが、前向きな思考が働かない。

小説家になるには?

そんなこと、僕が知るはずもない。何を喋《しゃべ》ったらいいのか皆目、見当がつかない。

僕は視線をテレビに戻す。

間奏にさしかかっている。メロディアスな旋律のなか、女の子たちが立ち止まって、祈るように手を組み、上を仰ぎ見る。

僕はぼんやりと、こうしてお茶の間で考える。

この女の子たちは、どうなっていくのだろう。

アイドルの寿命はきっと短い。スポットライトを浴びて輝く、夢のようなひと時。それが終わりを迎えたら、どう生きるべきなのか。

「アイドルは私たちに生きる希望を与える。だから尊い」

いつも妻はそう語る。

だけど僕は彼女たちを見ながら、夢が終わったあとの人生に、想いを馳せる。自分の人生の、終わらせ方を考えてしまう。

自殺願望ではない。そうではない。

僕はゆっくりと、このまま下り坂を降りていく。

受賞、出版、重版、文庫化。作家でいられたのは三年間。

ピークは過ぎ去った。

それ以上のクライマックスが、僕の未来に用意されているだろうか。

恐らく、もう経験することはない。

新作を書いてみようとも思わない。執筆用のパソコンは、レジ前の業務用として再利用された。

小説を執筆しないくせに、作家であることに固執する自分がいる。自分は作家だと確かめるためにエゴサーチする。

まだ僕の本が存在し、読まれていると安堵《あんど》する。

作家とは、本を通して心を揺さぶり、多くの人を楽しませる職業。いつまでも読み継がれる物語を、活字を通して、遠くの地にまで届ける者。

言葉の、魔術師。

僕はどうだろう？

作家デビューした。ちょっとは売れた。

そこで終わってしまった。先へと進む努力を怠った。

作家になったからこそ、もう書けないと悟った。奇跡の一冊が、作家としての夢を抱かせ、それを叶えさせなかった。

僕は『さよならの空席』の表紙をじっと見つめた。この本を書店で見かけることは、もうほとんどない。

新しく読まれなくなった小説の価値を考える。

本はいつまでも残る？

そんなのは嘘《うそ》だ。すべては過ぎ去った。何も残らない。

「はあ満たされた。よーし、寝る」

妻が、欠伸《あくび》をしながら立ち上がる。

番組はまだ途中で、複数人の若い男性たちが、奇抜なダンスを踊っていた。妻は興味がないらしく、洗面台のほうへと向かう。

声をかけようと思った。

しかし言葉が見当たらない。妻にだけは甘えられない。

サイドボードに置かれたリモコンを拾い、つけっぱなしのテレビを切った。

窓を風が執拗《しつよう》に叩く。台風は過ぎ去ったのに、またしても風が強まってきた。

部屋にひとり。
僕は、ポケットからスマホを取り出す。
寝る前の日課は欠かさない。息をするようにエゴサーチをはじめる。

「岡村正希」
「さよならの空席」

検索ワードはたったの二項目。入力するまでもなく履歴に表示される。
どこにも最新の書き込みは見つからなかった。
文庫本をカラーボックスに戻そうと、もう一度手に取る。
右手にスマホ、左手に絶版本。
これが現在地。
僕は、羽鳥あやとは違う。もう読者は増えやしない。
百万人を涙させる力がない物書きに。
はたして、意味はあったのだろうか。

強烈な光を浴びて、目の前が真っ白になる。

ぱしゃり、ぱしゃぱしゃと、雷鳴に似た閃光が、絶え間なく襲う。

まず感じたのは圧倒的な恐怖。夕暮れ前なのに何も見えない。戸惑いが、その場に足を固定した。

かろうじて光の方向を見やると、ずらりと並んだ黒ずくめの人間が、カメラを向けていた。彼らは無言でシャッターを切る。後ろから入ってきた誰かが横を通り過ぎると、さらにフラッシュは強まった。

我に返った僕は、その人に追随するように歩き出して、フロントに入った。

後ろを振り返る。エントランスの壁際に座り込んだ一団は、ホテルの出入り口にカメラの照準を定めたまま。報道陣だと、ようやく理解した。

フロントは混乱の極みだった。

ホテルのスタッフや、浴衣着の宿泊客、得体のしれないスーツの男たちが入り交じり、せわしなく動いている。言葉が頭のうえを矢のように飛んで混ざり合い、聞き取れない雑音となって耳に降り注ぐ。

この騒ぎは、どうしたことか……。

会場を間違えたかと思うほど、屋内は喧騒に包まれていた。

水月ホテル鷗外荘。

根津から歩いて少し、上野公園の不忍池に程近い、老舗の旅館。

谷根千・下町文学賞の授賞式が、間もなく行われる。

しかし到着するやいなや、大変な状況に身を置かれた。事態が飲み込めず、誰に声をかけていいかもわからない。

まごまごと立ち尽くしていると、

「ああ、岡村さん！」

駆け寄ってくる見知った顔は、着物姿の弓弦葉さん。ホテルの仲居さんに溶けこんで見つけられなかった。

「すみません、一旦こっちに！」

言われるがままフロント横に出て、屋根つき通路から中庭のような場所に分け入った。

古い平屋に沿って、緑が広がっている。小さくも風格をそなえた庭園だ。飛び石を歩いて橋をわたる。黄色がかった紅葉の葉が浮かぶ川を覗くと、でっぷりと太った鯉《こい》が、所狭しと泳いでいた。

「すみません、何だか騒がしくて……！」

報道陣はホテルの入口に溜《た》まったまま、追ってくる気配はない。

平屋の玄関に辿り着く。鹿威《ししおど》しの横に立つ看板には、

『森鷗外居住の跡　――舞姫の間』

と、記されていた。

「控室はこちらになります」

ホテルの敷地内に、森鷗外の住んでいた屋敷がある。こんなかたちで立派に保存されていようとは。

「岡村さん、近所なのに来たことないんですか？」

著書が好きでも、僕は「聖地巡礼」に興味がない。ゆかりの地などは巡らない性質だ。若き日の鷗外は、この居宅にて『舞姫』を執筆したという。

ぴりっとした空気が頬を撫《な》でた。文豪の旧居と知り、足を踏み入れるのにプレッシャーを抱く。

「どうぞ、おあがりください」

着物の所作が様になった弓弦葉さんは、まるで鷗外夫人のごとく、屋敷に招き入れる。

三和土《たたき》をあがると、すぐに広い日本間があった。

換気が行き届いているのか、古い家屋にありがちな木の匂いはこもっていない。不思議と畳は生暖かかった。

ふいに視線を受ける。横をみると、色あせた市松人形と目が合った。静かなのに、誰かの息遣いを感じた。肩が強張《こわば》る。今もここで、鷗外が暮らしているような錯覚をおぼえた。

「奥の間にお進みください」

金色の屏風《びょうぶ》の向こう、襖《ふすま》が一枚開いている。描かれたウグイスと牡丹《ぼたん》に見惚《みと》れながら、奥へと進んだ。

薄明かりのなか、正座する女性がひとり。

彼女は小さな手鏡を構えて、マスカラを塗っていた。

「おはようございます！」

僕らに気づいて立ち上がる。

「岡村先生ですよね、今日はよろしくお願いします！」

芥川賞作家、羽鳥あや。

きりっと据わった両目には、エネルギーがみなぎっている。

「お会いできて、光栄です！」

潑溂《はつらつ》とした物言い。向き合った顔には幼さが残るのに、脈打つ胎動が、肌にまで伝わってきた。彼女が話すたびに、日差しを浴びたように温《ぬく》もりを感じる。

僕はどう挨拶していいかわからずに黙ってしまう。

羽鳥は一歩近づいて、

「私、『さよならの空席』読んでます」

急にエゴサーチ用の単語を言われ、視界が揺れた。

「あ、いや、まあどうも」

会話を打ち切るために、目を逸らした。何かを続けそうな彼女の唇に、僕は気づかないふりをして、

「どうやら、大変なことになっているようだけど」

と、弓弦葉さんに話題をふった。

僕の本を読んでいるわけがない。お世辞などまっぴらだ。わざわざ取り寄せて読むほど、芥川賞作家は暇じゃない。Ｗｅｂで検索したあらすじの所感を述べられるくらいなら、最初から聞きたくなかった。

「すみません岡村さん、騒々しくなってしまって……」

弓弦葉さんが、事態を説明してくれた。

「突然マスコミが押しかけてしまったんです。対応に追われて、まだ式場の設営も間に合ってなくて……。実行委員が総出で動いていますから、準備が整うまで、こちらでお待ちください」

特別審査員の羽鳥あや目当てで、報道陣が殺到したのだ。

「まさか、ここまでとは……」

弓弦葉さんには、もう疲れが見てとれた。青白い顔に血の気がない。

「私の熱愛報道のせいで、ご迷惑おかけします」

他人事のように、羽鳥が言った。

弓弦葉さんが追って説明する。羽鳥は一週間ほど前、週刊誌に「若手イケメン俳優」との交際疑惑を報じられたらしい。

テレビ局の前から、自宅の最寄り駅まで、彼女は出向く先々で、パパラッチに追っかけ回される始末だという。

「彼氏がいたって仕事先に来るわけないでしょ、ほんと馬鹿な連中」

当の本人は、あっけらかんと言い放つ。

合点がいった。

あんなに僕の写真を撮ったところで、彼らには何の得にもならない。羽鳥あやの交遊関係に目を光らせているマスコミは、常に彼女の周囲を張っているのだ。どんな有名人がくるかもわからないから、とりあえず誰彼構わず撮影しておく腹づもりだろう。一般人の参列者にも、目つぶしのフラッシュ攻撃を浴びせているに違いない。

羽鳥をとりまく環境は、まるで一流の芸能人。その及ぼす影響力は計り知れなかった。

「ちなみに、その熱愛話は本当ですか？」

冗談めかして弓弦葉さんが尋ねるも、

「まさか！　男に興味はありません！」

と、羽鳥は一笑に付した。

下町イベントに、妙な注目が集まっていた。それも熱狂の矛先は、審査員という異常ぶり。自分のデビュー時を思い出しても、注目の差は歴然だった。

売れっ子作家とは、ここまで違うものか……。

「ちょっと私、会場の様子を見てきますね」

弓弦葉さんが言う。

「あ、ちょっと」

「準備できましたら、お呼びしますので！」

ずたずたと畳を踏み鳴らして、立ち去った。

羽鳥とふたりきり。

同じ床に正座して、沈黙の時を過ごす。

先ほどそっけない態度をとったせいで、会話の糸口が見つからない。あまりにも子どもじみた真似……今さら弁解もできなかった。

耳をすますと、遠くで慌ただしい声が聞こえる。まだまだ時間はかかりそうだ。

それにつけても立派なお座敷だった。長押《なげし》に付けられた西洋ランプが、室内を幽玄に照らす。年季の入った掛け時計が、モダンな明治の気風を、いっそう部屋に留《とど》めていた。

羽鳥は、化粧に精を出す。

僕はスピーチ原稿のメモ書きを取り出し、ざっと目を通した。

用意したのは当たり障りのない文章。これなら場が白けることはない。

暗唱しているが、万が一、緊張のあまり頭が真っ白になった場合を考えて、メモ書きを折りたたんで胸に戻した。

スマホを取り出して、ツイッターを開く。

わずかな時間を見つけては、こんな時までエゴサーチ。昨夜から同様、感想が増えてはいない。わかっている。想定内だ。わかっていながら探すのがエゴサーチの泥沼だ。

新たに「水月ホテル」「鷗外荘」「谷根千 文学賞」で検索をかけてみる。

すぐに何件もの発言がヒットする。


「羽鳥先生のイベント楽しみ！」

「憧れのあやちゃんに逢える日〜！」

「サインもらえるかな……本、持ってく」


次々と、参列者を特定してしまう。アニメ絵のアイコンが多かった。やはり若い層が集まりそうだ。

若手の美人作家に憧れる、作家志望の若者たち……。

彼らに僕が話せることなんて、あるのだろうか。

いや違う。

あくまで今日は、谷根千・下町文学賞のスピーチ。羽鳥あやのイベントではない。

空気に飲まれるな。「羽鳥旋風」に巻き込まれてなるものか。僕はまたスピーチ原稿を取り出して、黙読しはじめる。

掛け時計を見ると、時計の針は同じ位置のまま。

在りし日の文豪の時計は、とうに壊れていた。


「……そういった、家族の温もりや、次の世代に受け継がれる想いが、この受賞作には丁寧な筆致で描かれていたと思います」

羽鳥の講評は、淀《よど》みのない澄んだ声で、会場中に染み渡っていく。

鷗外荘の別館・富士の間。

三十分押しで、授賞式がはじまった。

結婚披露宴もできそうな絢爛《けんらん》な内装。百席をこえる椅子は満員だ。会場の後ろには、座れなかったマスコミ関係者が立っている。

「受賞者の長谷川《はせがわ》さんは、なんと小説を書くのが初めてと聞きました。処女作とは思えない完成度の高さに驚くとともに、この作品を通して、より多くの方々が、根津の魅力を再発見してくださることを願っています。この度は受賞おめでとうございました」

羽鳥がマイクから下がると、すぐさまフラッシュの嵐。お辞儀をする前の、正面の顔写真がほしかったのだろう。

「お、お写真の撮影はご遠慮ください、どうか、ご遠慮ください、あの」

横に控えた実行委員のスタッフが、しどろもどろに注意を促しても、それをかき消すようにシャッターの音が連続して鳴り響く。

注意喚起は聞こえているはず。

実行委員会が催事に不慣れなのをいいことに、無法地帯と化している。スタッフの制止を物ともせず、高を括って取材のネタを乱獲するマスコミ集団。当然のように、テレビカメラも回り続けていた。

文学賞の授賞式に似つかわしくない空気感。

「羽鳥あや先生、ご講評ありがとうございました。えっと、あ、どうぞご降壇ください」

スタッフは地域のボランティアだろう。段取りの悪さが見てとれる。

羽鳥が講評委員の席へと戻っても、シャッター音が途切れ途切れに起こった。

僕は改めて、参列者の顔ぶれを見渡す。

前列には若者が多い。小説家志望か、羽鳥ファンか、あるいはその両方か。みんなそわそわして、好きなアイドルのライブを観るような雰囲気。列の中ほどから後方には普段着の、地元人と思《おぼ》しき妙齢の方々が座る。マスコミの席は元より用意されていないので立ち見だ。

「続きまして、受賞者からのご挨拶です」

登壇する間に、前列の何人かが席を立った。後方からでも動きがみえる。ぞろぞろっと、糸で引っ張られるかのように退出する。

「あいどうもすみません、長谷川ですぅ」

人懐っこい笑み。受賞者は同じ根津に住む、五十過ぎの女性だった。

「あたしは生まれも育ちも、この根津でしてねえ……」

井戸端会議のような調子で、朗々としゃべり出す。人情を絵に描いたような人だった。異様な事態にありながら、動じる様子もない。控室にいなかったのは、待機中にホテルの温泉に浸かっていたとのこと。能天気なものだが、このドタバタを考えると幸運だったかもしれない。

「まさかこんな、大層な賞をいただいてしまってねぇ」

受賞作『キッテ通り』は、根津に古くからある金物屋を営む一家の日常を描いた小説で、大きな事件が起きるわけでもなく、町の人との交流や、家族愛が綴られる。飾らない正直な語り口が清々《すがすが》しい。この地に住む人が読めば、情景がありありと浮かぶだろう。

ぴりりりり。

出し抜けに轟く、電子音。

後ろで携帯の着信音が鳴り、立ち見の男が、小声で通話をはじめた。

「ですからあたしは、根津という町が大好きでねえ……」

長谷川さんはそのまま続けている。

またたく間に散漫な空気が充満する。まるで消化試合を観るスタンド席のようだ。目を輝かせていた若者たちのなかには、スマホをいじる者も現れた。

これは一体、何だろう……？

文学が、踏みにじられていた。

じわじわと身体のなかで、感情が茹《ゆ》だってくる。この場に集まるマスコミや羽鳥ファンが、谷根千の地に興味もなければ、受賞作に関心すら払っていないのは明らかだった。

「これからも、根津をよろしくお願いします」

長谷川さんの挨拶が終わった。

羽鳥の講評よりも拍手が弱い。シャッター音はひとつも鳴らなかった。席に戻ってきた長谷川さんの横顔は、心なしか寂しげだった。

「それでは最後になりました」

出番がきた。

「根津在住の小説家、岡村正希先生によるスピーチを賜ります」

名前を呼ばれる。僕は立ち上がる。

ネクタイを真っすぐに伸ばし、壇上に向かう。

目線が高くなる。たったの二段でも、地上から遠く離れたかのように、足元が心細い。

「初めまして、岡村正希と申します」

マイクを使うのはいつぶりだろう。僕のか弱い声が、スピーカーを通って増幅する。

「まずは受賞された長谷川さま、おめでとうございます」

原稿通り、話しはじめる。

「この作品は、町の情景が瑞々《みずみず》しい文体で描かれており……」

また誰かが席を立った。

それが合図のように、もうひとり席を離れて出口に向かう。

後ろに視線を逃がすと、報道陣の大半が、下を向いている。

喉が詰まりそうになる。喋ることに意識を集中した。

「僕も読みながら、とてもほっこりした気持ちになり……」

とめどなく言葉を吐く。とにかく口を動かした。

わかりすぎるほどに伝わってきた。あくまでお目当ては羽鳥ただひとり。受賞者にも、もちろん僕にも、関心はもっていない。

霧が立ちこめるように、視界がぼやける。

報道陣たちが、生い茂る木々のようにうごめいている。

ざわざわと揺れる黒い、森の入口——まるで、樹海だ。ひしめき合う木々のなかに、意識が吸い込まれそうだった。

「さて、『小説家になるには？』というテーマを戴きまして、少しお話をさせていただきます」

中央の幹の隙間が大きく割れ、闇が覗いた。

うっすらと人影が見える。

厳しい眼差《まなざ》しで、僕を真っすぐ見据えている。

着物姿……漆黒の羽織を肩にかけた剃髪《ていはつ》の老人だ。

立派に蓄えられた髭は、外に向けて曲がっている。

肖像画でしか見たことのない文豪が、眼前にいた。

「…………」

僕は、ここで言葉をとめる。

馬鹿馬鹿しい。狼狽《ろうばい》のあまり、とうとう幻覚まで現れた。

心底、辟易《へきえき》する。どれだけ小さい肝っ玉だろう。

「……岡村さん？」

脇に控える弓弦葉さんが、沈黙した僕を怪訝《けげん》そうに見る。

僕は唾を飲んでからもう一度、口を開く。

「ですが、その前にひとつ」

ゲストで呼ばれたのだ。及び腰になる理由はない。

粗野なマスコミ連中などに、勘案する必要もない。

「先ほど小説家としてご紹介にあずかりましたが、訂正します」

ふと、最前列の誰かが顔をあげたのがわかった。

「僕は――**小説家ではありません**」

場内のさざめきが消えた。

初めて、僕に注目が集まった。

「僕は、小説家ではないのです」

同じ言葉を、今度は自分に投げかける。

おかげで落ち着きを取り戻した。黒い森も、偉大な先人の姿もない。

スピーチ原稿は、二種類あった。ひとつはメモ用紙に書いたもの。

もうひとつは、頭のなかで清書された文章。

原稿を考えている時、勝手に湧きあがり、言葉が組みあがってしまった。忘れようとしても、思ってしまったことを振り払うことはできなかった。

考えてみれば、人前で意見を言うことのない人生だった。

いつも我慢して溜め込んでしまった。本音を隠し続けた。

僕は、読まないと決めた「裏原稿」を頭のなかに広げた。

「厳密には、僕はまだ小説家ではない、という言い方になりますでしょうか。僕は六年前に小説を出版して以降、一冊も本を出しておりません。二作目を書いていないのです。もはや現役の作家とは言い難い。ですからつい先日までは、元・作家くらいに思っていました。けれど、気づきました。僕が小説家だった時は一寸たりともなかった。本は出せても、デビューすらしていなかった。この六年間、小説家のくせに小説を書こうとしない自分を、内心責めてきましたが、書けないのは自然なことでありました。もとから小説家ではなかったのですから」

あちらこちらで、どよめきが生まれる。犯罪者でも見るような、細い目が向けられる。

「ご参列の皆さまのなかで、小説家志望の方はいらっしゃいますか？」

どうぞ手を挙げてみてください。僕がそう言うと、前のほうから恐る恐る、手が生えてくる。

雪解けの萌芽《ほうが》みたいに、いつの間にかそれは群生をはじめた。

「……結構、挙がりましたね。若い方が多いですね」

馬鹿なことはやめておけ。偉そうに聞くな。僕のなかの臆病なところが、必死に言葉を押さえ込もうとする。

それでも、止まりたくなかった。

率直な思いを口にしてみたくなった。

「ではそのなかで、今まで過去に一作以上、小説を終わりまで書き上げた方はどれくらい、いらっしゃいますでしょうか？」

するすると、今度はドジョウのような素早さで、手が下げられていく。

向けられた敵意の視線は少しずつ、きまりの悪そうな顔つきへと変わった。

「……かなり、手が下がってしまいました。ほとんどの方は、これから書きはじめるか、まだ執筆の最中か、途中で筆を置いたのか……いずれにしても小説家志望の方々に申し上げます。とにかくまずは一作、書いてみてください。どんな人でも恐らく、一生に一作は書けるはずです」

前向きな言葉と捉えたのか、姿勢を正す者が現れた。

ころころと空気がめまぐるしく変わる場で、僕は矢継ぎ早に言葉を繰り出す。

「これは才能についての話ではありません。才能があるかないか、そんな答えのない話をするつもりはありません。上手い、下手を気にすると、書けなくなりますから、一気《いっき》呵成《かせい》に、勢いで書いてしまうのがいいでしょう。最後まで書ききることが大切です。途中で行き詰まっても、アサッテの方向に物語が転んでも、とにかく最後まで辿り着くことで、見えてくるものがあります。たとえ物語のアイデアが思いつかなくても、自分のことだったら書けます。僕はそれを、一冊書いてわかりました」

僕は著書の名を言わない。今の話には、関係がない。

「三十歳になる手前で、僕は小説を書きました。就職してから数年間の、自分の経験や考えを、すべて小説に置き換えました。書き終えた後、何かが抜けていく感覚に襲われた……あれは一体、何が抜けたのか、当時はわかりませんでした。今はわかります。空っぽになったのです。自分のなかから抜け出たものが、小説としてかたちになった。それほどまでに、自分のことばかりを記してしまった。自分のことを書くというのは、実体験をそのままストーリーにするという意味ではありません。常に、自分という鏡を通して、まわりを捉えて、物事を考え、想いを言葉にしていく、ということです。

僕は自分の人生を小説にすることで、逆に、自分の人生が、本一冊分でしかなかったと気づきました。三十年間、とてもとても長い道のりを歩いたはずなのに、その三十年は、たったの一冊で書いてしまえた。どうしてそう言い切れるのか。次の小説が、書けなかったからです。一作目で完全燃焼、あとは何も思いつきません。何を書けばいいかもわかりませんでした。もう書くことが、自分のなかに残されていませんでした。小説が書けないのではなく、次に書くべきことがないと気づいた。一冊書いて、思い知ったのです。

自分がどう生きてきたのかを、見せつけられた心地でした。自分の人生の、何と薄っぺらく、中身の乏しかったことか。歯がゆかった。自分の経験しか小説に書けない、想像力の貧困な自分自身がもどかしくて仕方なかった。

僕が思うに、小説家は二種類います。誰かを楽しませる物語が作れる人と、自分のためにしか書けない人。僕は後者でした。自分のため、自分を救うためだけに小説を書きました。これは勝手な持論ですが、多くの人にとって、小説を書くタイミングが人生で一回は用意されているのではないか。人生は一度きり。ひとつだけ。だから僕を含め、その人生を書き記すことはできる。すべてを出しきって全力で書いたなら、もしかするとその一作は、プロの水準に達する小説になることもあるでしょう。一回だけは、奇跡的にすごいパワーが出せてしまうかもしれません。

僕は小説を読むのが好きでした。大好きでした。大人になってから読書の楽しみを知り、退屈な日常を忘れさせてくれる、心躍る本にたくさん巡り合いました。本を開けば、違う世界の、違う誰かになれる。たとえ日常生活をうまく生きられなくとも、どこにでもワープして、どこまでも旅ができた。非現実の世界で、リアルに人生をおくっている心地になれました。漠然と、小説家への憧れも抱きました。しかし小説家になる覚悟はまったくできていなかった。次も書かなきゃ、何か書かなきゃ……勝手にひとりで思いつめる日々のなかで、あんなに大好きだった読書からも遠ざかりました。古典の名作を読んでは、こんな素晴らしい文章、僕には綴れないと嘆き、現代のベストセラーをめくっては、多くの人に売れる作品が妬ましいと思いました。好きだった作家の本すらも、嫉妬の対象になった。二作目を書かないくせに、それでも小説家でありたくて、作家として扱われたくて、デビュー作の売れ行きや評判を気にして、感想文をネットで検索し続けました。ひとつの著書に執着しました。

本を読むのは楽しいのに、書くのは苦しかった。書こうとすると、急に現実が襲ってくる。目の前に自分が立ちはだかる。どれだけフィクションを物語ろうとしても、それを生みだすのは自分のこころ。書くということは、己のこころと向き合う行為です。自分からは絶対に逃げられません。

僕は小説を書くことを、自分自身の救いのために使ってしまいました。

僕は書くことで生きられた。

死なないために書きました。

でもその結果、僕は小説家にはなれなくなりました。

次に、何を書けばいいのか、わからなくなりました。

小説家は、読む人のためにこそ、物語を書くべきです。誰のために書いているのか、それを踏まえて書かなければ、世の中に出す価値はない。僕にはそれができなかった、書くことが自分の救済でしかなかった。誰かのために書くなんて、できなかった。本を売りたかったわけじゃない。自分の苦しみを、葛藤を、迷いや悩み、そして願望を、ただ他人に知ってもらいたかった。僕のなかにあったのは、そんなエゴにまみれた衝動にすぎません。だから僕はプロの物書きとは言えなかった。小説家だなんて名乗れたものじゃない。プロとして小説を書く、ものを創るというのは、自分の人生を引き換えにしてもなお、その先に進んでいくことだと知りました。

僕は思います。

小説家とは、誰かのために、物語を生み出せる人。そして、それができるのは二作目から。自分というひとりの鏡を通して、多くの読者のために、豊かな物語を生み出していく。そんな人が、真に小説家と呼べる人たちだと思います。

前置きが長くなりました。若い皆さまにお伝えしたい。小説家になるにはどうしたらいいか……僕の答えはこうです。『小説を、二作以上書くこと』です。本日、受賞された長谷川さまも、ぜひとも二作目に挑戦してください。この先も書き続けられるかどうかがわかります。小説家になれるのは、きっと二作目からです。

僕は小説家になる前に挫折しました。作家として死にました。もう小説は書けません。

羽鳥あや先生のようには、僕はなれないでしょう。皆さまも、覚えておいてください。羽鳥あや先生になりたいなら、本物の小説家を目指すなら、まずはとにかく一冊出して、作家デビューしてからがスタート地点。デビューすることより、小説を書き続けるほうが遥かに難しいのですから。

奇跡の一冊を乗り越えて、小説を書いてください。小説家になってください。その覚悟がなければ、小説家なんて——**目指さないほうがいい**」

言い終わって、我に返った。

拍手はなかった。

会場の空気が鋭い針になって、くまなく全身を刺す。今ここに、僕の味方は誰もいない。

司会者に促される前に、自分の席へと戻った。横に座る羽鳥が、僕を見ているのを、視界の端にとらえた。

僕が話せることなんて、こんなもの。

広い世界に生きる羽鳥が、僕には眩《まぶ》しすぎた。

月が変わった。

十二月。人間の決めた暦に合わせて、急に涼しくなった。冬将軍の進軍も間近である。不忍通りに並ぶ銀杏《いちょう》の木が、鮮やかな葉を散らし、道端を黄色く染めている。こんなに毎日葉っぱを落としても、一向に木々は痩せる気配がない。地面に落ちた葉は、どこからきているんだろう。

根津神社の紅葉が見ごろだと、ご近所のお客さんに教えられていたのに、すっかりピークを逃した。神社は歩いて十五分とかからないが、足を運んだことがない。季節の風物詩は、見たいと思っているうちに、いつも旬を過ぎていく。

僕はカウンターの奥に座ったまま、今日も誰かの来店を静かに待つ。

ランチタイムが終わって、妻はパートに出た。夜まではひとり営業。僕は流していた有線を切って、ＣＤをかけながら本棚を眺める。

久しぶりに、サティの『ジムノペディ』に浸る。もし今、ご新規さんが入ってきたら、愁いを帯びた店内に戸惑うことだろう。

そんなことを考えていると、スマホが震えだした。

発信元は「坂井さん」と表示されている。

「はい、岡村です！」

驚きのあまり、声量を間違える。

「どうもどうも、岡村先生！　元気ですなあ！」

負けじと大きい、坂井さんのダミ声。

担当編集者からの電話なんて、いつぶりだろうか。

「今日は久しぶりに、良い報告ができますよ……」

だしぬけに、もったいぶる口調でそう告げる。

「『さよならの空席』の注文が、大型書店を中心に相次いでます！」

「えっ？」

「やりましたね、先生！」

その吉報は、冬の気配と同じくらい、唐突にやってきた。

僕の本が……また売れはじめた？

「取り急ぎ、会社に残ってたものを全国に分配して、対応してます」

文庫が刊行されて三年が経つ。返本された在庫のほとんどが裁断処分されたせいで、少部数しか残っていないらしい。

「様子見になっちゃいますが、増刷しますね！」

三千部の重版だった。

「そんな、どうして？」

あまりに突然で、嬉しさよりも疑問が先に立つ。

「なんででしょうねえ、わっかんないんですよぉ！」

坂井さんも不思議がっている。受話器ごしに、大げさに肩をすくめる姿が目に浮かんだ。

「先生、トークイベントか何かに呼ばれてましたよね。その宣伝効果じゃないですか？」

そんなはずはない。

谷根千・下町文学賞のゲストスピーチ。あれは惨憺《さんたん》たる結果に終わった。祝福ムードを吹き飛ばし、お通夜のような雰囲気に一変させたのは紛れもなく僕の所業。

スピーチを終えて控室に戻ると、実行委員たちに苦言を呈された。

「小説家が自分のことしか書けないなんて極端な論調」

「二作目以降じゃないとプロとして認めないとは極論」

「処女作だった受賞者に対してあまりにも失礼な発言」

「趣味で小説を書いている人をないがしろにする偏見」

非難囂々《ひなんごうごう》。

「プロとしての意見を期待したが、プロになるだけがすべてじゃない」

帰り際、参列していた地域のおじい様にも、こっぴどく叱られた。

下町文学賞はアマチュアの文学賞。町の風景や生活を瑞々しく捉えた素人の作品が、地域の活性化につながることを目論《もくろ》んでいる。そもそも僕のトークは論旨がずれていた。

「羽鳥旋風」の熱に、僕までが浮かされてしまった。

「気持ちはわかりますが……空気を読んでほしかったです」

弓弦葉さんにまで諫《いさ》められた。当然だ。その通りだと思う。あんな話を聞いた、夢見る若者たちはどんな気持ちになればいい。暴走もいいところ。またしても僕は、小説を書いた時と同じように、胸のうちをどろどろと吐き出したにすぎなかった。

「まあ理由はどうあれ、リバイバルヒットおめでとうございます！」

その後も坂井さんは、めでたいめでたいと繰り返した。

何度言われても実感はない。僕が曖昧に相槌《あいづち》を打っていると、

「どうですか。岡村先生、久しぶりに書きませんか？」

顔色をうかがうような声が、耳に届いた。

「……何をですか？」

「やだなあ、小説ですよ！」

書きませんか。

小説を、書きませんかと言われたのか。

言葉が出てこない。どんな返答が相応《ふさわ》しいのかわからない。

坂井さんは、「ま！」と沈黙を破って、

「読み切りの短編からでも構いませんよ。何かあれば、ぜひ！」

それからは、寒くなりましたねとか、もうすぐ令和元年も終わりますなとか、日本中で話されているであろう雑談を交わし、通話は切られた。

しばらく座ったまま、レジ前に置かれたサボテンを眺めた。

新婚旅行の伊豆《いず》で買ったお土産。枯れることなく変わらぬ姿で、うっすら埃《ほこり》をかぶっている。

僕はふわふわしはじめた。

この感覚は知っている——あの時と同じ。

人生が、ワープする瞬間だ。

冷静になるために、カウンターから出て、店内を歩き回る。『ジムノペディ』のゆったりとした旋律が、不穏に心をかき乱してくる。

カウンターのパソコンに飛びついて、アマゾンのサイトにアクセスする。売れ筋ランキングは書籍の総合二千位ほど。いつも三十万位あたりを平行線でさ迷っていたのに、まさかの急上昇。さらに「在庫切れ」になっている。他のネット書店も同様に売れ切れていた。本屋から姿を消しても、ネットには多少の在庫が残ったままだったのに。

急激に喉の渇きをおぼえて、キッチンに入る。冷蔵庫のウーロン茶を飲み干した。まったく落ち着かない。デミグラスソースの残り香が、鼻を刺激する。妻の特製ソースはランチでも評判が高い。ふと妻のことを思い出し、勢いで電話をかける。

「正希さん、どうした？」

すぐに妻が出た。

「ごめん。休憩中？」

「ううん、レジなう」

いいのだろうか。ゆるいパートだ。

「それでどうしたの？」

「いや、実はさっき、小説の担当から連絡があって……」

増刷がかかったことを、簡潔に伝えた。

妻は、ぱっと華やいだ声で、

「よかったね、久しぶりの印税だ！」

などと率直に言う。

「まあちょっとだけど」

多くはないが、それでも臨時収入だ。年末年始の休業分くらいは補填できる。

「おめでとう。安心して年が越せるね」

胸をなでおろす妻の顔が浮かんだ。お金のことなどに、頭が及んでいなかった。地に足がついた妻と話すことで、少しだけ平常心を取り戻す。

「でも、どうして急に？」

妻も、同じ疑問を口にする。

「よくわからない」

今さら雑誌やテレビで取り上げられたとは考えにくい。

「わかった、この前のスピーチは？」

「まさか」

著書の宣伝にはなっていない。注目を集めるどころか失態を演じておいて、興味を持たれるはずもない。

「えー？　炎上商法かもよ？」

「ないよ、それはない」

理由を探せば探すほど、不可解だった。

「またどこかで、はじまったのかも……」

ふと、妻がそうつぶやいた。

どういう意味だろう。尋ねようとしたところで、

「あっ、私のレジに客が！　買い物かごパンパン！」

その絶叫を最後に、電話は切られた。

音楽は止《や》んでいる。ＣＤが一周した。静寂のなか、時計の秒針が、やけに主張する。

僕は森鷗外の屋敷で見た、五時で止まった壁掛け時計を思い出した。

マイカップをゆすいで、熱いコーヒーを淹れた。すぐに豆の香りに包まれる。

想定外の、新しいことが起こっている。

そうだ。僕の時間はまだ止まっていない。

握りしめたスマホで「調査」を開始した。


すぐに謎は解けた。

エゴサーチが教えてくれた。

答えは、いつもネットにある。中学校でウィンドウズ９５に触れて以来、インターネットの黎明《れいめい》とともに成長してきた。わからないことはネットが教えてくれる。昨今はネットにない情報こそが大切とも言われるが、それは検索スキルが足りないだけのこと。根気強く掘っていけば、世の中で起きている現在進行形の情報は必ず摑める。

スピーチの一件以降、僕はエゴサーチを控えていた。

羽鳥ファンからの、僕に対する批判や悪口を発見したくなかったし、それ以上に、自分のなかで執着心が薄れつつあった。あんなに病的だった検索の日課も、しばらく距離を置けばおさまるようだ。

しかし、今は非常事態。

再びエゴサーチを解禁した。


「あやちゃんのオススメしてた本を買ったーっ！」

「羽鳥先生のブログで知って購入。これから読む」


ソースを探して、すぐに一次情報に辿り着く。

それは羽鳥あやのブログだった。アクセスするのは初めてだ。きらきらした今どきのデザインに、彼女はファッションモデルか何かかと見まごう。

最新記事は、二週間前の更新。

僕は『**奇跡の一冊**』という記事のページを開いた。


こんにちはーっ、羽鳥です！

ブログ書くの久しぶり……笑。


作家とは思えない書き出しに面食らう。

芥川賞の授賞式以来の更新らしい。最新刊の重版に対するお礼や、自作の映画化についての期待が、簡潔に述べられている。

ところで皆さんには、「奇跡の一冊」はありますか??
大事な決断をしたり、一歩踏み出すエネルギーをもらったり。
すてきな思い出や、エピソードのつまった、大切な一冊……。
私はそんな本を、「奇跡の一冊」って呼んでいます!!

奇跡の一冊。
僕にとって、奇遇にも馴染《なじ》みのあるフレーズだった。

私にも、「奇跡の一冊」があります。
今まで本をたくさん読んできました。
だから一冊だけじゃなく、たくさんの「一冊」です笑。
なかでも、今日みんなに紹介したいのはコチラ!!
高校の時に読んだ『さよならの空席』って小説です!

唐突に現れた、拙著のタイトル。

心臓を鷲掴《わしづか》みにされて、激しく呼吸が乱れた。


こんな感じのお話ですっ！

ネタバレあり、ご注意を！


そして丁寧に、あらすじが綴られる。

わかりやすく、羽鳥の言葉で要約されたストーリーは、他の誰かが書いた、魅力的な物語に思えた。

反して、僕の身体からは、冷や汗が止まらない。

何が起こっているのだろう……。

目を通しながら、急いで下へ、下へと、スクロールした。

羽鳥は、「**昔の話をしようかな。**」と、過去を語りはじめる。


私は中学のとき、今でいう「パリピ」でした笑。

ちょっと髪を染めて、派手に振る舞って、友だちと遊んでばかり。

イケてるグループに所属して、学校で騒ぐことが生きがいの、よくいる感じ。

同じような、やんちゃな同級生たちと、教室でうるさく過ごしていました。


本当はそういうの、苦手でした汗。

ひとりでいる方が落ち着くタイプ！

できれば、教室の隅っこで本を読んでいたかった。

でも読まなかった。だってイジめられたくないから……。

根暗だとか、友だちがいないって思われるのが怖かった。

スクールカーストの上位にいないと、負けだと思ってた。

だから……。

息苦しさを押し殺して、毎日、わざとはしゃぎ倒した。

「余裕でしょ？」なんて言っては、調子に乗っていた。


高校に入学すると、状況が変わった。

学校は家から遠い地区にあって、中学からのクラスメートは全然いなくて。

そこでは、もう他の中学からの仲良しグループが、形成されていた。

なかでも私は、大きい派閥の女の子と、馬が合わなかった。

「お前、ほんとは『陰キャ』じゃゃん？」

その子は私に、そう言った。

人の裸を見るような、歪《ゆが》んだ笑顔で。

無理してたのがバレました……笑。

髪型とメイクと作り笑いで誤魔化してきた、私の仮面が、音を立てて割れた瞬間だった。


その日から、学校は地獄になった。

教室で、笑えなくなってしまった。

「お前、ほんとは『陰キャ』じゃん？」

この一言が脳裏に焼きついて、顔の皮膚が痙攣《けいれん》する。

足がすくんで、震えをこらえるので精いっぱい……。


吐きそうになりながら、それでも登校した。

「あれ？　何のために学校に行くんだっけ？」

何もわからなくなって、暗いことばっかり考えて。

ああ私は本当に「陰キャ」なんだって思いました。


学校に行きたくないのに、それでも行かなきゃって、焦ってばかり。

現実から少しでも逃げたくて、家に帰っては、小説を読みふけった。

たくさんの小説から、元気をもらいました。
たくさんの物語から、勇気を渡されました。
そのなかで出会ったのが、『さよならの空席』です。

私には、会社で働いた経験がありません。
だけど読みながら、主人公の気持ちが痛いほどわかった。
主人公の体験や想いが、私のからだに、流れ込んできた。
彼の人生を、本を読むことで受け取った。

主人公はラスト、「電車に乗りたくない」という理由で、退職してしまう。
それだけで、いいんだ……。私は、背中を押された。
嫌いなものから逃げる勇気。逃避という自由の選択。
嫌なら逃げていい。つらい場所から逃げたっていい。
学校に行かなくたっていい、何をしたって構わない。
重くて苦しい、縛りつけていた鎖から解き放たれた。

「よし、引きこもろう！」

自分で選んだ、前向きな選択。
私は、登校拒否になりました。
部屋に閉じこもった途端、

「あ。めっちゃ自由だ」

って気づいた。
カーテンを閉め切った狭い部屋のなか、どこにも出かけなくても、満ち足りていた。
だってそこには、私がいたから。
ちゃんと私だけは、ひとり、部屋にいたから。
自由とは、思うままに選択すること。
「パリピ」を無理に演じる必要も、「陰キャ」を気にすることもない。
誰かの価値観に合わせて生きることから、全力で逃げたっていい。
みんなが同じ電車に乗るから、車内は満員になって息苦しい。

嫌なら降りてしまえ！
私はどこにだっていける！
狭い部屋に閉じこもっても、生を謳歌《おうか》できるんだ！
そう考えたとき、私のまわりには、たくさんの本があった。
私はそれから、思いつきで、小説を書きはじめます。
私は、私の人生を生きると決めました！

私を不登校にしたのは『さよならの空席』です笑。
そのおかげで、今こうして、小説家になりました。
だから不幸じゃない。だって道を示してくれたから。

『さよならの空席』は、私のための物語じゃない。
私のために書かれたものじゃない。
それでも私は、この本を読んだことで救われた。
私を元気づけて、私を作家にしてくれた。
たった一冊の読書が、大きなキッカケをくれた。
本当に偶然だった。

偶然なのに、力強く、私の背中を押してくれた。

主人公が会社を辞めるって展開が、私に「引きこもっていいんだよ」ってメッセージになったのは、作者の岡村先生にとっても予想外のはず。

単に私がそう受け取っただけ。

そんなこと誰も言ってない笑。

私の読み方は、作者の意図とは、違ったかもしれない。

それでも大丈夫。どんな読み方をしたってそれは自由。

誰かが書いた物語によって、誰かが救われることもある。


小説には、読者が必ずいます。


たとえもう、本屋さんに売ってなくたって、図書館に、古書店に、どこかのお宅の本棚に、残り続ける。時代をこえて、世代をまたぎ、物語は届く。

誰かが人生の途中で、誰かの人生に出会う。それを果たすのが小説の役割です。

私は本を読んで、小説を書いた人の人生を、その世界を受け取った。

私は読書を通じて、私の住む世界を、ひとつずつ増やしていった。

ページを開けば、いつだって、いくつもの世界に旅立てる。

一度きりの人生のなかに、いくつもの人生が同居する。

小説を読むって、そんな、人生の共有だと思うんです。


誰かにとっての、「奇跡の一冊」を書きたい。

そう思って私は小説家をやってます。

今日もちゃんと書きました。ほんとですよ？笑

小説を書くのは、孤独です。

真っ暗な大海原に、浮き輪ひとつで漂いながら、陸上を目指す。

執筆中は、星が見えません。

空はすべて雲に覆われている。正しい方角も距離もわからない。

ずっとそんな心境が続く。

それでも浮き輪だけは手離せない。

溺れないためには、もがいて、自力で、誰も見たことのないゴールに辿り着くしかない。

答えがないし、正しい書き方は教えてもらえない。

いつまで続けられるか、どこまで行けるのか、誰にもわからない道を、私は歩みはじめました。

だけどそんなの、どんな人にも言えること。誰もが明日の自分を不安がり、将来を心配する。小説家だけが、先の見えない未来に、怯《おび》えるわけにはいきません！

人はみんな迷う。

けれど物語は、私たちを、手を引いて導いてくれる。

この先、どんなに時代が進み、科学が発達して、便利な世の中になっても、物語だけは絶対になくならない。私はそう信じている。

だって人には「物語」が必要だから。

物語は、私たちを裏切らない。いつも一緒に寄り添ってくれる。

私も、すてきな物語を遺せるよう、命ある限り、小説を書いていくね。

ふう。。。

実は最近、自分のルーツを振り返る機会があって。

何となく、想いを書き留めておきたくなりました！

……と、ここまで書いたけど。

『さよならの空席』は、今では手に入りにくいみたい……！
でも本屋さんによっては在庫があるはず！
みんなも、ぜひ読んでくれたら嬉しいな！

久しぶりのブログで長くなっちゃった。
最後に。
本の紹介なので、ネットの書評っぽく、星の評価をつけておきます笑。
あくまで個人の感想！
どんな風に読んだって、読者の自由だから。

私にとって、『さよならの空席』は、

★★★
★★★
★★★
★★★
★★★
★★★
★★★
★★★
★★★
★★★
★★★
★★★
★★★
★★★
★★★
★★★
★★★

★★★
★★★
★★★
★★★
★★★
★★★
★★★
★★★
★★★
★★★
★★★
★★★
★★★
★★★
★★★
★★★
★★★

煌びやかな星々が、視界を埋め尽くす。

たくさんの星、ずっと欲しかった星だ。

僕はずっと、その広がる星空を眺めた。目が乾いて、まばたきを繰り返す。呼吸が浅くなる。ただただ雄叫びをあげたい衝動に駆られ、しかし近所迷惑だからと実行しないくらいには、やはり今日という日も僕にとっては脈々と続く、日常の一ページだった。

大切な大切な、人生における一日だった。

嫉妬して、見下した、年下の女性作家。

あの時「小説を読みました」と言ってくれた言葉を、僕は遮《さえぎ》った。

あまつさえ、どうせ読んでいないと、そんなの嘘だとすら訝《いぶか》った。

何てことだろう。

毎日あんなに、ネットの感想を探し回っておきながら。

目の前にいた「読者」が、見えなくなっていた。

居ても立ってもいられない。

僕は店を飛び出して、外階段から自宅に向かう。鍵を閉め忘れたが、構っていられなかった。

寝室の脇にある机、その引き出しを乱暴に引いた。

奥底に仕舞い込んだ封筒を、机の上に置く。

先日届いたファンレター。

中身の便箋を取り出そうとして、手をとめた。

涙が、とめどなくこぼれてきた。

抑えられなかった。我慢できずに、嗚咽《おえつ》も漏らす。

しばらくひとりで泣いた。誰もいない寝室で、構うことなく、顔中から液体を垂れ流した。

大切なことを見失っていた。

――小説には、読者が必ずいます。

応援してくれる人がいた。ここにいた。

一体どこまで……。

どこまで、自分勝手なのだろうか。

ひとりで生きてきたつもりになっていた。

一冊しかなくたって、僕は今も小説家だ。

たとえ僕が、僕を小説家だと認めなくとも。

認めてくれる人が、僕を小説家にしている。

そして僕の小説は、今の、誰かの現在に繋がっていた。

意味はあった。エゴから生まれたものが、僕の知らないところで、新しい物語を生んでいた。
すべては繰り返していくのだ。
たった一冊と思っていた、僕の財産は……。
無限に誕生する物語の、ほんの一部を担っていた。

明日、朝起きたら、文房具店に行こう。
新品の便箋も、洒落《しゃれ》た封筒も、生憎《あいにく》と持ち合わせがない。
まずは——この人に、手紙のお返事を出そう。
「ごめん」ではなく「ありがとう」と伝えよう。

知ることができてよかった。
エゴサーチに救われた。
ネットに浮かんだ、満天の夜空の煌めきを、僕は忘れない。

大きな鳥居をくぐると、青みがかった緑が目に飛び込んできた。

根津神社の境内は、巨大なマリモみたいな木々で溢れ返っている。

空には、雲ひとつない。

毎年、町のそこかしこに「つつじまつり」の看板が掲げられるのを見るにつけ、今年こそはと思いながら、紅葉と同じく、足を運び損ねてきた。今日こうして意気込んで来てみたところ、日付を読み違えて、開催の一か月前だった。

桜も沈黙を貫く三月の頭。

思えば、花の見ごろとは言い難い。広大な敷地には、ほとんど参拝客がいなかった。朱塗りの立派な楼門の前で、柴犬《しばいぬ》を連れたおじさんが、鳩《はと》にエサを撒いている。からからからと、乾いた小気味よい音が響いた。風に吹かれて、絵馬が鳴っている。星の数ほどの願いが、誰かを呼んでいるみたいだ。

月曜の昼下がり。

店の定休日と、妻の休みが、珍しく重なった。

ふたりでパート先のスーパーで食料品を買い込んだ帰り道。出かけたついでに寄ってみようと、神社に歩いて向かった。

手水舎で清めようにも、ふたりとも買い物袋で両手が塞がっている。仕方がないので、社殿に直行した。今度はお賽銭《さいせん》が出せない。観念して、そっと参道に袋を置く。店に戻って身軽になればよかったなと、些細な後悔をする。

礼をして、柏手を打つ。

手を合わせてから、願い事はどうしようかと考えこんだ。

妻の横顔を覗き見ると、窪《くぼ》むくらいに目を閉じている。合わせた掌《てのひら》も、ぷるぷると震えている。

あまりの真剣さに気圧《けお》されて、僕は何も祈らないままに神前を後にした。

「どんなお願いをしたの？」

参道を引き返しながら聞いてみると、

「どうかチケットがご用意されますように」

次のライブで、「推し」のアイドルが引退するらしい。最初で最後の「参戦」だと、奮い立っていた。

神社脇の、つつじ苑《えん》に向かう。

大砲の筒に似た水飲み場を過ぎると、横長い石があった。

ベンチの代わりだろうか。表札もなく、敷き詰められた真っ白な玉砂利の上に、ぽつんと、ひとつだけ鎮座している。ほどよい丸みで、座り心地がよさそうだ。

不思議に思いつつ、横切った。

つつじが密集しているところに、小さな受付が見えた。

「あれ？」

近づいてみると、受付は閉まっている。

入苑しようにも、柵があって入れない。まつりの期間外は立ち入りができないようだ。

未練がましく柵の向こうを覗く。よく見ると、小さなつぼみがぽつぽつと膨らんでいた。咲いていない花を見たっていいじゃないか。つぼみのなかで、美しさを育んでいる真っ最中だろう。それらをつぶさに観察するのも楽しそうだった。

「どんまい。来月、また来よう」

妻はそう言ったものの、このまま帰るには忍びなかった。

視界の先には、先ほどの大きな石が見える。

「座ろうか」

並んで腰をおろす。お尻にひんやりと、石の冷たさが伝わってきた。まだ両脇に荷物が置けるほどの余裕がある。妻が「んんん」と背を伸ばした。

何をするでもなく、前方の楼門を見つめる。

遠くで鳥がさえずった。

晩冬の陽光が気持ちいい。

「……小説を、書こうと思っている」

言うと、妻がこちらに顔を向けた。

自分でも驚くほど、すんなりと口にできた。

ここ数か月、ずっと言おうと、胸に秘めていた決意だった。

「何を書くかは、まだ、決めていないけど」

二作目の執筆。羽鳥のブログを読んでから考えていた。

坂井さんに相談する前に、まずは妻に伝えたかった。自宅ではどうしても言い出せず、うかうかしていると年が明け、うだうだしていると春が待ち受けていた。

『さよならの空席』の売れ行きはまた低迷した。一時的に、羽鳥ファンが買ってくれたにすぎない。

それでも書店に棚差しされているのを、時たま見かける。

たった1㎝の文庫本とはいえ、限りある本棚のスペースをいただけるのは感謝しかなかった。

カフェのお客さんは増えてはいない。ブックマーク・カフェでの僕は、小説家じゃない。美味しいコーヒーの淹れ方を地道に研究する、下町カフェのマスター。その生活が変化することもない。

ネット記事を効率よく書けば、赤字の補塡はできる。店が潰れなければ問題ない。のんびりとやっていけるのが、この町の良いところかもしれない。

時間はある。

三十六歳で、人生の終わりを想ってどうする。

僕はスピーチで「小説家ではない」と言った。

だから今度こそ、デビューを目指すと決めた。

「うん、いいと思う」

妻は静かに、そう応えた。

「さすがに私も、次の話が読みたかった」

「え？」

妻は胸を震わせるように笑って、

「もうすっかり暗記したよね」

何のことか、すぐに察した。

リビングのカラーボックス。ボロボロになった文庫本。

経年劣化のはずがない。本はそんなにヤワじゃない。

妻が読んでいたのだ。何度も繰り返し、飽きもせず。

一冊しかないから、一冊だけを――。

「小説は、私の知らない正希さんを読めるから面白い。出会う前はこうだったんだとか、そんなこと考えてたのかって、いっぱい書いてある。文字で残されてるってすごい。小説が書ける人の嫁になってよかった」

それから妻は、つらつらと、好きな描写やシーンについて語り出した。熱のある口調は、アイドルについて話す時のような興奮を帯びている。

初めて、妻の感想を聞いた。

二作目の執筆から逃げた僕をどう思っているのか、不安で話題を避けてきた。妻も同様、そんな僕に気を遣って、話さなかったのかもしれない。

「私は、正希さんの書いた文章が好き。尊い」

わざとらしく、胸元に手を寄せた。

僕は急に恥ずかしくなり、「帰ろう」と言って立ち上がる。

「はあい」

返事が何とも、間の抜けた音だった。

帰り際、境内の案内図を確認した。

座っていた石のあたりに、小さく「文豪の石」と書かれている。

他に説明はない。何かしら、由緒はありそうだ。

今度、ネットで調べてみよう。或《あ》いは、本を読もう。

自分たちの暮らすこの町を、根津を、もっと知ろう。

「次の一冊も、楽しみにしてるね」

鳥居をくぐって外に出ると、改まって妻が言った。

「ありがとう、栞」

「へへへ」

妻は気持ちの悪い笑い声をあげた。

そう言えば、久しぶりに名前を呼んだ気がする。

思い出が、とめどなく溢れてくる。

妻との出会いから今日までの生活。初対面で妻がアイドルの話ばかりして、両家が困惑したお見合いの日。婚姻届けを電車の荷物棚に忘れ、取りに行ったまま小旅行に切り替えた結婚前夜。安っぽいサテン生地のメイド服をサプライズで披露してきたカフェの開店初日。

まだまだたくさんエピソードはある。

いつだって、ふたりでやってきたのだから。

僕は人生の期間を限定して、ずっと「今」に蓋をしてきた。

栞を挟んで閉じたページには、まだ続きがあったのに……。

時間を止めていたのは——他ならぬ僕だ。

一冊書いて、すべて書いたつもりでいた。

まだまだあるじゃないか、いくらでも。

過去は上塗りできないけど、未来なら白紙だ。まだいくらでも書き足せる。まだ書けることは増えていく。

それでもなくなったら、ネタをためよう。経験しよう。

人生まるごと、小説になったって構わない。

妻は、次の小説を待ってくれていた。まずは僕と、妻のことについて、書いてみたい。

自分の人生が、かつて一冊の本になった。

次はふたりの人生を、綴ってみてもいい。


不忍通りの交差点で、赤信号を待つ。

僕と栞は、今日もブックマーク・カフェへと帰る。

店に名前をつけたとき、ずっとふたりの住処《すみか》にすると決めた。

信号が青になる。

僕はもう一度、空を見上げた。

透き通るほどの青空は、まっさらな色紙《いろがみ》のよう。
飛行機雲で、線を引いてみたくなった。

3　鷗外パイセン非リア文豪記

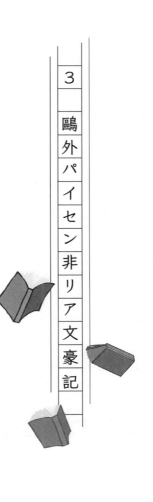

17 **名無しさん** 2019/09/05(木) 16:48:32 ID:b7AK42uf
サイトの小説読んできたけどパイセンがモデルで確定だな。
相手の女も特定できそう

19 **名無しさん** 2019/09/05(木) 16:49:05 ID:Zu9aiRwW
特定班まだ〜?

23 **名無しさん** 2019/09/05(木) 16:49:32 ID:k7MGFqU2
ツイッターの方でもかなり炎上してるな

29 **名無しさん** 2019/09/05(木) 16:50:02 ID:kH9izPMG
鷗外パイセン童貞卒業おめ!
ネットの知名度が利用できてよかったね!

31 **名無しさん** 2019/09/05(木) 16:50:13 ID:D4srKHbm
モテない非リア芸で売ってるくせに裏でオフパコしてたら
叩かれて当然

37 **名無しさん** 2019/09/05(木) 16:50:24 ID:U2nXWqZ3
黒塗りの高級車はよ

41 **名無しさん** 2019/09/05(木) 16:50:58 ID:J7eF5Njd
モテない非リア芸でおなじみ人気ツイッタラーの鷗外パイセンは、
女子大生とオフパコの疲れからか、
不幸にも黒塗りの高級車に追突してしまう。
後輩をかばいすべての責任を負った三浦に対し、
車の主、暴力団員谷岡が言い渡した示談の条件とは…。

【悲報】非リア芸の鷗外パイセン、オフパコ暴露されるwwwwwww

1 **名無しさん** 2019/09/05(木) 16:44:32 ID:e9RSj6cH

> 人気ツイッタラーがまたやらかしおった
> 現役女子大生とのセッ○スを、小説で暴露されるという末路
> ソースは下記の小説投稿サイト「恋スル夢十夜」
> https://yume.novel.net/XXXX...

2 **名無しさん** 2019/09/05(木) 16:45:00 ID:Y6e3kcG5
誰?

3 **名無しさん** 2019/09/05(木) 16:45:35 ID:J9zKDr6y
鷗外パイセン終わったンゴねぇ……

5 **名無しさん** 2019/09/05(木) 16:47:40 ID:Y6e3kcG5
よりによって夢女子に手出すとか草

7 **名無しさん** 2019/09/05(木) 16:47:52 ID:L5pxSFnz
>>2
モテないことを自虐ネタにしている、森鷗外のなりきりアカウント

11 **名無しさん** 2019/09/05(木) 16:48:00 ID:Dh8siWRH
森鷗外って懐かしいな。学生のころ授業で読んだわ

13 **名無しさん** 2019/09/05(木) 16:48:15 ID:s9ZJw5yg
ユーチューバーじゃなくても女とヤれるのか……ｺﾞｸﾘ

庭を——見下ろしていた。

そうは言っても広がるのは闇である。

夜も更けた。外は仄暗《ほのぐら》く、窓越しに眺めたところで何ひとつ視認はできぬ。

それでも余には、庭の全貌が手にとるようにわかる。

眼下のモノクロの風景に、鮮やかな深緑の色付けができる。

荘厳なる沙羅《さら》の木も、幽玄なる三人冗語《さんにんじょうご》の石も、ありありと目に浮かぶ。思い起こすだけで、夜のとばりが降りた庭に、昼間の情景を重ね合わせることは造作ない。

観潮楼《かんちょうろう》。

時の文豪・森鷗外の愛《め》でたる小さな庭園。

来る日も来る日も、余はこの庭を眺めてきた。

今宵も密《ひそ》かに、たたえた静謐《せいひつ》の美を堪能する。

それが森鷗外記念館の隣を住処《すみか》とする、余に認められし特権である。

アパートメントの三階の窓越しに観る、唯一無二の、文豪ガーデン。

在りし日の鷗外翁も、庭の美しさを讃《たた》えつつ、傑作を書き下ろした。

——うむ。

今宵《こよい》もたっぷりと、余は「**文豪パワー**」を摂取した。

観潮楼の発する、文筆力を高めるエネルギーが、余の双眸《そうぼう》から注入され、くまなく四肢にいきわたる。

——今なら、何かが書けそうである。

消していた部屋の明かりを灯《とも》し、窓際に置いた机に向かった。立ち上げたパーソナルコンピューターを前にして、言葉を練りはじめる。

小説は、第一文で決まる。

今もなお、文学界に燦然《さんぜん》と輝く古典文学は、いずれも書き出しが秀逸である。

後世に読み継がれる傑作になるか、犬も食わぬ駄文に堕《お》ちるか……。

最初に何を綴《つづ》るかで決まると、余は心得る。

急《せ》いては事を仕損じよう。

本日は五日ぶりの休みである。明日の「労働」まで、執筆に時間をさける。

執筆に至る心の準備を整えるため、余は観潮楼の鑑賞に加えて、もうひとつ重要な儀式に取りかかった。

机の右端に飾りし、一冊の書籍を手に取る。

新潮文庫『**阿部《あべ》一族・舞姫**』。

余にとって、特別な意味を有する一冊。

存在意義、生きる意味を担保する一冊。

学生時代にこの書を受け取り、はや十年が経った。

カバーには傷やスレなど見当たらず、一片の綻《ほころ》びもない極美品。赤子を愛でるに似た、丁重な扱いでもって所持してきた。「預かりもの」として、その厳重なる管理は、所有者の当然の義務と考える。

買い直せば意味を失う、代わりのきかぬ余の家宝。

世界に、ただひとつだけの文庫本。

余はページをめくることなく、両手で胸元の高さに持ち、ただじっと心穏やかに相対した。

——嗚呼《ああ》、エリナ。

色あせることのない、「彼女」との思い出が、脳裏に雪崩《なだ》れこむ。

「文豪になる」という己の使命を、まざまざと再認識した。

この書は、余の唯一にして絶対の、心の拠《よ》り所。

携えてきたからこそ、ここまでやってこられた。

否。逆説的にみれば、この『阿部一族・舞姫』が手中にあること自体が、余の歩みし人生の正しさを保証してくれよう！

即ち、これから進むべき道筋をも啓示する。観潮楼と、『阿部一族・舞姫』の文庫本。

両者が、余に絶大なモチベーションを与えるのだ。

――さて。

満足に精神は整った。

いざ、全身全霊をもって執筆に取り掛かろうとした矢先、スマートフォンが軽快なアラームを流す。

時刻は二十二時。

余は、思索を一時中断し、ツイッターにアクセスした。

下書きに保存してある文章を、世界に向けて発信する。

鷗外パイセン
「今宵も文豪さんぽ。夜のスーパーにて、リア充カップルと邂逅《かいこう》。店に流れるポップな音楽に合わせて男が突然踊り出す。女もそれに応えて買い物カゴを持ったまま踊る。著しく通行の邪魔である。性行為の前戯を見せつけられたような悔しさが、こころに滲《にじ》んで弁く。余はマヨネーズを買い忘れた」

　事前に作成しておいた「ネタ」を、さもリアルタイムで書き込んでいるかのように偽装したツイー、、。

リツイート数を稼ぐには、何よりも投稿する時間帯が肝心である。平日であれば、二十二時が最も閲覧される機会に恵まれる。多くのフォロワーに行き届く。ソーシャルネットワークの活用には、緻密な研究が求められた。努力なくして、幾度となく「バズる」など容易ではない。またたく間に反応は返ってきた。リツイートで拡散され、とめどなく「いいね」が集まってくる。

いつも通りである。この程度は余にとって、とりたてて騒ぐほどのことでもない。それでもやはり、悦《よろこ》びを感じる。快楽が脳を刺激する。

ＳＮＳは麻薬である。

余が発言すれば、数百、時には数千単位で他者に承認される。余にとって、「いいね」は喫煙・飲酒に似たるもの。定期的に享受したくなる。

街で見かける数多《あまた》のカップル、公共の場で恥ずかしげもなく乳繰り合う若者どもに対する怒りを、自虐的な百四十字に昇華することで、余はツイッターランドで人気を博した。「リア充」たちを揶揄《やゆ》する「非リア芸」で、ＳＮＳ界の若き寵児《ちようじ》と相成った。

なりきりアカウント。

現代に転生せし文豪・森鷗外が、「鷗外パイセン」として、童貞をこじらせた「陰キャ」を演じるさまが、同じような非リアたちの支持を得た。

着想を得たのは、やはり観潮楼からであった。

ベランダから庭を眺めていた折に思いついた。森鷗外記念館の隣に住んでいなければ、まずもって浮かばなかった発想であろう。

非リア芸。或《あ》る意味での「道化」に、余は徹してきた。

一朝一夕の戯れで、幾万のフォロワー数を獲得することは叶《かな》わない。

キャラクターを浸透させるために、日々、探求と試行錯誤を重ねた。

ようやくインターネット上の「文豪キャラ」として脚光を浴び、ついには書籍の出版にまでこぎつけた。

文豪になる。

そう誓いし時から、無慈悲にも歳月は過ぎた。

長かった。十年の過日は、間もなく報われる。

ネットの世界において、余は文豪として周知された。しかしそれはあくまでも、偉大なる先人の力を借りてのこと。森鷗外のなりきりアカウントという、仮初《かりそめ》の文豪に過ぎぬ。

それも、もうすぐ終焉《しゅうえん》を迎える。

作家デビュー。

小説ではないが、余の生み出した言葉の掌編に違いはない。

本の出版によってすべてが変わる。定められし命運が動き出す。

余を取り巻く状況は激変するであろう。

ネットの人格に、ようやくリアルが追いついた。

文豪キャラから、真の文豪たる者へと跳躍する。

その一、かつて余を虚仮《こけ》にした級友どもを見返すことができよう。

その二、生涯ただひとつの恋愛も満願成就と相成ることであろう。

それなのに。

余はここにきて、一抹の不安に掻《か》き立《た》てられた。

匿名掲示板に立てられた、アンチスレッドの出現……。未遂に終わったはずの、一夜の過ち。余の躍進に水を差す、暗澹《あんたん》たる「火種」が燻《くすぶ》りつつあった。

——まさか、炎上するようなことがあろうものなら……。

所詮は杞憂《きゆう》に過ぎない。本の売れ行きを左右するほどの影響はなかろう。

しかし今はまさに大事な局面。

万難を排して臨まねばならぬ。

一旦気にかかりはじめると、たちまち心は乱れた。集中力も散漫になる。

——平常心を取り戻そう。

メールサーバーを開き、余は先ほど受信したメールを再度、読み返した。

阿部《あべ》　崇《たかし》さま

お世話になります、サニーサイド出版の杉本です！

いよいよ発売が来週に迫りましたね！
『鷗外パイセン非リア文豪記』
大手書店さんの食いつきがすごくいいです！
営業担当もテンション上がってました笑

販売部も「これは間違いなくバズる！」と言ってましたね〜。
自信を持って読者にお届けできる本になりました。さすが文豪！
改めて、今後ともよろしくお願いします！
絶対売りましょうね！

サニーサイド出版　第二編集部　杉本加奈子

高揚が、文面からも匂いたつ。あの女性編集者の鼻息が聞こえてくる。

順風満帆を疑う余地はない。担当編集者は未《いま》だ、ネットの「ボヤ」には気づいておらぬ。

能天気なメールは、余の不安を和らげるのに一役買ってくれた。

そうだ。問題はない。

すべてがうまくいく。

今は確実に、良い【流れ】に向かっていると実感している。

人生とは、すべて【流れ】によって、導かれるものである。

今までの選択と経験が、これからの行き先を左右する。

——人生とは、【伏線】を回収することと見つけたり。

過去はすべて、未来にとっての【伏線】なのである。これまで歩んだ道が、たとえ辛酸を舐《な》めるに等しい苦難の連続であっても、それは輝かしい将来を開拓するために必要であった、大いなる迂回《うかい》とも考えられよう。

思えば余の人生は、坂の連続であった。

もうすぐだ。よくぞ耐え忍んだ。

むくむくと期待が膨らんでいく。

人生の【伏線回収】が、ようやっとはじまる。

いよいよもって「本当の人生」が幕を開ける。

余の歩むべき、文豪の軌跡。

心待ちにしながら、文豪の卵である余は、改めて机に向かった。

ただ今より書きはじめたる玉稿が、後世にまで語り継がれる傑作小説となり、現実世界においても、文豪としての地位を確固たるものにせんことを願う。

今宵もまた、小説を書きはじめる。

力強く余はキーボードの第一打を鳴らした。

「ちげーよ。それじゃねーよ」

余の摑《つか》んだ煙草《たばこ》を見て、客が不機嫌な声をあげた。

「8ミリって言ったろうが」

「すみません」

すぐに余は、手にした「メビウス」の箱を確認した。パッケージには8ミリと記載がある。

「あの、こちらで合ってます」

「それボックスだろうが、普通にソフトの方だよ」

「ええと、番号で言っていただけますか？」

そう告げると、客は呆気《あっけ》にとられた顔つきをみせ、すぐに睨《にら》みをきかせて舌打ちした。番号を伝えるそぶりはなく、ただ眉間に皺《しわ》を寄せて、余を威嚇《いかく》するのみ。

小刻みに震える手で、何とかレジを済ませた。

「コンビニ店員なら銘柄くらい憶《おぼ》えとけよ」

捨て台詞《ぜりふ》を残して、客は立ち去った。

――銘柄くらい憶えている。

週五の夜勤アルバイトは勤続三年を迎える。煙草の銘柄をおさえていないはずはない。しかし百三十種類をこえる煙草を取り扱うにあたって、客によるオーダーの仕方は実に多様であり、今のように銘柄すら言わぬ輩《やから》もいる。ミリ数だけ告げてくる客の求める銘柄は、メビウスであることが多い。不可解な暗黙のルール。個別に番号を振っているのだから、読み上げてもらえば効率的なのに、なかなかそうもいかぬが世の常である。

「ぶはは、今の超ウケるっすね！」

スマホを片手に、隣レジで【レインボーマン】が笑う。

「あんなのにビビっちゃダメっすよー、阿部くん！」

この年下の若造は、子どもを諫《いさ》めるような口調で言った。

バンド活動に勤《いそ》しむ彼は、半年前からここで働きはじめ、頻繁に余とシフトが重なる。脱色しすぎた薄い金髪に、七色の虹色エクステをつけたまま接客を行っている。髪型自由とは言え、いささか個性の作りすぎは否めない。余は密かに、レインボーマンなるコードネームを彼につけ、内心そう呼んでいる。

店前の公道に、自社トラックが停車するのが見えた。

時刻は間もなく二十三時。弁当と、カップ麺の納品車が到着したようだ。顔馴染《かおなじ》みの工場の人間が、台車を押してバックルームに運び込む。

「あ、ジブン行きますわ」

率先して、レインボーマンがレジを抜けた。

仕事熱心なわけではない。急いで品出しをする必要はないのだ。

おおかた、レジを離れたいだけである。

店内には、やかましい酔客のグループが居座っていた。お酒コーナーの前を陣取り、立ちっぱなしで盛り上がっている。間もなくアルコール飲料を手に取って、レジにやってくるであろう。酔っ払いは最も厄介な客である。レジの相手は誰だってしたくない。

案の定、缶チューハイと缶ビールとお惣菜《そうざい》とスナック菓子を買い物カゴに満載し、余のレジ前へとやってきた。

ひとりで捌《さば》く羽目になったではないか。

「あと唐揚げ棒も」「じゃあ俺はアメリカンドッグ！」「肉まん追加でー」「あ、ふたつね！」

電子レンジをフル稼働しながら、急いでバーコードを読み込んでいく。合間に盗み見ると、若い男女の四人組である。宅飲み大学生の買い出しと察しがつく。そのうち女のひとりは、あまりに童顔であった。未成年の可能性は十分に考えられる。年齢確認ボタンに加えて、

「恐れ入りますが、身分証の提示をお願いできますか？」

と、伝える責務が発生した。

連中は互いに顔を見合い、困り顔を作る。財布を持った先頭の女が、

「えー、忘れましたあ」

などと誤魔化してきた。

――この反応は、黒だ。

「全員ですか？　どなたも身分証ございませんか？」

「あ？　だからそう言ってんじゃん？」

後方より、筋肉質な短髪が口をはさむ。先頭の女に向かって、

「こいつ、あれじゃね？　お前の個人情報狙ってんじゃね？」

そう言うと、どかんと一同が騒ぎ立てる。

「えっこわーい！」「きもいんだけど！」「メガネが犯罪者っぽい！」「絶対気をつけた方がいいよ！」

ふたりの女は軽蔑の眼差《まなざ》しを、代わる代わる寄越《よこ》してくる。

ぐっと喉に力を入れ、余はそのまま会計を進めた。連中は勝ち誇ったように笑みを浮かべ、帰り際まで余の顔をちらちらと見ながら外に出た。

嵐は去った。

目撃者はいない。他の客が列をなす前に対処できたのが幸いであった。

ここ千駄木を内包する文京区は本来、すこぶる治安が良い。二十三区内・屈指の犯罪率の低さを誇る。文学の聖地の賜物《たまもの》であるが、時たまコンビニエンスストアというものは、どうしても低俗な客をも吸い寄せてしまう。夜でも煌々《こうこう》と光をたたえているゆえ、害虫を寄せつけるのはさもありなん。

どうせ連中など、学生アパートの狭苦しい一室で、飲酒の乱痴気騒ぎのうえに情事に興じる、ふしだらな情欲の徒。己の信じる純愛すら持たぬ、はしたない猿にすぎない。

このような侮辱にはとうに慣れた。

コンビニ店員に顔はない。誰がレジをやっていても客は気にしない。だからこそ店員を人間扱いせぬ、横柄な人種もやってくる。

仕方あるまい。

コンビニ勤務に従事するあいだは、余は何者でもない。文豪の卵でも、ネットの寵児《ちょうじ》でもないのだ。

千代田線の終電時間を過ぎ、客足が落ち着いた。

レインボーマンは廃棄の弁当を抱えてバックルームに籠城している。賞味期限が切れる間近の食糧を、夜食がてら、胃袋にかっ込んでいるのであろう。

余はレジに立ったまま、スマートフォンを操作して、即座に文章をつくる。

鷗外パイセン
「今宵も文豪さんぽ。深夜のコンビニにて、男女四人組のリア充と邂逅。赤ら顔で騒ぎたおし、強欲に酒を買い込んで弁る。六畳一間で密着しながらあおる缶チューハイの味はエロスの蜜であろう。せいぜい夜を満喫するがよろし弁。余は夜食のカップ焼きそばにお湯を入れ、ひとり帰路に着く」

虚実入り交じったツイートを、即座に投稿する。

やや遅い時間帯のため、下書き保存にまわすべきではあるが、煮えたぎる怒りを発散するためにはネットに吐き出すのが最良の治癒となる。余の傷ついた心は、集まってくるハートマークによって癒される。

二時をまわった。

客はこない。千駄木の夜は深く、静かである。

猛烈に睡魔が襲ってきた。仮眠の必要性を感じ、カウンターを抜けてバックルームを覗《のぞ》くと、ソファーに大胆な姿勢で寝ころんだレインボーマンが、猛獣のごとき大いびきを立てている。

余は諦めて、再びレジへと戻った。

これほどまでに眠いのは、ひとえに睡眠サイクルが乱れたせいである。

――まったく、とんだ災難だった。

昨日の朝に起きた「事件」を思い返す。夜を通して執筆に没頭し、朝方に眠りにつくや否や、安眠を妨害された。あまりに外が騒がしいため万年床より起き上がり、腫《は》れぼったい瞼《まぶた》をこすりカーテンを開けると、観潮楼に人がひしめいている。

――一体、何事であろうか。

こんな光景は初めてである。寝ぐせを指でとかしながら、ベランダに出てよくよく見下ろす。大型カメラを担いだり、長いマイクを持ったりした黒い集団が見受けられた。

テレビの取材だと嗅ぎとった。

しばらく動向を窺《うかが》っていると、「OKでーす」という男の声が聞こえ、庭の入口に立ったふたりの人間に、機材が一斉に向けられた。

「こんにちはーっ！　『文豪のあしあと』のコーナーです！」

よく伸びる女の声が、三階まで届く。

上からでは両名の顔が確認できぬ。矢も楯《たて》もたまらず、シャツと着物を着て、袴《はかま》を結んだ。どんなに急いでも、だらしのない恰好《かっこう》で往来に出るわけにはいかなかった。鷗外翁の庭を愛する者としての、最低限の礼儀であろう。

記念館の前には、見物客が集まっている。

道路に面した庭の入口にできた人垣の先頭に混じり、覗き込んだ。

「ここで鷗外先生は家族に囲まれ暮らしながら、精力的に執筆活動を……」

文豪にまつわる史跡を訪ねる趣旨のテレビ番組なのであろう。余は女性らの顔を、懸命に覗き見る。ひとりは心当たりがない、リポーターと推しはかる。

だがもう一方は、すぐに判《わか》った。

「羽鳥さんの、鷗外作品でイチオシなのは⁉」

「はい、私が好きなのは『ヰタ・セクスアリス』という小説で……」

羽鳥あや氏。

所謂《いわゆる》、若手の流行作家である。

メディアにも多く露出し、若者を中心に支持を集め、容姿も端麗なところから「文壇アイドル」とも称される。

羽鳥氏を実際に拝見したのは初めてだが、自宅にテレビを置いておらぬ余でさえも、ネットニュース等でご尊顔を知る機会は頻繁にあった。一過性とは言え、衆目を集めているのは間違いない。

余は、そのような「偶像」への関心は薄い。

しかし、出版業界が先細りの一途を辿《たど》るなか、「客寄せパンダ」は必須であろう。一概に否定することはない。余も大人である、その辺りの事情は加味できる。

そもそも余の志は、流行作家とは一線を画する。

余が目指すのは孤高の純文学。たとえ商業的に遅れをとろうとも、余はひたすらに、文学的に価値のある小説を探求する。

テレビ収録は順調に進み、羽鳥氏らはクルーを引き連れて記念館のなかへ入ろうとした。

その時である。

「あ」

羽鳥氏と目が合った。

つられて、テレビクルーたちも振り返る。

視線が余に集まった。何事であろうかと身構えていると、

「ちょっとお話よろしいですかー？」

と、女性リポーターが余にマイクを突き出した。

「え、ええと……」

「すてきなお召し物ですね！」

追って前に立った、羽鳥氏が言った。

「いつもその書生スタイルなんですか？」

「い、いや、俺、僕は……！」

リポーターの問いにうまく答えられないでいると、

「さすが、文学の町！」

そのように、一方的にまとめられた。

黒光りするテレビカメラの巨大なレンズが、余に向けられている。銃口を突きつけられたような恐怖をおぼえ、慌てて見物客を掻きわけ、その場から逃げた。

「あ、あのすみません……！」

リポーターの声を振り切り、一目散にアパートへと引き返す。

部屋に戻っても頭は覚醒し、眠気が吹き飛んでいた。

とんだ事態に巻き込まれた。あのまま地上波に、寝起きの顔を晒《さら》されるのであろうか。テレビ局を調べて苦情を申し立てようにも、もし生放送であれば後の祭り。結局は諦めることにした。

二度寝も叶わず、今現在こうしてアルバイト中に、睡魔に襲われる始末である。

――寝落ちするわけにはいかない。

ここで睡眠欲に屈すれば、監視カメラに残った勤務態度により、店長どころか本社の人間から苦言を呈される危険すらある。

店内には、聞き飽きたアップテンポな洋楽が流れていた。

頭を働かせて起きるほかない。しかし小説の構成を練りたくとも、羽鳥氏の件で芽生えた胸のしこりが一向に取れず、もやもやと膨らんで心持ちを曇らせる。

返す返す、納得がいかぬ。

余を映したことではない。

——神聖な庭に、土足で踏み入りおって。

軽薄な口調で、明るい番組づくりが殊更、白々しくあった。

世の小説家を代表するかの如《ごと》く、流行作家の羽鳥あや氏が、鷗外翁の庭をメディアで紹介するなど片腹痛い。

余が千駄木の地に居を構えて七年。

毎日欠かさず、庭を眺めてきた。余のほうが、よほど観潮楼を見守ってきた。雨の日も風の日も、四季の移り変わりの景観も知っている。ひょっこりやってきた部外者が、何の魅力を視聴者に伝えられるというのか。

勝手なことをされるのは我慢がならない。

それもこれも、余が出遅れたせいである。作家として確固たる地位を築いていれば、今ごろ、あすこに立っているのは余・阿部崇であったかもしれない。

——臥薪嘗胆《がしんしょうたん》。

余は思い直す。まだ道の途中である。焦ることはない。

本の出版も決まり、「開花期」は目前なのだ。

七年前。浪人生活という暗黒期を抜け、富山《とやま》県から大学進学で上京し、文京区にこだわって千駄木へと流れついた。不動産の仲介業者に紹介され、内見に赴いた際の衝撃は鮮烈に残っている。

——この隣に、森鷗外が住んでいた？

何という僥倖《ぎょうこう》であろうか。

余のバイブル『阿部一族・舞姫』が、文豪・森鷗外その人をも引き寄せたのだ。

ろくに間取りに興味を示さず、ベランダから外を見下ろしてばかりの余を、さぞかし仲介業者の営業マンは訝《いぶか》しんだであろう。

ここでも【流れ】を確信した。

人生には時おり、運命なる言葉を用いなければ説明のつかない、不思議な巡り合わせが生じる。**見えざる手によって、人は自然と、進むべき道へと導かれるのだ。**

——ここなら、小説家になれる。

かつて鷗外翁もこの庭を眺めつつ、名作を書き記した。

ならば余も、この庭が発しているであろう「**文豪パワー**」からインスピレーションを拝受し、文筆力を高めて小説家になってみせる。

揺るぎない決意を胸に、七年間、観潮楼の隣に住み続けた。

より「**文豪パワー**」を吸収しやすいよう、身なりにも注意をはらった。森鷗外の著作『青年』に登場する小泉純一《こいずみじゅんいち》に倣《なら》い、書生姿を纏《まと》うことでパワーの**吸収浸透率**をあげた。

他にも千駄木には文学スポットが多い。江戸川乱歩《えどがわらんぽ》が古書店を開き、川端康成が下宿したこの町には、夏目漱石や高村光太郎《たかむらこうたろう》の旧居跡もあり、講談社発祥の地なる石碑まで発見した。そこには大層立派な講談社の社宅が聳《そび》えていた。それらの史跡は**「文豪パワー」**を町全体で増幅させているように思える。故に余はなるべく、暇があれば散策した。歩きながら、文学的な思索にふけった。文豪の足跡を辿り、書くべき小説のかたちを探っていった。

しかし現状、人生の大半を占めるのは「労働」である。断じて文学的に豊かな時間とは言い難い。

高等遊民の小泉純一とは違って、余は生活費を自力で稼ぐ必要がある。実家からの送金など夢物語だ。週五の夜勤アルバイトに、睡眠時間を差し引けば、小説執筆に費やせる時間などわずかしか残らない。

ため息が漏れる。余は一体、何をやっておるのだ……。

店の外は依然として暗かった。四時を過ぎたので雑誌を並べはじめると、キャスケット帽に短いチノパンの男が入店し、設置したばかりの週刊少年ジャンプを購入していった。

常連の男である。週に一度、毎週欠かさず、早朝にジャンプを一番乗りで買い続けている。

職業も年齢も皆目わからぬ。レジ会計の際に押す「年齢ボタン」をいつも迷ってしまう。「～29歳」に見える時もあれば、ふと三十ごえに見えて「～49歳」を押すこともあった。

コンビニは平等である。

すべての者に分け隔てなく、あらゆる時間と生活の需要に応える。

コンビニの勤務自体は、さほど苦ではない。歩き回る必要がないため体力を温存できる。やや脂を蓄えた余の体は、機敏な動きに向いておらぬ。なるほど確かにコンビニ業務は多岐にわたり、覚えることも山とあるが、レジにおける接客は必ず一対一である。

どんなに長蛇の列が後ろに生じようとも、目の前の客を相手する限り文句は言われない。

かつて日暮里にある大手のファミレスでも働いたが、複数同時に注文や配膳が入り、処理能力の限界を悟ったため一か月で逃走を余儀なくされた。

あくまでも、夜勤アルバイトは「つなぎ」に過ぎぬ。

文筆業が生業になれば、勇ましく去ることになろう。

その時は近い。『文豪記』発売まで残り四日。

晴れて余は、作家になる。

環境も立場もすべてが一変する。

ようやく文豪への道が開かれるのだ！

「おはようっす阿部くん、調子どうすか？」

五時を前にして、けだるそうな面持ちでレインボーマンが奥から現れた。一丁前に寝ぐせまでついている。ライオンの鬣《たてがみ》に見え、小言を言おうにも萎縮してしまう。

「すっげえ爆睡！　朝、超気持ちいいっすわ！」

健康的に言ってのける。この男はいつもそうである。人に業務を任せきり、店長からのお咎《とが》めもない。店員内での評価は、余よりも高い印象すら受ける。

理不尽だが、理由は明白である。

彼は顔がいいのだ。くっきりと開いた双眸、高く聳える鼻筋、笑うとえくぼの生まれる口元。パートのおばちゃん連中からも「爽やかな好青年」とすこぶる評判がいい。奇抜極まりない虹色の派手髪をも、偏見なく受け入れる東京人には恐れ入る。だが仮に、余が同じ髪型にすればたちまち糾弾されよう。要するに何をするにも、人によるのだ。

これだから「リア充」は嫌いである。

まったく容姿に優れてコミュニケーション能力があれば、何でも許される。

ここでもカーストが形成される。どんな集団であろうと、必ず日本ではそういった関係性が構築される。余はどこにいても「ランク1」、底辺である。

レインボーマンは、顔立ちが中学の同級生に似ていた。

テニス部のエースだった水島《みずしま》（ランク5）だ。

今年はマイホームをローンで購入したらしい。フェイスブックとインスタグラムには、高頻度で家族写真が投稿される。代わり映えのしない、子どもと写る写真ばかり。

絵に描いたような「幸せな家族像」が、ネットに垂れ流されていた。

それでいて週末には、同級生が地元で開いたバーに集まり、「いつメン」と称して飲み会を行っている。仲間と家族が何よりも大切なのであろう。

変わらない人間関係。

更新されない価値観。

中学時代。奴《やつ》らは教室の主導権を握っていた。

そして、しきりに余に絡んできた。教師の不在時を狙い、全員の前でからかう発言をし、当意即妙に返せない余を「ノリ悪《わり》ぃ奴」だとレッテルをはって、いじりを繰り返した。

とろい奴というキャラを、中学の三年間では返上できなかった。

あくまで「いじめ」ではなく「いじり」。そんな空気が教室には漂っていた。それが猶《なお》のこと苦痛であった。

地元のヤンキーどもは、こぞって余を馬鹿にしていた。

進学先の高校でも、エリナ以外にろくな思い出がない。

まったく陰鬱で退屈な十代であった。余は故郷・富山を捨てた。あすこに余の居場所などなかった。成る程、理由は上京してわかった。余の居場所は東京であったのだ。文京区は千駄木。文豪・森鷗外《ふさわ》が住み、古き良き活字文化の香りを漂わせる、この地こそが、我が身を立てるに相応しい。

「そろそろゴミ出しの時間っすねえ～」

あくびを嚙《か》み殺《ころ》しながら、レインボーマンが言う。

換えてこい、ということであろう。外に出ると、すでに蒸し暑くなっていた。ゴミ箱の袋を交換し、なかに戻っておにぎりの廃棄をかき集め、閉めていたもう片方のレジを開けたころには、ぽつぽつと朝の客が出入りをはじめた。六時には、朝シフトのおばちゃんとベトナム人留学生にレジを明け渡す。しかし交代直前になって、バイクの自賠責を申し込みたいという希少な客が襲来したため、ああでもないこうでもないと三人でマニュアルを引っ張り出して対応するうちに、気がつけば店内は七時のモーニングラッシュを迎え、学生とホワイトカラーでごった返した。そのまま手伝っていると八時である。レインボーマンは知らぬ間に退勤していた。

制服を脱ぎ、ようやく店を出る。

朝日が目に刺さった。平素は感じない、肩の凝りをおぼえて両腕をぐるんと回す。すぐに布団に伏したかった。勤務先のコンビニを後にし、隣の森鷗外記念館の前を通り過ぎる。階段を三階まであがり、自室へと帰ってきた。

アパート、森鷗外記念館、コンビニ。

隣接し合う三棟の建物。散歩を除けば、余の生活圏はこれにて完結する。行動範囲が無闇矢鱈《むやみやたら》に広くても煩わしいだけである。四畳半の書斎でひとり、黙々と机に向かってこそ、文学の悠久の海に飛び込める。どこまでだっていける。

持ち帰った廃棄のサンドイッチを、ふたつ立て続けに頬張って腹を満たす。

あれだけ勤務中は眠たかったのに、意識が冴《さ》えわたってきた。

試しにパソコンを開いてみる。最新の文書ファイルを呼び覚まし、最後の行にカーソルを合わせた。

書きかけの物語が数多、パソコンのなかに収蔵されている。

そのほとんどが、第一章の途中までで筆を一旦おいてある。

小説というものは、なかなか最後まで書ききることが難しい。しかしそれは、「まだ完結させるタイミングではない」という判断からだ。途中で煮詰まったならば、機が熟するまで、ひとまず温めておくのが常であった。

一昨日から着手した、この最新作も、最初は怒濤《どとう》の如く文章が連なっていったものの、少しずつ停滞し、シーンを飛ばし飛ばし書いていくうちに、物語の体を失いつつあった。

一体これは何を書きたいのか、どこに向かっているのか、どのようなテーマを描くべきなのか、まるで分からないまま、キーボードを叩《たた》く両手が止まった。

——今日も、厳しいか。

夜勤明けの頭は靄《もや》がかかったように働かず、続きが思い浮かばないため、執筆は早々に断念した。

フェイスブックを開き、先日の投稿を確認する。

【作家デビューのお知らせ!】
お久しぶりです、阿部崇です!
この度、九月二十日に『鷗外パイセン非リア文豪記』という本が出版されます!
ツイッターで話題沸騰、フォロワー三万人の共感を得た、珠玉の語録!
記念すべき作家デビュー作です!
是非とも書店で買ってください!

アカウントの名義は本名である。

ここでは鷗外パイセンを演じる必要はない。主戦場のツイッターとは違って、余はフェイスブックを表立っては活用しない。【パトロール】、つまり閲覧専用である。中学および高校の同窓生とつながり、直近の動向を情報収集するためのアカウントにすぎない。

作家デビューという、衝撃の告知をしてから三週間。

ぽつぽつと、同級生からの「いいね」は溜《た》まっているものの、エリナからの反応はまだない。

作家デビューに対し、何がしかの祝辞はあると期待したが、依然として音沙汰がないとはどうしたことか。

エリナ。広瀬恵理那《ひろせえりな》。

余の、運命の女——。

高校卒業後も、メールでやり取りを行っていた。少しずつ疎遠になるも、ミクシィの日記や、フェイスブックの近況報告などを見るにつけ、常に存在を近くに感じていた。

ふたりは、遠くにはならなかった。

想《おも》いが、色褪《いろあ》せることもなかった。

奥ゆかしく、幼い恋愛であった。相思相愛でありながら、お互い牽制《けんせい》し合った青春時代。思い返しては「両想いだった」と嚙みしめるも、いかんせん、かたちの見えぬもの。時には不安に駆られる夜もあった。感情が抑えられない夜もあった。

そんな時は、いつもこの本を眺めた。

エリナに借りたままの、『阿部一族・舞姫』。

借りた本は、返さねばならぬ。

それが道理であり、誠の真理。

かつて余は、故郷にエリナを残し上京した。

今でも後悔をしている。せめて、好きだと口にすればよかった。本心を打ち明けておけばよかった。

エリナは向日葵《ひまわり》に似ていた。

すらりとした背丈は、どんな時でも太陽に向かって真っすぐ伸びていた。徹底して高校三年間、変えることのなかったヘアースタイル。大振りのポニーテールが揺れるたび、余のこころはかき乱された。

あの頃を思い出すと、ふんわりと甘い唾液が、口内に分泌される。

近隣地域ごとに十把一絡げに集めた中学校と違い、偏差値で横並びさせた高等学校の生活は実に穏やかで、また退屈でもあった。

そんなぬるま湯において、エリナの存在は、生きる活力であった。

今なお、鮮烈に焼きついた風景がある。

卒業式を前日に控えた、高校の図書室。

放課後にエリナを呼び、想いを告げようと思った。

日差しの届かぬ薄暗い本棚の隙間で向かい合った。

ついに余は、言葉を発することができないでいた。

エリナは何かを察したように、

「これは図書室の本じゃないよ？」

と言って、一冊の文庫本を差し出した。

「面白かったから貸してあげる」

それがこの『阿部一族・舞姫』である。

余はエリナを見た。意味ありげに笑う彼女が、ただそこにいた。

そうして去り際に、こう言ったのだ。

「文豪って、すごいよね」

翌日の卒業式は話す機会に恵まれなかった。以来十年、直接は顔を合わせておらぬ。

余は、エリナが『阿部一族・舞姫』を渡した意図を分析した。

卒業を境に、余は上京する見込みであった。県内の国立大学に進学を決めたエリナとは、離れ離れになる宿命――しかし一冊の本が、ふたりをかろうじて繫《つな》ぎ止めたのだ。

タイトルに隠された「真意」に、余は気がついた。

余が一人前の成人となり、立派に身を立てた暁には、彼女は余を追いかけて上京する。

その決意表明であったのだ！

エリナは今も、余を待っている。

海外留学から祖国に帰り、立身出世を果たした鷗外を追って、日本の地を踏んだエリスのモデルの、ドイツ人女性のように……。

『舞姫』として余のもとへやってきて、結婚して『阿部一族』になる。

エリナなりの、告白である。

シャイな彼女は、森鷗外の著書にメッセージを託したのだ！

何かと出席番号の一番を付与される、阿部というありふれた姓には、元より不満をもっていたが、この時ばかりは感謝を隠し切れなかった。『舞姫』と『阿部一族』というふたつの中編小説を、一冊の文庫本にまとめた出版元の新潮社にも、格別の謝意を表したい。

偶然が重なれば、それは即ち必然である。

先のわからぬことに不安を抱くことも減った。

──人生とはすべて【流れ】に導かれるもの。

本は確実に出版される。あとはただ、その日を待つばかり。

期待で胸が膨らんでいく。

本日の余はまだ何者でもない。しかし四日後には作家である。

そして作家デビューなど、人生における序章に過ぎぬ。

偉大なる文豪への、大きな第一歩が、幕を開けるのだ。

長かった。

ようやっと、エリナに相応しい人間になれる。

ここまできた。あと少しである。間もなくふたりに、幸福がおとずれる。

――お待たせエリナ。やっとまた会える。

mis@to
@misato_nvl

嫌です

あれは夢小説です。あくまでキャラの二次創作なので、現実のあなたとは何も関係ありません

misato_nvl

一度お会いして話し合えませんか?

oh_guy_japan

お断りします。そういう気はもうありません。今さら連絡してきて何なんですか?　調子よすぎませんか?

misato_nvl

いえ、最近は本の打ち合わせで忙しくて……

とにかく直接会って、ご相談できればと思います

oh_guy_japan

さっきから口調がおかしいですよ。鷗外パイセンは文豪じゃないんですか? キャラ設定くらい最後まで徹底してください。解釈違いなので失礼します

misato_nvl

今後、この方にダイレクトメッセージを
送ることはできません。

mis@to
@misato_nvl

お久しぶりです

お話したいことがあるのですが……

oh_guy_japan

はい

misato_nvl

ちょっといいですか?

oh_guy_japan

何でしょう?

misato_nvl

以前、俺とその、いろいろあった時のことが、小説風になっていると聞きまして、実際に読んでみると確かに結構いろいろ書かれてて……何というか、勘違いされてしまう部分もあるし、大きな騒ぎになってmis@to氏にも迷惑かかるかもしれないと思って、連絡させていただきました

『鷗外先輩と私』っていう小説は、mis@to氏が書いてますよね?

oh_guy_japan

そうですね

misato_nvl

消していただくことはできますか?

oh_guy_japan

　こうして余はブロックされた始末である。

　頼みの綱の、交渉の余地すらも奪われた。


『文豪記』の発売より二週間が過ぎた。

　まったく売れ行きは絶望的であった。

　書籍の売り上げランキングに、『文豪記』が一向に現れない。発売日の当日に大型書店を視察するも、神保町、池袋、新宿、渋谷のいずれにも、一冊とて店頭に並んでいなかった。担当編集者にメールで問い合わせたところ、「取り扱うかどうかは書店さんが決めるので～」と無責任な返答である。ここにきて弱小出版社の脆弱《ぜいじやく》さが露呈した。

　インターネット上では酷評の嵐である。

　アマゾンのレビューには、読んでもいない人間による星一つの悪質なレビューが押し寄せ、「こんなもの読む価値ありません」「絶対に買ってはいけません」「どうしてもトイレの紙が必要な人におすすめ」などと、愉快犯が荒らし放題である。

　ツイッターでの反応もすこぶる薄い。

　初めて出版の告知を解禁した際には、

「パイセンついに作家デビューｗｗｗ」

「本当に現代の文豪になれそうｗｗｗ」

「非リアが買ってベストセラーｗｗｗ」


そうやって囃《はや》し立てたくせに、今やなしのつぶて。擁護する味方もおらぬ。危惧していたネット炎上は、やはり過熱の一途を辿《たど》った。余は「オフパコ野郎」として苦境に立たされている。

「文豪さんぽ」などの通常のネタツイートにはアンチコメントが連なり、「いいね」も伸び悩んだ。カップルを揶揄すれば、たちまち「でもＪＤとオフパコしてるんでしょ？」などと書き込まれるため、過激な発言はできず、当たり障りのない表現を心掛けるという方針転換により、ツイートにキレがなくなった。

目に見えて、ネットでの勢いを、余は失いつつあった。

炎上を収束させる手立ても、本が売れる見込みもない。

——こんなはずではなかった。

本を出版しても、生活に劇的な変化は訪れなかった。

相も変わらずコンビニの夜勤に追われる日々である。

——せめて炎上だけでも、何とかしなくては……。

ｍｉｓ＠ｔｏ氏の『鷗外先輩と私』が、火の元になっていた。主人公である女性（読み手）が、インターネットを通じて知り合った「鷗外先輩」なる人物と、両想いの末に、ラブホテルで不純な一夜を過ごす物語である。「二次創作」と銘打たれているため、あたかも余が、現実において女子大学生とそのような行為に及んだものとして、今も拡散し続けている。

甚だ以《もっ》て、不快の極みである。

余の与《あずか》り知らぬところで、好き勝手に書かれた挙句、いよいよ最新話では「初体験」に及んでしまった。これでは鷗外パイセンとしての最大のアイデンティティ、「童貞キャラ」すらも揺るがされてしまう。まことに「キャラブレ」は死活問題である。しかも現実の余は、未《いま》だもって立派に童貞なのに！

まったく迂闊《うかつ》であった。

燃える兆候はあったのだから、より早くに消火活動を行えたはずである。しかし、作家デビューを目前にして、そちらにばかり意識を割《さ》いてしまった。ネットの民はさらなる盛り上がりをみせ、この祭りを愉《たの》しんでいる。今や何の弁明も、聞く耳が持たれぬのは自明であった。

焦燥感が空回る。

ｍｉｓ＠ｔｏ氏は小説を消すつもりがないようだ。

あの一夜のあと、ｍｉｓ＠ｔｏ氏と疎遠になっていたのが災いした。何かしらのケアをしておくべきであったと深く自省する。

自業自得と言えばそれまでであるが、余にも言い分はあった。文学サロンなるオフ会で知り合ったｍｉｓ＠ｔｏ氏と、オンライン上で連絡を取り交わしていたのは事実である。食事に誘ったのも相違ない。

しかし、最初から性行為を目的としてはいなかった。やましい企《たくら》みでもって行動を起こしたわけではない。すべては「エリナとの再会」に備えるためであった。

女性と一度、食事を共にしてみたかったにすぎない。

余は女性に慣れ親しんでおらぬ。女性を前にすると、わけのわからぬ熱が胃からせり上がり、喉をつまらせる。みるみる体温が上昇し、視界がぼやけるといった諸症状に見舞われる。一対一となれば殊更それらは重篤になり、目を見て話すなど赤面もの。これまで女性経験を積んでこなかったゆえに、いざエリナをどのように迎えてよいものかと、目下の心配事になりつつあった。

運命的な再会に、失態など許されぬ。

幸いｍｉｓ＠ｔｏ氏は、鷗外パイセンへの共感を示してくれた。

ネットでのやり取りを通じて、友人のような感覚をおぼえ、サロンで顔を合わせても、先のような症状に襲われることもなかった。彼女に化粧っけが薄く、顔立ちも女を感じさせない。変な意識をせずに会話を交わせたのだ。

——ｍｉｓ＠ｔｏ氏ならば、いけるかもしれない。

余は「予行練習」として、彼女を食事に誘った。

利用するかたちにはなるが、友人同士と割り切って、後ろめたさを追いやった。

しかし現実はどうであったか。

清楚な白のワンピースで着飾ったｍｉｓ＠ｔｏ氏は、紛れもなく立派な年ごろの女性であり、食事の席で相対した途端に余はのぼせあがる羽目になった。

会話もままならず、イタリアンバルでは何の成果も上げられなかった。二軒目として、団子坂下の交差点にあるバーへと入店するも、薄暗い大人のムーディーな雰囲気に容易《たやす》く飲み込まれた。余は恰好をつけてウィスキーのロックばかり注文し、アルコールに酔ってようやく饒舌《じょうぜつ》になれた。

しかしそれ以上に、ｍｉｓ＠ｔｏ氏の側が、みるみる泥酔していった。

「私ってそんな地味？」「女としての魅力ない？」としきりに腕を組まれ、バーを出てからも「帰りたくない」「どこかで休みたい」と寄り添われ、結果として「連れ込み旅館」に入室した。

顚末《てんまつ》がどうであれ、責任は余にあるだろう。

未遂とは言え、魔が差したのは事実である。

酒が入っていたとは言え、断ることもできた。

何という失態……。

時に性欲とは、純愛すらも凌駕《りょうが》する。

あろうことか、余はｍｉｓ＠ｔｏ氏に言い寄られた瞬間すらも【流れ】の一部と解釈してしまった。何事も経験である、女性に恥をかかせてはならぬ、このままなるようになれ、森羅万象なりますままに、いざ身を委《ゆだ》ねんと思ったのだ。

【流れ】の概念を都合よく捉え、拡大解釈に及んだ。

理性を持たぬ畜生にも劣る。

けだし、あれは試練であったのだ。若い女性への性衝動を抑えられるかどうかを試されていた。

あの時、先にシャワーを浴び、きしむベッドの上に座していると、エリナの顔がしきりにちらついた。すぐさま服を着た。相手方のシャワータイムは妙に長く、辞退の文言を考える猶予があった。

——もしあのまま、なし崩し的に肉体関係に及んでいたら。

それはエリナに対する背信行為に等しかった。

危なかった。間一髪で、純潔は守られたのだ。

一時の性欲にかまけては、唾棄すべき「リア充」と同族ではないか。

軽薄な快楽に身を委ねては、何のために余が「非リア」に甘んじてきたか分からぬ。あくまでも余の目標は、作家として身を立て、エリナと末永く一緒になることである。余は純潔を守った。

しかし民衆は許さなかった。

ネットの民は、余がうまい汁を吸ったと勘違いし、執拗《しつよう》な攻撃に転じている。さながら余は、「リア充」に寝返った裏切り者と言ったところか……。

――どうすれば良いのか。

誰ぞ、教えてほしい。さりとて頼れる相手はとんと思いつかぬ。齢《よわい》を重ねること二十八年。いつも余はひとりである。友人に恵まれず、孤独に耐えてきた。

しかしインターネットの上では違った。匿名ながら、鷗外パイセンは多くのフォロワーを得ることができた。

現実では自信が持てずとも、インターネットには居場所がある。払拭できないリアルのコンプレックスから逃げて、ネットの架空人格で膨れ上がる自我。なりきりアカウント・鷗外パイセンは、余にとって唯一のアイデンティティとなっていた。

やっとのことで築いた地位すらも、失われかけている。今や大変な危機に陥ったのだ。

余は、持ち時間を確認した。

間もなく夜勤に行かねばならぬ。今後の対応について、急ぎ検討をはじめる。

――素直に、謝ってしまおうか？

しかしこれは博打《ばくち》に等しい。

謝罪文を出したところで火に油を注ぐ可能性も否めない。選択ひとつ誤れば、たちどころに大敗を喫する。リアルとバーチャルふたつの世界で、社会的な死を迎える。阿部崇も、鷗外パイセンも、亡き者になりかねない。

炎上が止められぬのであれば、発想の転換である。

著作のヒットで起死回生をはかる。

余は一縷《いちる》の望みを託し、担当編集者に電話をかけた。

留守番電話サービスに接続されるので、伝言は残さず、十分おきに間隔をおいてかけ直すと、三度目で繋がった。

「晩ごはん中でした」

この非常時に、何を呑気《のんき》に事を構えているのか。

「『文豪記』の売れ行きはどうですか？」

憤りをおぼえるも、率直に尋ねた。

「うーん、厳しいかもですねー」

あっけらかんと担当は言い放つ。

厭味《いやみ》のひとつでも投げつけたいところを、忸怩《じくじ》たる思いで飲み込んで、

「そうですか。どこの書店を見て回っても、店頭に並んでないんですよ。もう少し、都内の本屋で取り扱ってもらわないと、買ってもらうきっかけもないと思いますが……」

「まあー、そうですねー」

「あと、ネットでの宣伝も、もう少しやってもらいたいです。まずは知ってもらわないとはじまらないと思います。ツイッターにも広告など、打ってもらえませんか……？」

「ああー、なるほどですねー」

「他にも、イベントというか、企画を仕掛けてほしいです。俺、サイン会やトークショーもやりますので。根津に、知り合いがやっている文学カフェがあって、会場として貸してもらえると思います。この発売直後のタイミングで何かしら、イベントを仕掛けた方がいいんじゃないかなと……」

「そんなの無理ですよ～、売れてないんですから！」

余の提案は、無慈悲にも遮られた。

「阿部さん、まずはちょっとでも売れないと、次の展開は厳しいんですよねー」

「いえ、ですから本を売るために、そういうお願いを……」

これでは順番があべこべではないか。何もしないで勝手に売れるなら世話はないのだ。

「まあうちって、とにかく本を出して、当たるのを待つタイプですからねー」

気だるそうに吐き捨てられた。

——発売前は、あんなに持ち上げたくせに！

モチベーションの低下をまざまざと実感した。態度の急変に驚くばかりである。

「とにかく、売れはじめるのを待ちましょう！」

今後の打開策が見いだせぬまま、通話は無為に終わった。

——せめて本が売れてくれれば……。

神に祈る思いで、机に飾りし『阿部一族・舞姫』に手を合わせた。

それからアマゾンランキングを確認する。

二時間前に比べて、順位はさらに落ちていた。


成すすべもなく、勤務時間はやってきた。

緊急時にも拘《かかわ》らず、余は粛々と、レジに立って労働に勤しんだ。

いつも以上にミスをした。

お箸をつけ忘れ、お弁当をレンジに入れたまま温めずに放置し、お釣りを渡す際にカウンターに小銭をぶち撒《ま》けた。折悪く終電まで残っていた店長に咎められた。それでも気合いなど入るわけもなく、放心のまま夜が更けていった。

「阿部くん、なーんかテンション低いっすね？」

レインボーマンが目ざとく、余の心中を察する。

「顔めっちゃ青白いけど、マジで大丈夫？」

「か、風邪ではないから、平気……」

「ボブ・サップに負けた時の曙《あけぼの》みたいっすね、ぶはは っ！」

平気で人の神経を逆なでする。妙に古い例えが、こちらの年齢に合わせたのだとすれば、猶のこと腹立たしい。

しかし怒りを露《あらわ》にすることはなく、飲み下して胃で消化した。

「まあなんかあったら、今日はジブン、バリバリやるんで！」

そう言ったのも束《つか》の間《ま》、一時過ぎには、

「わっり、オンナからっす！」

着信音の鳴るスマートフォン片手に、バックルームへと退散していった。

余は片方のレジを閉め、廃棄の巡回をはじめる。

負けた時の曙の顔がどうしても思い出せぬ。リング上にうつ伏せで倒れる絵しか記憶がない。負けた時に彼がどんな顔をしたのかと、くだらないことが引っ掛かり、さらに思考が乱れた。

——負け、か。

認めざるを得なかった。

余は、負けたのである。

渾身《こんしん》の作家デビューが空振りに終わった。

負けっぱなしの人生に、またしても黒星がついた。

余は、挫折の人である。

大学受験に敗北を喫した折に、負け組人生が確定した。

医学部に三度落ちた。お前は医者になれぬと大学側から宣告されたようなもの。二浪が当たり前と言われる医学部で、三浪目に突入し、逆に成績は下がってしまった。

もはや心は折れていた。

元より医者になんぞ、なりたくもなかった。

すべては開業歯科医である、厳格な父親の意思に過ぎぬ。

余は医学よりも、文学の道に進みたかった。

しかし家庭の進学方針はそれを許さず、熱意のないまま勉学に勤しみ、大して身に付かず幾度も受験に失敗した余は、父親からも落伍者《らくごしゃ》として蔑まれた。

望んでもいないことで敗北を余儀なくされた余は、滑り止めで受けた明治大学に進学を決めることで、三年間の浪人生活に終止符を打った。

「よりによって文学部だと？　一番役に立たんことしおって」

父親は軽蔑の眼差しで、実家を出る余を見送った。あの睥睨《へいげい》を思い起こすにつれ、実家の敷居を跨《また》ぐことを躊躇《ちゆうちよ》し、ついに帰省は一度も叶わなくなった。

――森鷗外が、心底羨《うらや》ましい。

まことに余は、鷗外翁のような人生を歩みたかった。

思うに森鷗外は「リア充」である。

東京大学を出て、医師になり、文学でも成功をおさめ、異国の地ではロマンスをも経験し、家庭に恵まれ、立派な屋敷と庭をつくり、経済的に過不足なく、家族に看取《みと》られて六十歳の生涯を閉じた。

一体どれほど、日々のリアルは充実していたことであろう。

当人の本懐など皆目わからぬ。しかし傍《はた》からみれば、心底、満ち足りた人生に感じる。

軍医総監という権威にのし上がった一方で、類まれなる文才を発揮して文学を極めた、神に二物を与えられし俊英……。

エリナから『阿部一族・舞姫』を受け取って以来、『青年』『雁《がん》』をはじめ、多くの鷗外作品に触れた。鷗外翁その人への関心も深めた。

調べれば調べるほどに、余は惨《みじ》めになった。

その完全無欠の文豪人生に、憧憬《しようけい》を抱いた。

――文豪・森鷗外になりたい。

その想いが、「鷗外パイセン」なるネット人格を生み出した。

それでも現実世界では、何をも成し遂げられておらぬ。

余には何もない。

地位も名誉も、実績も自信も、何ひとつ持たざる負け犬である。だからせめて作家となり、本を出し、認められたかった。

深夜のコンビニレジで立ち尽くし、ひとり余は呆然《ぼうぜん》と考える。

肥大化した承認欲求は、行き場を失った。

刻一刻と時間は過ぎゆく。余が特別に働きかけぬとも、陽《ひ》はまた昇る。朝が来て昼になり夜が更ける。余の人生に関係なく、日々は繰り返す。

途端に、言いようのない寂しさに襲われた。

店内放送の音楽が耳障りであった。余をここから追い立てるように、軽快に明るい音を鳴らし続ける。

大きく息を吸った。

「うおおおおおん！」

そうして、余は唸《うな》った。

獣の如き咆哮《ほうこう》を、店内に轟《とどろ》かせた。

さりとて何も変わらなかった。雄叫びをあげようと、喚《わめ》こうと、こんな薄っぺらい音楽すら吹き飛ばせぬ。ホットスナックのケース裏に貼られた、手書きのメモがひらりと落ちただけである。

レインボーマンも起きてこない。

喉に違和感を覚えて、咳《せき》をした。

余はひとりだった。


沙羅の木が、くすんで見える。

年の瀬が迫った。草木からは陽気が奪われ、夕暮れ時の観潮楼は、もの悲しく静まるばかり。

余は森鷗外記念館に併設されたカフェで、ガラス越しに庭を茫《ぼう》と眺めていた。

ここに来るのは久方ぶりであった。記念館の年間パスポートを所持しているが、ベランダから時間を選ばず観潮楼を鑑賞できるため、なかに入ることは稀《まれ》である。

――これだけ接近すれば、「文豪パワー」も尋常ではないはず。

そう思い立ち、一杯の珈琲《コーヒー》を啜《すす》りに訪れた次第である。

相も変わらず、余は無気力な日々をおくっていた。やはり『文豪記』は売れておらぬ。ネット上でのバッシングは下火になったものの、今度は話題にすらのぼらなくなり、ますます窮地に追いやられた。

無関心の到来……。

いよいよ鷗外パイセンは、過去の産物として忘れ去られつつある。炎上して叩かれていた頃のほうが、まだしも救いがあった。

余は心身ともに疲弊していた。眠りは浅くなり、勤務中にスマートフォンばかり気になり、たびたび店長に叱責された。二日にわたって体調不良で欠勤を余儀なくされた。シフトに穴をあけ、肩身が狭くなりつつあった。

——帰るか。

長居する気も起きず、勘定を済ませて記念館を出た。

今夜の出勤まで、暇を持て余していた。自宅に戻っても気が滅入《めい》る。されど行くあてもない。

あてどなく、団子坂を下りだした。

交差点に差し掛かり、横断歩道を渡る。小腹が空いた。ミスタードーナツに立ち寄るか迷うも、甘味を摂《と》るのは気が引けた。

好物だったスイーツ類も、不思議と食べる気が湧かぬ。食欲そのものが減退しつつあった。そのくせ体重は落ちるどころか四キロ増した。まったく複雑怪奇である。

左折して不忍通りを進む。

なるべく大通りを歩いていたかった。やかましい車の走行音が、今はこころを誤魔化してくれる。

——どうして。

書籍を出した。作家になった。

——どうして、人生がはじまらない。

「本を一冊出してもデビューとは言わない？」

谷根千・下町文学賞の授賞式で聞いた、岡村氏の言葉を思い出す。

スピーチを行うというので、文学サロンのよしみで顔を出したものの、まるで参考にならぬ講釈を聞かされた。一発屋の遠吠《とおぼ》えにしか思えなかった。おまけに審査員として羽鳥あや氏まで来賓しており、いつぞやの「早朝インタビュー事件」を思い起こして憂鬱なまま帰路についた。収穫のない一日だと判じていた。

しかし今になって、岡村氏の言葉が鈍痛を伴ってのしかかる。

——潔く、次回作に賭けたほうがいいのか？

あくまでツイッター語録の『文豪記』を足掛かりにして、長編小説として改めて『文豪記』を書きおろす手もあった。

だがそれも、サニーサイド出版が面倒をみてくれる保証はない。別の出版社に原稿を持ち込む勇気もない。

何より、執筆意欲が枯渇していた。

——次のことなぞ考えられない！

余にとって『文豪記』は、思想体系の結晶である。ツイッターでバズった非リア芸の文章には、余の哲学がみっちりと凝縮されている。収録したいずれの言葉も、一度はネット上で面白いと認められたツイートである。

この本には価値がある。大衆には、まだ伝わっておらぬだけ！

『文豪記』を世に喧伝《けんでん》することに、今は心血を注ぐべきと考えた。

——あ。

赤、青、黄色。鮮烈な色使いの店構えを前に、足を止める。

それはブックオフであった。

廉価な文庫本を購入するのによく利用していたが、最近はそれどころではなく、足が遠のいていた。

ひとつの「実験」を思い立ち、それを検証せんと余は動いた。

「いらっしゃいませー」

迷うことなく買い取りカウンターの前に立つ。

「買い取りですか？」

肩掛けカバンを降ろし、常に携帯している『文豪記』の一冊を、そっと差し出した。

「一点でよろしいですか？」

「はい」

「えっ？」

「は、はい、です！」

——短い返事くらい聞き取れるだろう。

「すぐ査定できますのでお待ちください」

言うや否や、ただちに店員がバーコードリーダーを操作する。

「本日は貴重なご本をお持ちいただきありがとうございます。こちらですが一点、二十円での買い取りとなりますがいかがでしょうか？」

「……は？」

聞き間違えを疑った。

——二十円と言ったのか、余のデビュー作を二十円と！

「あのこれ、定価千二百八十円ですが……」

「申し訳ございません」

「いや、出たばかりの新刊で、未使用品ですよ……？」

ものの真贋《しんがん》もわからぬ店員に、正しい情報を提供するも、

「こういうネタ本は、最近売れないんですよ」

——ネ、ネタ本？

絶句のあまり、固まってしまう。

店員も、まごまごと立ったまま、余の顔色を窺うばかり。

埒《らち》が明かぬので、「じゃあいいです」と告げ、本を回収して店を出た。

逃げ帰るように、千駄木の急な坂道をのぼる。

すぐに息が切れはじめた。体重のせいではない。あまりに世知辛い現実に、息切れをおぼえた。

ようやく出せた本が、たかだか二十円。

古本屋にすら価値を認められなかった。

——せめて半額くらいは、値が付くと思った。

まだ値打ちが残っている。たとえ定価では売れずとも、自ら売りに行けば、多少の金銭と兌換《だかん》できると、そう踏んで試してみた。

頭がぐらぐらして堪《たま》らない。

ほんの余興のつもりで事に及んだにも拘《かかわ》らず、思わぬ傷を負った。吐く息が乱れ、うまく吸うことができぬ。

何と苦しい坂道であろうか。幾年経っても、千駄木の坂には心臓を破られる。

坂をのぼりきり、膝に手をついた。ブーツの靴擦れか、踵《かかと》に痛みをおぼえた。

ふと横を見やると、古い一軒家が目にとまる。

立派なお屋敷である。代々この地に住む大家であろう。ともすれば、文筆家の家系やもしれぬ。錆《さ》びついた玄関ポストの銀色の口が、余に真っすぐ向いていた。

余はカバンから『文豪記』を取り出すや否や、ポストに突っ込んで自著を投函《とうかん》した。

ガタンという衝撃が響いた。一目散にその場を離れる。

見知らぬ家に『文豪記』を投げ込んでしまった……。

なぜ自分でもそうしたのかは定かではない。やぶれかぶれ、自暴自棄の境地にあったのかもしれぬ。

あの家の者は、『文豪記』を読んでくれるであろうか。

読んでくれたとして、知人に勧めたり、感想文をネットに投稿したりするだろうか。

限りなく、可能性はゼロに近い。

それでも賭けに挑んでみたくなった。己の行動が、実のところ誰にも影響を及ぼさないとは、あんまりではないか！

——なぜ、余は認められない？

苦節十年。そろそろ報われて然《しか》るべきであろう。

ネットで文才が認められた。書籍化にまで、こぎつけた。

いよいよ人生が「花開く！」と確信した。

まだ「途上」に過ぎなかった人生が、「到達」へと舵《かじ》を切る。
何者でもない余は作家になり、やがては文豪として大成する。
最愛のエリナと幸せな家庭を築き、天寿を全うする。
余の人生計画に変更は許されない。
今さらやり直せぬ。引き返せないなら、足掻《あが》くほかない。
志した道を、行けるところまで、突き進むしかないのだ。

辺りはすっかり暗くなっていた。
自室に帰るほかない。だが帰ったところで、やることはない。
少し時間を潰してから、アルバイトに出勤しよう。
ツイッターの更新をやめて、もうどのくらいであろうか。

車窓の外はトンネルをまたいで雪国になった。

遠近感を失うまっ平な銀世界が広がり、窓の景色は一枚の絵画のようだ。小説の情景描写などにうってつけの景観である。

――あちら側へと入ったのだな。

日本アルプスによって堰《せ》き止《と》められた雪が、惜しげもなく積もっている。上野駅を発《た》った新幹線は、間もなく長野に差し掛かるだろう。

帰省ラッシュで、車内は満席であった。

子連れ客が多く、そこかしこで幼児の無遠慮な奇声があがる。効きすぎた暖房は蒸し暑く、ヒートテック二枚重ねという防寒対策で乗り込んだ余は、サウナ室の如き我慢を強いられていた。

致し方ない。

大晦日《おおみそか》に、こうして指定席に座れただけでも御の字である。

――富山に帰ってみるのはどうか。

朝方、仕事終わりに日暮里の蕎麦屋《そばや》へと足をのばした帰り、みどりの窓口を見て思い立った。試しに自動券売機で本日の座席を探してみると、全車両が満席という有り様であった。しかし余はそこで躍起になり、出発時刻を変えて順番に検索を繰り返した。すると正午過ぎの電車に、奇跡的に一席だけ、○と表示されていた。急なキャンセルであろうか。すぐさま財布を取り出し、乗車券と指定席特急券を購入した。

またしても【流れ】を引き寄せてしまった。

無計画にも入手した切符は、余を「最終決戦」へと誘った。

——エリナに、逢《あ》いにいこう。

発車時刻まで猶予はなかった。小走りで自宅へ戻り、シャワーで身を清めてから、下着とシャツを替え、同じ着物を着た。毛羽立った黒のインバネスコートを重ね、荷造りを完了した状態で、あとは椅子に腰かけたまま、目を閉じて仮眠をとった。

精神が研ぎ澄まされていくのがわかった。

明鏡止水にいたる武士の如きと推知する。

アルバイト先の店長には「親が倒れたので実家に戻ります」と虚偽の申告を送った。すぐに返信があり、三が日までの臨時休暇が認められた。

車内販売のカートが、座席の脇を通過する。

呼び止めて缶ビールとスナック菓子を所望した。喉を潤しながら、噴き出した汗を中和する。

いま一度、余は現時点の考えを纏めた。

作家デビューについて、エリナからの反応がないのは、そもそもエリナが未だその事実を知らぬのではないか――そのような懸念は、少し前から抱いていた。

思い込みとは恐ろしいものである。エリナのフェイスブックの更新は、三年も前に止まっていた。作家デビューの書き込みを見ていないとなれば、リアクションも取りようがない。

ならば、ここでひとつ「余がエリナを待つ」という図式を疑ってみる。するとどうであろうか。「余がエリナのもとに行く」という逆転の解が導き出された。

――最初から、こうすればよかったのだ。

一向に気づかず、エリナの上京を寝て待つなど、何と無益な時を過ごしていたことか。

カバンには、新品の『文豪記』と、黒の太マジックを入れてきた。この手でエリナに贈呈し、その場で直筆サインを記す。この一連の儀式こそが、最大の【伏線回収】であったのだ！

車内アナウンスが、長野駅への到着を告げる。

ここを過ぎればすぐに我が故郷・富山である。

ようやく大願は成就する。

十年来の再会で、自著を渡して「約束」を果たす。

これほど劇的で、ふたりに相応しい着地点はない。

エリナ。広瀬恵理那。

余の生涯のミューズ。

高校時代。その身体ポテンシャルを存分に生かし、彼女はバレーボールに打ち込んでいた。

一年生の時は、その存在すら知らなかった。

二年生になり、文系理系でクラスが分かれ、隣の教室になった。

話したこともないのに、廊下ですれ違うたびに視線が交わった。

片方だけでは成立し得ぬ、一方通行ではない目線のやり取り……。

エリナを意識しはじめた余と同じく、エリナもまた、余を見ていたのだ。

そんな折、廊下ですれ違った女子連中が「あの人、エリナの……」と囁《ささや》いたことがあった。エリナは女友達に「恋愛相談」をしていたと考えられる。

そして高校三年生。

総決算とばかりに、ふたりは同じクラスに編成された。

――運命！

稲妻が脳天に轟いた。見えざる者が、ふたりの距離を近づけた。【流れ】という概念を、強く感じた瞬間であった。

しかし教室というものは、あまりに狭い。近すぎる距離で、ピントが合わず視界がぼやけた。かえって恐縮し、会話もなく一か月が過ぎた。

はじめて言葉を交わしたのは、ゴールデンウィーク明けの授業中である。家庭科の調理実習にて、同一の班に属したエリナは、

「誰、好きなん？」

開口一番、余に向かって前振りもなく、そう尋ねた。いたずらっ子のような、無邪気さの滲む目であった。

あまりに直球の質問、予想だにしない展開に、余は咄嗟《とっさ》に目を伏せるも、エリナの豊満な胸を直視することになり、さらに狼狽《うろた》えた挙句、

「いや！　俺は三十歳で死ぬから！」

などと、支離滅裂な返答をした。己でも何を口走ったのか、意図がわからぬほど混乱の極みであった。

当のエリナは、意に介すことなく、

「えー、それはもったいない」

どこか照れるように目を逸《そ》らし、逞《たくま》しい指で持った軽量カップに、水道水を勢いよく注いだ。

かくして、両想いは確信となった。

エリナは余の気持ちに気づき、確かめようとしたのだ。そうでなければ説明がつかぬ。

バレー部での活躍とは裏腹に、彼女は本が好きであった。

昼休みには図書室へと出かけ、何冊も胸に抱えて教室へと帰ってきた。

読書家の彼女と話を合わせたいがゆえに、余も小説を嗜《たしな》むことにした。

二学期からは図書委員に名乗りを上げ、彼女の貸出記録を辿って、エリナの読書ライフを後追いした。『耳をすませば』の天沢聖司《あまさわせいじ》の逆をいったのである。

「阿部くんも本好きなんだね！」

貸出カウンターで向かい合った際に、彼女は喜びの声をあげた。

エリナは日本の純文学ばかり借りていった。

「つい同じのばっかり読み返しちゃって。何回読んでも、言葉って美しいから」

好きな作家を尋ねると、谷崎潤一郎《たにざきじゅんいちろう》と言う。読んでみて驚いた。何と開放的で、嗜《し》虐的《ぎゃくてき》な自由に満ちたことか……。

闊達《かったつ》で清廉な、普段の振る舞いからは考えられぬほど、彼女の内面には、耽美《たんび》な性的欲求が渦巻いていたとは――そう思うたび、余はふしだらな秘密を覗き見た心地に苛《さいな》まれながら、『痴人《ちじん》の愛《あい》』を読み切った。

――エリナは胸のうちに、サディスティックな欲望を秘めている……。

考えるにつけ、余の奥底にあるマゾヒズムが目覚めかけた。似ても似つかぬエリナが、作中のナオミのように豹変《ひょうへん》する様を夢想した。背徳を承知のうえで、夜ごと余は、何度もひとりで果てた。

富山で暮らした二十一年。余にとってはまさに「黒歴史」である。

意識して記憶に蓋をした。エリナ以外の記憶は、頭のなかで朦朧《もうろう》としてイメージが描けない。彼女だけが鮮やかである。思い返せば、すぐに総天然色で蘇《よみがえ》った。

「お弁当にお飲み物、アイスクリームはいかがでしょうかー？」

車内販売の再訪で、我に返る。

余は、追加の缶ビールを求めた。思い出を肴《さかな》に飲む酒は美味《うま》い。心地よく酔いがまわる。

想いを馳《は》せるあまり、むらむらと性欲が頭をもたげた。

己の煩悩を恥じて必死に振り払うも、意識に芽生えた妄想はむくむくと、その身の丈を天空へと向けて伸ばしていく。余の愛は純真無垢《むく》である。けして、一時の欲情をもって、淫《みだ》らな期待から郷里へと帰るのではない。

しかし一方で、その瞬間の「フィーリング」というものがある。

何せ久方ぶりの再会なのだ。積年の情感が混じりあった時には、十年分の歳月を取り戻さんと、その燃える熱情によって互いの関係性が一足飛びに発展する可能性も否定できぬ。世間一般の交際プロセスなどは関係ない。【伏線】は確かにあるのだ。エリナとともに握ったその一本の赤い糸を、両の手で交互に引き寄せていけば、どうなってしまうだろうか……。文字通り【流れ】に身を任すべきなのだ。

こうして座しているだけで、余は時速300キロでエリナに近づいている。恐ろしい速度である。然らば下半身の一点に体温が集中するのはさもありなん。

あの日。

卒業式前の図書室で、余は何故に、黙ってしまったのか。

エリナへの思いを言葉にすることを躊躇してしまったか。

やはり余には、何もなかったからである。

好きだと口にするのは容易い。しかし、それだけである。

——自分には、何の魅力もない。

あの瞬間、余は悟ったのだ。

生まれ持った才能も、ずば抜けた美貌もない。そんな人間に告白され、たとえ相思相愛だったとして、ではその先に何があるというのか。巷《ちまた》に溢《あふ》れる異性交遊の果てに、豊かな将来設計は描けたであろうか。

時期尚早。

エリナが余を誇らしく思うような、何者かにならねばならない。

さすればたとえ月日を経ても、再びエリナは振り向いてくれよう。
だからこそ大学一年の折、作家になると観潮楼へと誓った。
エリート街道が難しくとも、人生の一発逆転は起こりうる。
【流れ】に従えば、紆余曲折《うよきょくせつ》あれどもハッピーエンドに辿り着く。
ずっと、長い年月をかけ、【伏線】を張ってきた。
これまでは本格的な胎動を前にした、潜伏期間であった。
二十五歳までに作家デビューを目指した。
二十五歳を過ぎたため、目標を三十歳に再設定した。
光陰矢の如し、今年で二十八歳。何とか間に合った。
余は作家になった。書店に流通する『文豪記』がある限り、胸を張っていい。
医者になれずとも、名を馳せることで道は開ける。
エリナは言った。
「文豪って、すごいよね」
ゆえに、我が志す道は文学である。
エリナのおかげで文学に出会えた。
読書を通じてエリナと交流できた。
借りたままの『阿部一族・舞姫』。

エリナとは、まだ終わっていない。

――ここから物語ははじまる。

人生という名の「未完の超大作原稿」を、いま再び、余は綴りはじめた。


富山に到着した。

高まる胸をおさえて駅のホームに降り立つと、きんと冷える寒さに身震いする。

ガラス張りの近未来的な駅舎に戸惑いつつ、エスカレーターを降りて改札をくぐり抜けた。

見違えるほどに、駅の構内がリニューアルしている。北陸新幹線の開通にともない、大掛かりに改築されたのであろう。わかりやすく都会化を標榜《ひょうぼう》した様が見てとれる。

屋外に出ると、大きなバスロータリーが屋根付きで整備されていた。そこかしこに、解け切らなかった残雪が小山になって残るものの、雪は降っておらぬ。薄くにじんだ墨汁のような色で、どんよりと曇り空が塗られている。

懐かしいはずの駅前がよそよそしい。

散策してまわる気も起きず、そのまま地方鉄道に乗り換え、実家の最寄り駅へと真っすぐ向かった。ちんたら郷愁にふけるために戻ってきたわけではない。

市街地から離れ、木造の駅舎で下車する。

待合室に置かれた丸いストーブを見て、ようやく地元に戻った実感が湧いてきた。そうだ。余はこの場所で生まれ育った。

しかし頭にこみ上げたのは、「青春の一コマ」などというおめでたい代物ではない。下水と残飯を煮詰めたような鬱屈が、癒えたはずの傷口に染み込んでくる。屈辱の中学時代、余はこの地で日々を送った。この場所より他に、世界を知らなかった。

歩きながら、同級生の家をぽつぽつと発見する。

のきなみ改築や増築がなされ、なかには古い家屋と差し替えたように、すっぽりと敷地におさまる新築の一軒家もある。中学生ながら暴走族に出入りした、札付きのワルであった大井川《おおいがわ》（ランク5）宅の玄関前には、カラフルな三輪車のおもちゃが置かれていた。三世帯で住んでいるのか、庭であった部分を潰して、新しい家が建っていた。

最たる変貌ぶりは、実家のすぐ近くを、新幹線の高架が走っていたことである。用水路の脇に鎮座する威圧的なコンクリート柱は、かつて見た景色の上から強引に打ち付けられた楔《くさび》に見えた。

住んでいたはずの土地の空気に、落ち着きがない。狐《きつね》につままれたような心地が拭えなかった。

違和感が膨れ上がるなか、実家が姿を現した。

水色の外壁はすっかり色褪せ、一階のベランダ部分に、サンルームが作られている。

おそるおそるインターホンを押した。

「……はぁい」

「あ、ええと」

「どちら様でしょう？」

そっけない声は母親で間違いない。

「阿部、あ……崇」

「……えっ！」

インターホンの切れる音とともに、足音が迫りくる。鍵のひらく音で、こちらからドアノブを引くと、そこには母親が立っていた。

「なんけ、あんた、帰ってくるなら連絡しられま」

顔の皺が太くなり、白髪染めであろう黒髪は、光沢が薄かった。

親の老いは、町の変わりように比べ、現実味をもって受け止められた。

「着物なんか着て、寒いやろう。どうしたが？」

余は、「ただいま」とだけ返答し、居間へと入った。

麻酔の匂いが鼻孔をくすぐる。昔から、家のなかにも歯科医院の匂いがたちこめていた。子どもがすべからく嫌がる独特の臭気。気が滅入りかけ、母親が追ってくるのも構わず、二階の自室へと駆け上がる。

余の部屋は納屋と化していた。

「帰ってくるが知らんから、なぁん掃除しとらんちゃ」

学習机が段ボール箱で埋まり、寝具の上にまで物があふれ、足の踏み場もない。ベッドの上にあった隙間に足をかけ、さらに部屋の奥へと分け入った。下手をすれば一日がかりの探索とも思えたが、幸いにしてお目当ての「ブツ」は早々に発掘される。

『富山中央高等学校　卒業生アルバム　２０１０』

余の醜悪な肖像が目に入らぬよう、後ろから頁《ページ》をめくった。

すぐに「卒業生 生徒一覧」の項目にいたるも、

――住所が掲載されていない……？

クラスごと、五十音順でフルネームのみが羅列される。

個人情報という言葉に思い当たった。「卒業アルバムには住所が載っている」と見当をつけていたが、余の短絡的な思い込みに過ぎず、成果物を得るには至らなかった。

万事休す。

エリナの住所がわからなければ動きようがない。

懸命に知恵をふり絞った。駄目で元々、「広瀬恵理那」でグーグル検索を試みるも、フェイスブックと、大学の卒論データのサイトしかヒットしない。

――住所を割り出す、画期的な手段はないか？

これほど発達した高度情報社会において、知り得ないことがあるのは、地団駄を踏むほどに歯がゆい。

半ばやけくそで、学習机の引き出しを乱暴に開けてみた。連絡網やアドレス帳など、住所が記載されておりそうな物品を闇雲に漁《あさ》っていくと、

――そうだ、年賀状！

たちまち余は閃《ひらめ》いた。

高校三年生の折、エリナと年賀状を送り合ったではないか。

四段ある引き出しを、上から順に引っ掻き回す。すると三段目から、変色した輪ゴムでまとまった葉書束を引き当てた。

勝利の雄叫びを、心のうちであげる。

阿部崇様

確かにあった。やや大小の均衡を欠いた、愛くるしいエリナの直筆文字が、余の名前をかたちづくる。裏面にプリントされた雪だるまのイラストには、「いよいよ受験！　まずはセンター試験がんばろう！」などと手書きで躍《おど》っている。

思いがけぬお宝を掘り当て、つい見入ってしまう。

窓の外には、すでに日没の陰りがみえた。一刻の猶予もない。記された住所をグーグルマップで確認すると、同市内の、東端に位置している。直線上は大した距離ではない。問題は交通手段である。近くに駅が見当たらぬ。バスが付近を通っている可能性はあるが、情報も乏しいためリスクが高い。所要時間がまったく読めなかった。

——それでも行くしかあるまい。

ローカル鉄道で可能な限り接近し、あとは電話でタクシーの迎車を呼ぶ。最悪の場合、夜が更けての訪問でも、本を渡すだけならば常識の範疇《はんちゅう》とみなした。

部屋を出る際に、先ほどの引き出しを、もう一度開けた。

——確か、ここに隠してあったはず。

あった。

使い古しの鉛筆やシャーペンの下から、一本の黄色いカッターナイフを拾い上げる。

この何ら変哲もない細身のカッターは、中学の一時期、余の愛用品であった。本来の用途には一度も使用していない。学ランの胸にある内ポケットに忍ばせていたものだ。

いつでも、教室内で刃物を抜ける。

その状況に身を置けば、気は晴れた。どれほど「ランク5」どもが余を嘲《あざけ》ろうと、ひとたび余が、本気でカッターを「抜刀」すれば、教室は血の海であり、一気に形勢逆転と相成る。そう考えると、何を言われても平静を保てた。達観する余裕が生まれた。

いつ何時、余が逆上し、忘我の果てに刃《やいば》を教室で振りまわしてもおかしくないという、ひりついたスリルまで味わえたのだ。

余は、脇のあたりの帯に、カッターをもっていく。

これは「**覚悟の短刀**」である。

かつて江戸時代の大相撲では、行司《ぎょうじ》は誤った審判をくだした場合、「差し違え」の責をとって自決する覚悟で、短刀を懐に忍ばせたという。

余は、今より人生最大の行動を起こす。

生半可な心持ちでの失敗は許されぬ。必ずや十年来の愛を、完遂するのだ。

そうでなければもはや何のために生きてきたかもわからない。

成果が得られぬようであれば、この命などに一片の未練なし。

速やかにカッターを首筋に突き立て、自死を選ぼうと思った。

余は臆病である。

この期に及んで、エリナとの「ご対面」に怯《おび》えているのだ。

——万が一にも、拒絶されようものなら。

もはや余は、生への執着すらも喪失するであろう。

ならせめて、自身の決着は己でつけねばなるまい。

余はカッターをいま一度、帯刀した。

両手の震えは依然おさまらなかった。

これでよい。こうでなくてはならぬ。

それほどまでに己を追い込むしか術《すべ》がなかった。

それほどまでにエリナは人生のすべてであった。

時間はない。自室を後にする。玄関で靴を履いていると、

「あんた、どこに行くがけ？」

と、母親が背後から問いかける。

「ちょっと、まあ、友だちのところ」

「大晦日やぜ？　ご飯どうするが？」

「少し会うだけだから。す、すぐ帰るから」

「なら車で送ってあげっちゃ」

「え？」

そうして今、余は母親の運転する、カローラの後部座席にいる。

渡りに船ではあった。やはり電車移動には不安要素が多く、車道を通っていけば二十分ほどであると、カーナビも最適解を弾《はじ》き出した。

最後の最後、まさか親の送迎でエリナの元へ向かうことになろうとは、いささか滑稽ではあるものの、もはや手段を選んでいる余地はない。

しかし。

座席に寄りかかり、またしても頭から抜け落ちていた、とある可能性に思い当たる。

――もう実家には、おらぬのではないか?

エリナも、余と同じ二十八歳。

家を出ていても何らおかしくはない。

三年前のフェイスブックには、自宅で両親と鍋パーティーに興じる画像が残っていた。

直近まで実家暮らしとみるのが有力ではあるが、これればかりは、現地で確かめる他あるまい。

確率の低さや、常識などは問題にならない。

【流れ】の前では、平然と奇跡が起こりうる。

畢竟《ひっきょう》、信じるほかないのだ。

ゆるやかな坂を車がのぼり続ける。梨畑が見えてきた。寒そうな木々に緑の網がかかる。歩道沿いに追いやられた雪の塊が、排気ガスで薄い灰色に変わりつつある。侘《わび》しい冬景色を眺めるうち、いよいよ至近まで押し迫った。

「ここでいいから」

角を曲がればエリナ宅という位置で、停車してもらう。

すぐさま降りて早足になる。

動悸が押し寄せ、全身の血管がハチ切れんばかり。

——大丈夫、この先には希望が待っている！

ベージュの塀に囲まれた、昔ながらの邸宅があった。表札には「広瀬」と無事に刻まれている。

門を通って玄関へと立った。摺《す》りガラスにつき内部は見えぬ。

チャイムを鳴らす。運命のベルが鳴る。

ついにこの時がやってきたのだ。十年の【伏線】が回収される瞬間。

長かった……あまりに、あまりにも余はエリナを待たせてしまった。

長かった。ボタンを押してから、ゆうに一分は待ちぼうけを食らう。

——留守であろうか？

駐車スペースには、二台の乗用車が停《と》まっている。

余は庭沿いに回り込み、人の気配があるか、覗き込まんとした。

不法侵入……不穏な言葉が脳裏をよぎるも、背に腹は代えられず、すり足で庭を横歩きするも、ベランダの大きな窓からは人影が見えず、余の心中には落胆が滲みはじめる。

玄関前に戻り、再度ベルを鳴らす。先ほどと同じベルが鳴った。間をあけて、さらにもう一度、もう一度と、谷底から助けを求める亡者の如く、インターホンを叫ばせた。

何度でも、エリナを呼んだ。

諦められるはずがなかった。

しかし現状は打開できず、ただ虚《むな》しく電子音が単調に流れるのみ。

再考を余儀なくされた。明日また出直すか、せめて書籍だけでも郵便ポストに投函するか……。

どちらがより、適切な【流れ】であるかを検討しはじめたところで、

「あのぉ」

と、後ろから声をかけられた。

振り返るとそれはまことにエリナであった。

チャームポイントの下げ髪はなくなり、黒いショートヘアがゆるやかなカーブを描いて、左右の輪郭にかかる。薄いほうれい線が、小さな唇に穏やかに寄り添う。

大人のエリナが舞い降りた。

しかしすぐさま、とてつもない衝撃に襲われた。

エリナが、ベビーカーを引いていたからである。

カゴのなかで、細い毛を生やした赤子が、瞼を深く閉じて眠っている。まるで異世界から来た小さなエイリアンに思え、全身が総毛立った。

「何か、御用ですか？」

余の顔をエリナが覗き込む。

きょとんとした無垢な表情である。間違いない。この澄んだ大きな瞳も、白桃のように色づいた両頬も、やや低い張りのある声も、すべてが丸ごとエリナであった。

「えっとあの」

余は喉に、精いっぱいの力をこめる。

「阿部、崇だけど」

「……え――っ。高校の⁉」

「高校、まあうん、そうね」

「わ――っ、めっちゃ久しぶりやねえ！」

ぱっと向日葵の黄色い笑顔が咲いた。

「誰かと思ったわ！　それって、お正月だから？」

書生着を指して言う。余は返事をする代わりに、

「元気だった？」

と、当たり障りのないことを訊《き》いた。

「元気元気！」

「そうなんだ」

「阿部くんは？」

「俺もまあ元気」

「へえーそうかあ」

「うん、そうそう」

しばし短いラリーが続いた。

「あれ、誰かおるん？」

ガタイのいい黒ダウンジャケットの男が、門を通ってエリナの後ろから現れる。エリナの腕に触れるほど真横に並び、怪訝《けげん》な視線を寄越してきた。

――こ、こいつ、まさか……!?

余は凍りついた。

「あのね、高校の同級生の阿部くん！」

エリナがあまりに簡潔な紹介をすると、

「あそう、ほーん」

男は不愛想に口をとがらせて、軽く頭を下げた。頭を下げたのに、余の頭よりも上に位置していた。

「え、何？　お前、仲良かったん？」

男がエリナに不躾《ぶしつけ》な問いを投げる。

何たる物言い。すぐに余が割って入ろうとするも、

「クラスが一緒だったがよー」

あっけらかんとエリナは答えた。

「それで阿部くん、今日はどうしたが？」

「いやまあ、近くまで来たから、何となく、いるかなと思って……」

「そっかそっか！」

終始、満面の笑みを向けるエリナとは対照的に、男は隙あらば横やりをいれようと、虎のような目つきで様子を伺っている。もはや威嚇行為は自明であった。

「じゃあ、よいお年を……」

「うん！　阿部くんもね！」

ろくに話せぬまま、ふたりは別れた。

あまりにあっけない幕切れ。本も渡せぬ始末である。

新たな進展も、落としどころも見つからぬまま、現実は容赦なく、人生計画の打ち切りを宣告する。

消えてなくなりたいと思った。

しかし願いは叶わず、母親の待つカローラへと撤退、実家まで搬送された。

――あの男は誰だ？

余の人生計画には存在しない、第三者の登場である。一体どこに、その【伏線】はあったと言うのか。一切において想定されていない。あまりにアンフェアな番狂わせ……

突如現れた馬の骨との、結婚及び出産など、受け止めきれるはずがない。

車から降りると、夜風が額をなでた。

実家の居間は石油ストーブを灯《とも》したままで、人を堕落させる温もりに満ちていた。


「ごはんできたよぅ！」

階段下より、母親の叫び声が聞こえる。

帰宅後すぐに自室へと雲隠れして、いつの間にか眠ってしまった。時計をみると一時間が経過している。

いそいそと下に降りると、食卓テーブルに父親がいた。

癖っ毛がすべて白髪に入れ替わった父親は、老科学者のような雰囲気をたたえていた。余を一瞥《いちべつ》すると、口をかたく結んだまま素知らぬ顔で、正面に向き直る。

言葉を交わす機会を逸し、余はそのまま、斜め向かいの空席に腰をおろした。

目の前には、湯気を吹く蕎麦がある。

「ちょうど三食パック入りで、あんたの分もあって良かったちゃ」

今朝がたも、東京で蕎麦をすすったことを思い出した。

重苦しい食卓であった。

蕎麦をすする音だけを、代わる代わる響かせる。

親のどちらも、インターネットには疎《うと》い。余の作家デビューなど、露ほども知らぬであろう。

年越し蕎麦に集中しても、やはり時おり、麻酔のつんとした刺激臭が鼻をつく。この家に染みついた匂いは、歯科医にならなかった余を、責め立てるようだった。

我先にと食べ終わり、テーブルを立つ。

「お茶淹《い》れるちゃ」という母親の気遣いを断って、部屋に向かう。居間のドアは立て付けが悪く、力を入れて押さねばならず、開閉するたびに木材のこすれる音がした。「ぎゆいんっ」と鳴る音は、緊急地震速報のアラームに似て、不用意に焦らされる。二階に籠ってからも、階下で親が開け閉めするたび、警報音は部屋に届いた。

うず高く積まれた段ボールの隙間に、体育座りで入り込む。

――何も、話せなかった。

十年間。

エリナに言いたいことはたくさんあった。

エリナに聞きたいことは山ほど溜まった。

本人を前にして、すべての思考が吹き飛んだ。

余は『文豪記』と『阿部一族・舞姫』を膝に載せ、ただ表紙を眺める。

渡せなかった本と、返せなかった本。

――嗚呼。

過ぎ去りし年月を埋める手立ては、もう見当たらない。


「初詣に行く」

そう母親に告げて、夜半に家を出た。

実家の息苦しさは臨界点を迎え、このままでは窒息が避けられぬ。場当たり的に逃げ出すための口実で、氷点下の屋外に飛び出した。

暗黒の世界が広がっている。ちらちらと、雪が降りはじめていた。

「傘、ちゃんと持っていかれま」

母親の忠告を無視し、ひとり、近所の氏神様へと歩《あゆみ》を運ぶ。

年越しまで残り一時間を切っているものの、徒歩にして十五分程度の立地である。新年を迎える前の到着が見込まれた。

ふと思い立ち、進路をかつての通学路に定めた。

中学校の校舎を、一目、見ておきたくなった。当時のどす黒い記憶を呼び覚ませば、この胸を苦しめるエリナへの想いを、どろどろに飲みこんでくれるのではないか……。

今はもう、毒でもって制することしか考えつかぬ。

中学校までの道のりは、体が記憶していた。意識するまでもなく、すいすいと全自動で足が前に出る。

町の景色は、驚くほどの様変わりであった。

文房具店は駐車場として更地になり、学習塾はコインランドリーに姿を変えている。よく下校途中に立ち寄った、ファミコンなんちゃらと名のついたゲームショップは、やはり潰れたのか、インターネットカフェに転じている。

中学校の校舎も同様であった。

微塵《みじん》の面影もない。神経質そうな、堅牢《けんろう》な要塞のごとき建造物が、ただそこに構えている。建て替えられた新しい校舎は、茫洋とした闇のなかに佇《たたず》み、まるで近未来の廃墟《はいきょ》を望むようである。

かつて見た郷土の風景など、永久に変わらないと思っていた。

記憶と現実がすれ違い、余の脳髄を小刻みに揺らす。気分が優れない。足の指先に、痛みを伴う冷えをおぼえる。本革の黒ブーツは、靴底から水の侵入を許してぐちょぐちょである。知らぬ間に雪も本降りとなっていた。不快感を引きずりながら、寄り道をやめ、目的地へと足を向けた。

除夜の鐘が空気を震わせはじめた頃、神社に辿り着いた。

鳥居をくぐると古い石階段がある。足を滑らせぬよう一段一段、慎重にのぼる。

幼少のみぎり。年に二度、境内で催される祭りを楽しみにしていた。当たりの入っておらぬ「くじ引き」を引き、攻略不可能な「型抜き」に熱をあげた。石階段をのぼるごとに、メモリーの断片がよみがえる。

深夜にも拘らず、境内は人で賑《にぎ》わっていた。

屋台はたこ焼き一軒ばかりでもの悲しい。社務所の前に、お札や破魔矢が並び、ずらりと巫女《みこ》の一群が立っている。社殿は当時のままに思えたが、電球で光る灯籠などは真新しかった。余の記憶のなかにも存在しない。

寺社仏閣も不変ではない。たとえ変わらぬように見えても、かたちは変わり続ける。人間の細胞がたえず死滅と再生を繰り返し、新陳代謝をはかるのに似たり。

わずかな敷地に、家族連れ、カップル、多くの人々が賑わう。夜の神社に興奮したのか、男子児童が目を丸くして、頰をりんご色に染めていた。呼吸が浅く、間断なく加湿器のような白い息が口元より噴き出《い》でる。

ひとり者は、余だけである。

孤独感に苛まれた。いつものことだ。群衆に混じると、常にネガティブな被害妄想に囚《とら》われる。おひとり様の何が悪い。そう思えば思うほど、わけのわからぬ罪悪感が、じくじくと胸を蝕《むしば》むのだ。

鐘音の隙をついて、遠くで花火が鳴った。

おおー、という歓声や拍手が重なり合う。

「おめでとうー」「あけおめー」「ことよろー」

余のまわりで、祝福の挨拶が咲き乱れる。

年が明けた。

めでたいことなど何一つない。

神前に手を合わせる気分にもならず、踵《きびす》を返して階段をおりた。

――家に帰りたくない。

この期に及んで、余は徘徊《はいかい》を再開する。

降雪は勢いを増しており、風もまた狂暴になりつつある。外套《がいとう》は濡《ぬ》れそぼり、氷を当てたような冷気に両耳が侵される。

大通り沿いに出て、ひたすら歩いた。

深夜営業のファストフード店ができていることを期待した。すぐに吉野家を発見するも、店の明かりは落ちている。隣接するマクドナルドも同様に真っ暗であった。照明の灯《とも》っていないマクドナルドなど初めて見た。

未練がましく入口に迫ってみると、営業時間が「7時～24時」とある。それ以前に正月休みの可能性もあった。

再び、吹雪のなかを歩き出す。

前方から勢いよく直進してきた乗用車が、急に速度を落とした。歩行者の余に気づいたのであろう。圧倒的なクルマ社会の地方において、雪降るなか、夜更けに徒歩の者なぞ普通はおらぬ。運転手も「まさかこんな時間に歩いている奴がいるなんて！」と驚いたに相違ない。不遜に向けられたヘッドライトが目に染みた。

惨めさが滝のように背中を打つ。

自家用車すら持たないことが恥ずかしい。成人すれば、この地では己の稼いだ金で自動車の一台は買える。それが当たり前の生活水準である。ここに暮らす人々は、車によって、行ける場所を広げ、進む速さを上げてきたのだ。余はどうだ。まるで一切の進歩がみられない。どれだけ自力で歩こうとも微々たる移動距離である。

居場所はどこにある。

歩けども、歩けども、どこにも寄る辺がない。

——いっそこのまま凍えてしまいたい。

安らかに死ねたなら、どんなにマシであろう。

空っぽだ。今こそ、真の「非リア」ツイートが書けそうであった。

しかしスマートフォンを操作しようにも、手がかじかみ、文字入力どころではない。

冷えた指先が、フリックを妨げる。余は諦めて、コートに端末を仕舞い込んだ。

鼻先が取れそうな寒さである。そろそろ内耳も凍りかねない。

ぐしゃりぐしゃりと、積もりたての雪を踏み潰して歩いた。

止まることもできず、さりとて向かうところもない。新しい年がはじまっても、余にとっては何も変わらぬ。余は馬鹿者である。深夜に氷点下のなか、実家近くを彷徨《さまよ》い、命の危機すら感じる不毛な状況に身を置いている。しかしどうにもならぬ。意識が少しずつ朧気《おぼろげ》になるも、歩みを止めぬことで、かろうじて自我を保った。

白くぼやけた視界の先に、やわらかい光がにじんでいる。

目をこらして近づくと、蜃気楼《しんきろう》のようなセブン-イレブンであった。

突如として顕現《けんげん》したコンビニに、すわ幻覚かと疑うも、紛れもなくそれは広い駐車場を備えた大型店舗で、余の勤務先の二倍は面積を有している。

雪に足を掬《すく》われながらも、小走りになった。つま先に雪を連れて店内に入る。たちまち暖房の温もりに全身を抱きしめられる。

――コンビニエンス、ストア……。

そこはゆるぎなく、東京であった。

充実のホットスナック、豊富なお惣菜、バリエーション豊かなインスタント麺、お馴染みのパンやおにぎり、そして定番の弁当類がずらりと並ぶ。都会的な商品の数々が揃っていた。本来は予約制のおせちセットまで店頭に配備する、その周到な店舗営業に感心すらおぼえた。

店員の制服までもが、東京とお揃いである。

そんな当然のことに、いたく感動をおぼえ、暖をとりながら、しげしげと棚を眺めゆく。スナック菓子の一隅に、陳列の乱れが見受けられたので自主的に直した。

ホット珈琲のペットボトルを買い求めた。

「あ、そのままでいいです」

「はい？」

「ふふ、袋は要りません！」

寒さのせいで口がうまく回らなかった。

珈琲を両手で握ると、手のひらがじんわりと溶けていく。

外に出ても寒さを感じない。またすぐに体温が奪われるのは自明だが、歩きながら、五臓六腑《ごぞうろっぷ》に熱が通ったことを実感する。

知り尽くしたアルバイト先の内装に、これほど安堵するとは予想だにしなかった。

体温を下げまいと、ちびちびと珈琲を口に含んだ。飲んではボトルを外套のポケットに突っ込み、少しでも温熱を維持する。

ポケットのなかでも、ボトルを握りしめた。

梶井基次郎《かじいもとじろう》の『檸檬《れもん》』を連想する。不安を和らげるレモンの冷たさではなく、吹きすさぶ雪風にちぢこまり、孤独感から暖を欲しがる自分がいた。

余は温かさに飢えていた。

心細いのは寒さの所為《せい》だけに非《あら》ず。

やはり独りは、身に堪えるものがあった。

——この珈琲が冷めやらぬうちに、帰ろう。

もはや選択肢などあるはずもない。実家の方角へと、諦めの行進をはじめる。

その時であった。

大通りから分け入った道の先に、またしても光源をとらえた。

立ち並ぶ民家に紛れるようにぽつんと、一軒の店が建っている。

ライトアップされた看板には『ＨＰ Ｂａｒ』と横文字が並ぶ。

——これがそうか。

思い当たるものがあった。同級生の河北《かわきた》（ランク５）という男が、地元にバーを開業したと、いつぞやのフェイスブックの投稿で読んでいた。

「ＨＰの意味は、ＨＡＰＰＹ ＰＡＲＴＹでーす！」

典型的な「リア充」らしいネーミングセンスに、失笑を禁じ得なかった。義務教育課程の卒業から十三年を経てもなお、夜な夜な「昔の仲間」で集っては、酒を酌《く》み交《か》わす様が、頻繁に画像つきでアップされていた。

店先に近づいてみる。明かりの漏れる窓ガラスにはレースのカーテンがかかり、内部の様子が窺えない。

耳をすませば、くぐもった歓声が聞こえる。

男女の話し声に、折り重なる笑い声……。

虫唾《むしず》が走った。

——この期に及んで、まだ「お楽しみ」か！

いい歳して、新年明けてのどんちゃん騒ぎ。教室で幅をきかせていた頃と何ら変わらぬ横暴さで、のうのうと生を謳歌《おうか》する「リア充」たちへの嫌悪が、一挙に余のこころに吹き荒れた。

——人生とは、何故こんなにも差ができる？

腰に仕込んだカッターの刃を意識する。

どくどくと血流が暴れまわり、頭が煮えたぎる。

余が突如、店内に現れたら、奴らはどう思うであろうか。

招かれざる者の来訪……成人した元「ランク１」の顔など、どうせ認識できまい。素性のわからぬ者が、年明けの深夜に来店し、颯爽《さっそう》とバーカウンターに座り、例えばマティーニを注文する。身内同士で温まった雰囲気は一瞬にして白け、さぞや好奇の目を向けるに違いない。話しかけられても、余は徹底して無視を決め込む。ますます不可解で不穏な空気が高まってくる。

時間をかけて、カクテルで喉を潤す。強めの酒をお代わりしてもよい。アルコールがまわった頃、おもむろに立ち上がり、余は店の中央に移動する。

客の視線を一身に浴びるなか、カッターを抜く。

チキチキチキと不穏な音を立てて、銀の刃が姿をみせる。狼狽える同級生をよそに、息つく間もなく、カッターを首筋に走らせる。

真っ赤なシャワーが彼らに降り注ぐ！

浴びよ！　浴びよ！　非リアの鮮血！

余の血液はお前たちの体内に染み込み、生涯にわたって解けぬ呪いになる。

遠ざかる意識のなか、彼らの阿鼻叫喚《あびきょうかん》を子守歌に、余は永遠の眠りにつく。

翌日も大騒ぎである。県下の新聞、ローカルテレビはおろか、全国ニュースも席巻《せっけん》してみせる。新年ムードを容易く吹き飛ばしてみせる。

平和な田舎町の日常なぞ、刹那に破壊してくれよう！

余は思う。

あの忌むべき実家に帰ったところで、何が待っている？

今こそ、余を虐げ続けた「リア充」の世界に、一矢報いる好機であろう。

神風特攻。スーサイド・アタック。

それが「非リア」として生きながらえた、鷗外パイセンの天命かもしれぬ。

それが「リア充」を破滅へと追いやる、この命の燃やし方なのかもしれぬ。

——見せてやる。

余は寒空の下、最期の決意を胸に固くした。

勇んでドアを叩く。地獄の門が開く。チリリンっと軽快な鈴が鳴った。

「いらっしゃいませ」

バーテンダーがこちらを向く。見覚えのある、女子を魅了した切れ目の涼しい顔つき。

間違いなく河北（ランク5）であった。

つられてカウンターに座る客たちが、ちらりと来訪者を確認する。

「えっ……もしかして、阿部？」

カウンター奥にいた男が立ち上がった。

「えっ、阿部や。うわマジか、めっちゃ久しぶり！」

近づいてくる男の顔つきは、レインボーマンに瓜二《うりふた》つであった。

「俺だよ、水島！　ほら、小学校から同じの！」

黒髪のレインボーマン、水島（ランク5）が早口にまくし立てる。

「ああうん、わ、わかるよ……」

「おいみんな、阿部が来たぞ！」

「「ええぇ〜！！！」」

一斉に向けられた驚嘆の声に、我が身は委縮した。

「すげえーっ、久しぶり！」

「あけましておめでとう！」

「いきなりのサプライズ〜！」

「ネット見たぞ鷗外パイセン！」

「なんか本も出したがやろ⁉」

「うちの親が買っとったちゃ！」

「マジかよ、小説家先生やねか！」

「おい、とにかくまず飲もうぜ！」

あれよあれよとテーブル席の中央に引きずり込まれ、シャンパングラスを持たされた。

「じゃあ乾杯〜！」

「「乾杯〜！」」

次々と、赤ら顔の男女がグラスをぶつけてくる。中身がこぼれそうになり、前のめりで口をつけた。

たちまち余を中心に、会話がまわった。

「本日の主役」が登場したかのような歓迎であった。

集まっていたのは十人近くで、大半が男である。女性は、女ヤンキーのトップであった最上《もがみ》（ランク５）と、男子のなかで「ヤリたいランキング」不動の一位を誇った西村《にしむら》（ランク５）のふたりであり、いずれも若々しく、化粧映えによって美貌に磨きがかかっていた。エリナの足元にも及ばないが、客観的評価までは歪曲《わいきょく》したくない。

いずれの人間も見おぼえがあった。

昔と変わらぬ風貌……という意味ではない。インターネットを通じて、見知った顔ぶれなのである。

余は同学年のＳＮＳを【パトロール】し続けていた。

彼らがどんな人生を歩むのか「監視」し続けていた。

願わくは、余の人生より、下に転落してほしい……。

彼らの行く末を、黒い感情で見守っていたのである。

そんな彼らが、満面の笑みで、余に話しかけてくる。

「卒業以来やねえ、久しぶり！」

水島（ランク５）が、在りし日を懐かしむように言う。

――これは一体、どうしたことか？

戸惑いが先に立つ。

予想の外であった。

――なぜこうもすぐに受け入れる？

この奴らと、余は友人ではない。

「どうやったら作家になれるんけ⁉」

「東京の生活ちゃどんな感じなが⁉」

ぐいぐいと質問攻めに遭《あ》う。この小嶋《こじま》（ランク4）も、この五十嵐《いがらし》（ランク4）も、親友の如き口調である。打ち解けた、気を許す仲間たちのなかに、余を巻き込んでいく。

中学時代、そんな関係性は築いておらぬ。

余は、自然と受け入れられてしまった。

――なんだ、今さらこの態度は？

ふつふつと、からだに溜まった泥が沸騰しはじめる。

余は赦《ゆる》しておらぬ。

過去の「いじり」という名の公開処刑に時効はない。

やった側が忘れても、やられた側は一生憶えている。

こころに恨みの化身が一度住みつけば、人は真っすぐではいられない。

これまで常に「ランク1」が付き纏った。

負け犬の劣等感が、余を支配し、蝕んだ。

臆病な余ができあがった。万事に処女のような小心者として生きてきた。

それがどうしたことか。

皆は、とうにスクールカーストを捨て去っている？

卒業すれば、成人すれば、一切合切が平等になる？

そんなことは、聞いていない。

到底、水に流せるわけもない。

酒を酌み交わそうと、過去は清算できぬもの。

――巻き込まれるな、いいように流されるな！

余は、腰に深く、手を差し込んだ。

カッターの柄をしかと握りしめる。

全身が煮えたぎるように熱くなる。

――見せつけてやる！

連中の輪のなかに入りこみ、最高潮に盛り上がった、今こそ好機。

「非リア」の逆襲――その目に焼き付けるがいい。

余は純愛に散り、希望の見いだせぬ未来に愛想を尽かした。ただひとつの恋すらも実らぬならば、どこに生きる価値がある。

初志貫徹。

余がここに来たのは、最期を遂げるため。

意志を振り絞り、余は腰からカッターを抜刀した。

ふいに、入口のドアが豪快に開く。

「うえ〜い!!!」

「あけおめーっ!!!」

男ふたりは入ってくるなり、なかの喧騒に負けない大声をあげる。

すぐさまひとりが、余に強烈な抱擁をかました。

「俺、誰かわかる⁉」

【爆笑王】の異名を持つ、城田《しろた》（ランク5）である。

「も、もちろんわかるよ」

「いやボケのんかーいっ！」

胸部に打撃を食らい、後ろによろける。

在りし日の光景がよみがえる。城田が即座に繰り出すキレのいいツッコミは、教室中の笑いをかっさらっていた。余も、そのための「ネタ材料」として、しばしば用いられた。

「久しぶりやね、富山に帰ってきとったんけ」

もうひとりの男が、そう言って手を差し伸べる。慌ててカッターを袖に隠し、握手を交わした。

学年一のイケメン、【プリンス】こと岩永《いわなが》（ランク5）である。

中世の王子を思わせる、気品ある甘いマスクは衰えを知らぬよう。

「連絡して呼んだがよ。バーに阿部が来とるって」

河北（ランク5）が、カウンターごしにスマートフォンを掲げて言った。

「レアキャラおるなら来るしかないやろ！」

と、城田（ランク5）が言えば、

「嫁と子どもがもう寝とったから、うまく抜け出せたわ」

と、岩永（ランク5）が笑った。

リーダー格の登場により、ますます宴《うたげ》は盛り上がりをみせた。

追加のシャンパンボトルが開栓され、注文をせずとも、余のグラスは何度も琥珀《こはく》色に染められる。きめ細やかな泡が、乾いた喉に満遍なく吸収される。実に爽快な飲み口であった。

質問ラッシュもひと段落し、余はテーブルを離れてカウンター席に腰をおろした。河北（ランク5）にチェイサーの水を頼み、おずおずと尋ねてみる。

「なんで、わかった？」

「ん、何が？」

「いやだから、俺が、阿部だって……」

「そりゃ、わかるちゃよ！」

横から水島（ランク5）が背中を叩いてきた。

「だって全然変わってないねか！」

どこか、余を信頼するような響きがあった。

——変わってない？

東京で研鑽《けんさん》を積み、田舎者から脱皮して十年。

文豪を目指して着物を纏い、文学の道へと進んだ。

すぐにわかるはずなどない、そう思い込んでいた。

しかし彼らはすぐに余を、阿部崇と見破ったのだ。

生まれ変わるどころか、何も変わっていなかった。

「でもこうやって再会できて嬉《うれ》しいわ」

水島（ランク5）がしんみりと口にする。

余は、テーブル席のほうに目をやった。よくよく耳を傾けると、話題は昔と異なっている。かつて教室で交わされた、ドラマ、漫画、アイドルグループ、お笑い芸人などに言及する者はおらぬ。代わりに健康診断の結果、家のローンに車の買い替え、そして今は、子どもについて、意見が熱く交わされている。

「二人までなら大丈夫やけど、三人目からは急にお金かかりそうやぜ」

「建てた家に子ども部屋が一つだから、うちはもう一人っ子やなあ～」

「学資保険の支払いも馬鹿にならんけど、娘の顔見たら頑張れるちゃ」

まったく余には、ついていけぬ議題である。

子どもはおろか結婚すら、現世では絶望的になりつつあった。

この先どのような経験を積めば、彼らに追いつけるのであろう。

皆が当たり前に立つ場所が、遥《はる》か山の頂《いただき》に思えて果てしなかった。

「でも阿部は、すげえよなあ」

水島がハイボールの残りを一息に飲んで言う。

「本を出したって、フェイスブックで見てびっくりしたわ。小説なんて普通の人は絶対書けんよ。めっちゃすごいねか！」

すごいという言葉が、ちりちりと脳髄《のうずい》に電流を走らせる。

『文豪記』の中身については、詳細を知らぬようだった。悠々自適な印税生活と勘違いされている節もある。

「全然……すごくないよ」

弱々しく呟《つぶや》いた。

余だけがひとり、言葉にするたび浮くような標準語を用いている。今さら富山弁を使うのは、不慣れな外国語を扱うように難しい。

「すごいって。俺はこの町から出たことないし、東京行ったり本書いたり、阿部はすげえよ」

話題は、水島（ランク5）の近況に及んだ。

早々に結婚して息子が二人、今は家の理容室を継いだものの、古臭くて客足が少ないため、銀行から借入れをして小綺麗《こぎれい》な美容室に改装したらしい。

「どっこも、なかなか厳しいちゃ」

駅前に密集する小さな商店街は、総じて火の車と言う。酒屋、パン屋、自転車屋など、軒並みシャッターが閉まったままだと知る。町に一軒のスーパーや、かつて賑わっていたホームセンターですら経営危機との噂《うわさ》らしい。

先ほど文房具店とゲームショップの消滅を見たばかりゆえに、説得力をもって現状を受け取った。

――ありきたりな話だ。

大型資本やネットショップによって、脅《おびや》かされる地元の個人商店。

そんなことは、全国でいくらでも起きている。当然の盛衰である。

しかしどうにも、他人事とは思えなかった。

生まれ育った町が、滅びゆく……。己で捨てた町であっても、うら寂しさは否めない。

「『ミスター』の店も、最近お客さん減っとるんよ」

「えっ……？」

懐かしい呼称に、胸がぶるりと震える。

駅前に『はくれ亭』なる大衆食堂が古くからあった。年老いた店主は大の長嶋茂雄《ながしましげお》ファンで、ミスターと呼ばれ親しまれていた。店内には、長嶋の現役時代の写真や新聞記事が壁一面に貼られ、異様な雰囲気ではあるものの、味は絶品で、何より量が尋常ではなかった。所謂「デカ盛り」の先駆けであろう。余も食べ盛りの十代に、幾度となく足を運んだ。

不思議なものである。

思い入れのないはずが、埋もれた記憶は呼び起こされる。ここで暮らしていたのだと、確かに自覚させられる。

「だから俺らで、町おこししようぜって話になってさ」

「町おこし？」

「よくここで飲みながら話し合うがやけど、みんな忙しいし、なぁん進まんちゃ」

諦めたように、水島（ランク5）がため息をついた。

「とりあえず、ゆるキャラだけは作ったがやぜー」

甘酸っぱい香りが鼻にかかった。最上（ランク5）が、後ろから余の肩にのしかかり、スマホで画像を見せてくる。

「『うささん』って言うがよ。可愛《かわい》いやろ？」

梨色のうさぎの着ぐるみが、駅舎の前に佇んでいる。耳が奇妙なまでに垂れており、そのせいで目元が隠れ、ろくに表情すら窺えなかった。

「耳がうまく立ってくれんがよねー」

率直に言って可愛らしさはない。特徴も乏しく、全国的な「ゆるキャラブーム」が終焉を迎えた今となっては、これを前面に押し出してのPRには、訴求力が望めないであろう。

「どう？　可愛いやろ？　エアドロップで転送するちゃ」

勝手に画像を送りつけられる。それよりも最上（ランク5）の胸が、余の背中で柔らかく潰れており、みるみるうちに下半身が硬直していくほうが問題であった。エリナ以外に性的興奮をおぼえるなど言語道断である。

「ちょ、ちょっと、トイレ……！」

と宣言し、最上（ランク5）の肉体から離れた。

使用中の厠《かわや》の前で待っていると、扉が開いて西村（ランク5）が出てくる。茹《ゆ》でダコのように顔の火照《ほて》った彼女は、潤《うる》んだ垂れ目をとろけさせて「うん？」と、眠たそうに首を傾げた。桃色のルージュが怪しげに光る。余は急いで厠へと逃げ込んだ。

水分の過剰摂取により、放尿は長きにわたった。陰茎はたちどころに収縮した。用を足しながら、袖に隠したカッターの、収め方を考える。

――自決は、【流れ】ではないのだろう。

今ここで死ねば、混沌を生むことはできる。連中の正月休みをぶち壊し、苦い記憶として、それぞれの内面に染みを遺《のこ》すことはできる。

しかし、それだけである。

それで、だからどうなる。

果たして、何の【伏線】だと言うのか。

今までの、余の人生がすべて、この些細《ささい》で瞬間風速的な、単なる衝動のためにあったとは思いたくない。意味のない、ちっぽけな人生で終わりたくない。

余は未だ、途上である。

作家となり、いずれは文豪と称されるに至る、その過程を生きている。

――もったいない。

ここまで生きてきたのに、もったいない。

余は未練がましくも、命を惜しんでいた。

そして酒の味を、美味《おい》しいと感じていた。

この場を、この雰囲気を、楽しんでいた。

――もう少し、いまが続いても悪くない。

小便を終えた余は、また皆のなかに身を投じていった。

明け方に、解散のムードが漂いはじめる。

【爆笑王】も【プリンス】も、家で待つ妻子を気にして一足先に退散した。

ほぼ二徹の域に入った余の頭はなおも冴えわたり、ますますもって意識は明瞭になるも、身体《からだ》の疲れは顕著であった。体力の限界を悟った余は、お暇《いとま》することにした。

「阿部って、いつ帰ってきとんが？」

別れ際に水島が訊いた。

「まあ……お盆と正月かな」

七年ぶりの帰省とは、明かせなかった。

「そしたら次の集合はお盆かあ！」

勝手に、次の約束が決まった。

河北に会計を渡すと、

「ありがとう。またお待ちしとるね」

そう言って、手のひらを向けてくる。

余はその手を自然と叩いた。パチンと音が鳴る。

「うぇーい」

「う、ぃえ、いえーいい……！」

今宵は慣れないことの連続で、彼らの文化に毒されてしまった。今後はハイタッチなどに興ずる機会はないと信じたい。

外に出ると、雪は降りやんでいた。

暗闇に、住宅群が沈み込んでいる。街灯から街灯の、心細い点を頼りに歩く。音のない風が、余の素肌に触れようと隙間から入り込む。

あまりの暗夜である。都心の明るさに、目が慣れすぎていた。

それでも前には進める。思えばこの道は、小中学生の九年にわたり、通学路として往復した道であった。

夜明け前の冷え込みは一層厳しい。しかし体は芯から温かく、深く積もった雪に足をとられながらも、時おり横から殴る強風によろけながらも、浮足立つように、両足を大きく動かして歩いた。

小高い丘をのぼっていく。

一帯が新興住宅地である。ここを越えて下り坂をおりれば、すぐに実家が見える。

見晴らしのよいところに差し掛かった。町全体が見下ろせた。今はまだ闇に沈み、かろうじて輪郭をとらえるばかり。

スマートフォンが震える。

取り出すと、水島からであった。

水島「今日は会えてよかった！　またな！」

画面をじっと眺める。

ＬＩＮＥの友だち登録は、おびただしく増えていた。

新たな繋がりが生まれた。新規に登録された一人ひとりに、今ここで、どんな文を送っても構わない。既読スルーかもしれず、或《あ》いは、返信があるかもしれぬ。そういった可能性を、余のスマートフォンは手にしたのだ。一方的に「監視」していた時代とはまるで違う。

生きていれば、再会もある。

また新たな関係が芽生える。

今日のことは偶然に過ぎぬ。余が望んだことでもない。とにかく期せずして、不可思議な一夜を過ごした。

予想外にも、余の作家デビューを初めて認めてくれたのは、彼らであった。

ネットの住人にそっぽを向かれ、最愛のエリナとも訣別《けっべつ》し、実家にも居場所がない余にとって、この一夜はまさしく、見えざる者が与えた【流れ】であったのかもしれぬ。

胸に膨らんだ、そわそわする、この感覚は何であろうか。

余はカッターを取り出した。

道路脇の雪にそのまま差し込む。するりと飲み込まれ、見えなくなった。

雪が解けたら、一本のカッターが姿をみせるだろう。その頃、もう余はこの地にはおらぬ。路上に落ちている危険物は、近隣住民が破棄してくれよう。

——もう、必要のないものだ。

変わらない過去は、赦さなくてもいい。

しかし、今を拒絶することもあるまい。

「ランク５」だの「ランク１」だのは、飲み会の途中から、意識せずに済むようになっていった。

けして「リア充」に屈したわけではない。

否。もはや屈するとか、負けるとか、そんなことではないのだ。

一体、余は何と戦っていたのか……。

こころに溜まった泥濘《でいねい》が、雪のように解けて、洗い流される。

——楽しかったな。

今の感情を、偽りたくはない。

余は「リア充」へと転向することを善しとしない。

余を「非リア」に至らしめた道程を捨て去らない。

余のまたの名は——鷗外パイセン。
少しばかり現実にも興味が湧いた、ネットの寵児である。

丘の上で立ち止まった。

そのままじっと、町を見下ろした。

忘れていた景色である。思えば、東京の、観潮楼ばかりを愛ですぎた。

指先から徐々に熱が奪われてゆく。尿意をもよおしたが、もうしばらくだけ、眠りについた町を眺めていたかった。

寒さなどいくらでも我慢できる。あとで暖をとれば済むのである。

ゆっくりと、向こうの地平線が白くなり、空は濃度を落として藍色のグラデーションをつくる。

冬の朝焼けが、夜空を塗り替える。しかし明るくなっても、日の出は一向に拝めない。

長い高架が太陽を遮っていた。

新幹線の線路。以前は存在しなかった遮蔽物。

忌々《いまいま》しいと思いかけた矢先、ふいに白銀の矢が横切った。

始発であろうか。車体に朝焼けが照り返して、神々しい。

すぐにそれは過ぎていった。

進行方向は東京であった。正月早々、誰かが上京するのである。
反対に、こちらへやってくる者もいるであろう。
富山も東京もない。
田舎も都会もない。
すべては、繋がり合っている。
離れたはずの故郷や、道を別れたはずの同級生たちと再び、縁が結ばれていった。
余はポケットにある、珈琲の残りを一口飲む。
——ぬるい。
これはもう要らないなと、何故《なぜ》だか心から安堵した。
朝が来た。
ようやく眠気がやってくる。
——まずは、実家に帰ろう。
——そして、東京へ戻ろう。

お釣りを渡した際であった。

「あんた、大丈夫なの？」

女性客に何かを指摘され、すぐさま己のミスを疑った。

会計金額に誤りがあったのか、口頭での注文を聞き逃したのか、温かいものと冷たいものを一緒の袋に入れてしまったのか……どれも思い当たらぬ。

「ええと……」

「あなたの親御さん、倒れたんでしょ。店長から聞いたよ」

レジカウンターごしに、気懸かりそうな顔を向けられた。

「新年早々、大変だったねえ」

「あ、ああそうですね、疲れが溜まっていただけで無事でした」

口から出まかせに返答する。捏造《ねつぞう》した欠勤理由を、己でも失念していた。

「あらそう、よかったねえ！」

大げさに、明るい声になる。

朝の時間帯に、よく来店する女性であった。

「でも何だか、いつもより顔色いいわね」

「そ、そうですか……？」

「安心したよ。人生いろいろあるけどさ、頑張んなさ～い」

会計時に世間話をふられることは多々あったが、余を認知していたとは意外である。コンビニ店員にも顔はあるようだ。

「それじゃあねえ～」

近所の奥さまは、元気に手を振っていった。

世の仕事初めに倣《なら》い、余もアルバイトに復帰した。三が日も過ぎ、すっかり世間は新年の夢から覚めている。

「じゃあお先っすー」

レインボーマンが時刻ぴったりに退勤する。滞りなく引き継ぎを終えて、余も後に続いた。

本日も快晴なり。滅多に雪景色を見せない東京の冬は、北陸と比べると違和感をおぼえる。

森鷗外記念館の前を通り過ぎ、自宅に向かう。

新しい年を迎えようと、『文豪記』は売れなかった。突然ベストセラーになるような奇跡は起こらない。

しかし、無為に焦る気持ちは薄れつつあった。

――すぐに絶版になるわけではない。

ネット書店に在庫も残っている。欲しいと思えば誰でも買える環境がある。

たとえ売れなかったとして、本を出した事実は揺るがない。

本は書けた。意味はあった。

顧みれば、余の人生において、大きな前進に変わりない。そのうち何かのきっかけで売れたならば万々歳である。

今はその前段階の、潜伏期間。

これもまた【伏線】と心得る。


カーテンの閉まる、仄暗い部屋へと戻った。

余にとって朝とは、一日の終わりであり、自由のひと時である。就寝まで、インターネットに接続できる。

そうは言ってもやることは少なくなった。

鷗外パイセンのアカウントは沈黙を貫いている。非リアのネタツイートも、著書の宣伝も行わない、骸《むくろ》と化した。

新しい火種がなければ燃えようがない。話題が尽きて年が明け、機能を停止した匿名アカウントを取り沙汰する者は消えた。

——さらば。三万人もの盟友よ！

ネットの人気など、泡沫《ほうまつ》に等しい。

バブルは儚《はかな》く弾《はじ》け、跡形も残らぬ。

今日もSNSでは、無尽蔵にハートが飛び交っている。しかし余に贈られる「いいね」はなくなった。あの魅力は何事にも換えがたい。今や、余は承認欲求を満たす手段を失ったのだ。

一度燃えたネット人格に、信頼回復などは望めまい。

かつての勢いを取り戻すことも、人気が再燃することも難しい。

——鷗外パイセンは、死んだ。

そう思って諦めなければ、いつまでも未練がましく固執しかねない。

鷗外パイセンのアカウントを引き継ぎ、新しいネタキャラへの「転生」も検討したが、やはり現状は打破できぬと踏んだ。二匹目のドジョウなど何処《どこ》にもおらぬ。

余は布団に寝ころび、ツイッターの代わりにフェイスブックを開いた。

夜勤中に、グループへの招待通知が届いていた。

「HPメンバー　～葉暮《はくれ》町《ちょう》を盛りあげ隊！」

送り主は、水島である。

例の「町おこし」に関するコミュニティと察しがつく。

——まさか、一員に誘われるとは。

貼られている公式サイトのリンクを開いた。一見して、杜撰《ずさん》な点が目立つ。具体性に欠けた、ビジョンのない町おこし。町の歴史や、簡素な地図が掲載され、あとは商店街の店舗一覧があるのみ。動画はおろか、写真もろくにない。ネットの強みがまったく生かされておらぬ。サイトのデザインこそ現代風でスタイリッシュではあるが、コンテンツの量が根本的に足りていない。アクセス数も雀《すずめ》の涙であろう。

——もっと、うまくやれるだろうに。

手つかずの開拓地を前にして、余の参入は大きな原動力になると確信した。お招きにのれば、歓迎されるであろう。新たに居場所ができるかもしれぬ。

それでも、余は躊躇した。

東京在住の身で、故郷のコミュニティに参加すれば、温度差による微妙な立ち位置に追いやられかねない。

なるほど確かに、あの夜の宴は楽しかった。浮遊感が未だに心地よく残る。

しかし一晩、酒を酌み交わした程度で、同等の仲間になれるのであろうか。

人間関係とは、実にデリケートなものである。一方的に期待を膨らませ、己に落胆するのは懲り懲りであった。

——やはり、やめておこう。

一度SNSで相互に繋がってしまえば、後戻りはできぬ。

鷗外パイセンの正体について、水島らが個人情報を漏洩《ろうえい》しないとも限らない。そうなれば、自宅の特定や勤務先への「電凸《でんとつ》」など、実生活にまでネット民の追い込みがかかる危険も伴う。迂闊な行動はとれなかった。

後ろ髪を引かれる思いで、グループへの招待を断った。

伏したまま、ぼんやりとして過ごした。眠気はなく、さりとてネットサーフィンをする気も起こらない。

ふと、床に視線をやると、薄茶色の包装袋が目にとまった。

アマゾンからのメール便である。昨日、郵便受けに投函されていたが、未開封のまま放ってあった。

しばし、余は黙考した。

その中身に思い当たり、購入の経緯について考えるうち、次第に余のこころに変遷がおとずれた。

——放ってはおけぬ。

彼らに手を貸してもいい。そのように思い直した。

余は人生の半分を、ネットの世界で過ごしてきた。個人ホームページ、チャット、掲示板などの独自文化を経験し、時代がＳＮＳへと流れても有名ツイッタラーとして、最前線に立ち続けた。

すぐそこに、ネットに疎い「リア充」がいるのだ。彼らの惨状を、みすみす見逃せるものではない。

──腹は決まった。

彼らのために、何ができるであろうか。

余は、頭のなかに散らばった考えを継《つ》ぎ接《は》ぎし、まとめ上げる。

そして即時、行動に移した。身体は動かさず、頭を働かせ、指先で端末の液晶をいじくった。

まずは鷗外パイセンのツイッターをログアウトし、新規のアカウント登録を行う。プロフィールは暫定的に入力した。徐々に編集して磨き上げればよい。

次いで、アイコン画像を設定する。胸の柔らかい最上から転送された、梨色の珍妙な垂れ耳うさぎの写真を使用した。

登録はすぐに完了し、手はじめに、最初の投稿を作成する。

うささん@葉暮町を盛り上げ隊！

「マジでこの世のすべてのデカ盛り好きに知ってほしいんだけど、富山県葉暮町にある『はくれ亭』はどのメニューも絶品でボリューム満点。かつ丼は蓋が閉まらないし、天ぷらそばは極太エビが三本も。マスターの趣味で、長嶋茂雄の貴重な写真が壁一面に貼られてる。巨人ファンの人にも訪れてほしい！」


口コミ型グルメサイトから無断転用した画像を添付し、ツイートを完了する。

バーチャル「うささん」を創った。

現実のご当地キャラクターが、ネットの世界にも産声をあげた。

余にとっては第二の、匿名アカウントの爆誕である。

フォロー０、フォロワー０。

鷗外パイセンの力に頼らない、まさにゼロからの発進となった。

あとは、キャラクター設定である。あの着ぐるみに、既存の設定は見受けられない。ならばこちらが先に色付けできる。無垢で可愛い生物であるはずのうさぎに、あえて毒を吐かせるのも悪くない。多少の過激さが伴ったほうが、注目度はあがる。顔面に垂れた耳は、実は小心者で目元を隠している設定にしてもよさそうだ。

ギャップを意識して、「臆病だけど毒舌キャラ」に仕立てる方向で、演出の構想を練りはじめた。

キャラクター性は、普段のツイートで徐々に浸透させる。根気強く発信すれば、いつか注目される時が必ず訪れる。

――うささんに、なりきってみせよう。

無論、非公式での運営が前提である。水島たちにも、徹底して秘匿《ひとく》せねばなるまい。さぞや奇怪に思うであろう。何者かが姿を隠し、町の地域活性化を図らんとする様は、なかなか愉快に思えた。

うささんに対し、彼らの方から接触があれば、協力は惜しまない。余は匿名の存在として、連携ができれば望ましい。

そうこうしているうちに動きがあった。

早速の、「いいね」通知である。

どこから辿り着いたのやら、さすが食べ物関連の話題は、広範囲に届きやすい。たかだかひとりの「いいね」でも、新規のアカウントにしてみれば歴史的な一歩であった。

ひとまずテストは成功した。

こんなツイートはテンプレート通りである。特段、別に新しくもない。おおよそバズるまでには至らぬ。

——まだまだ、ここからだ。

余にはノウハウがある。

刺さる文体、訴求力のある情報内容、拡散しやすい時間帯、キャラクター構成力。

すべては鷗外パイセンで、試行錯誤の末に体得した技術である。

うささんが人気になろうと、余には微塵の利益もない。

それで構わなかった。

——暇を持て余したゆえの余興か。

やりようはいくらでもある。

伸びしろは、無限大である。

次々と戦略が閃く。道筋を思い描く。インターネットに生まれたばかりの、我が分身の成長を、楽しもうではないか。

毒舌キャラだとしても、「非リア」ネタは封印すると決めた。もう他人の幸せを茶化す真似はしたくない。

自虐を用いなくても、バズる自信はあった。心機一転、ネットの世界で腕試しである。

闇のバズから光のバズへ……。

次なる挑戦を、余は試みたい。

気がつくと、正午を回っていた。

本日も夜勤がある。睡眠はとっておきたいが、つい机上のパソコンを立ち上げて、さらなる情報収集に熱をあげてしまった。同級生に尋ねればわかることを、あえて遠方よりネットに頼って探し続けるのは、非効率ではあった。

だが、それなりの収穫はあった。

町は様変わりしたと思っていたが、まだ潰《つい》えてはいなかった。

こだわり抜いた内装の西洋喫茶店、老紳士の営む布団屋、店主が選書する小さな書店、地産地消を目指す家族経営の酒蔵など、訴求力のある要素がいくらでも眠っている。

捨てたはずの故郷に、新たな魅力を発見していく。

地域に興味を抱いてもらうには、伝わりやすさが肝である。嘘《うそ》偽りのない生の情報が、人から人へと伝播《でんぱ》していく。

インターネットの力は強大である。

余もネットのおかげで本が出せた。

何者でもない個人が、全世界に向けて、語りかけられる。想いを言葉にのせ、文字に託し、誰かに発信する。やり方が正しければ、そして熱量さえ高ければ、必ずや届くのだ。

地域に関心がありそうなフォロワーも増やす必要がある。

やることは山とあった。しかし流石に憔悴《しょうすい》してきた。目に乾燥をおぼえ、目薬を点眼しても、ちりちりと僅かに眼球のまわりが痙攣《けいれん》した。背もたれに体重を預け、液晶画面より視線を外す。

余は椅子から立ち上がった。先ほどの郵便物を、床より拾い上げる。包装袋を開けて、一冊の文庫本を取り出した。

カバーには『さよならの空席』と表題がある。

刊行は数年前の書籍ではあるが、新たに「羽鳥あや、絶賛！」という帯が付けられている。タイトルよりも目立つではないか。著者の岡村氏はどう思っているのかを想像すると、自然と笑みがこぼれた。

東京へ戻る新幹線のなかで、スマホから注文をした。

さして興味があったわけでもない。ただ、ネットで話題になっているのを知り、車内で電波が途切れ途切れになりつつも、羽鳥あや氏のブログに行き当たった。

売れっ子作家が心情を吐露した、赤裸々なブログ記事。

残念ながら、余の琴線に触れることはなかった。境遇も違えば、有する感覚もやはり異なる。彼女が「陰キャ」を自称しようとも、余にとってみれば十分「パリピ」に思えた。非リアの自意識は根が深い。羽鳥氏の悩みは、あくまで羽鳥氏のものでしかない。

だが彼女の告白によって、岡村氏の著書が再び脚光を浴びたという経緯にこそ、興味を惹《ひ》かれた。それ故に、縁を感じて「ポチった」のである。

まったく【流れ】というものは面白い。

人生、どこで何がつながるか、分かったものではない。思わぬところにまで影響が及んでいく。【流れ】とは、見えざる神によって創出されるものではなく、人が相互に与え合う影響を指すのかもしれぬ。

だからこそ余も、我が同級生たちに、関係してみたくなった。誰かに、善き影響を及ぼす存在になってみたくなった。だから「うささん」になると決断した。

これまで余は、ずっとひとりで戦ってきた。

信じるに値するのは己のみだと心得てきた。

自分以外は有象無象だと切り捨てて、孤高の、特別な存在になるために足掻いてきた。

誰もが辿り着けぬ、圧倒的な者になりたかったのだ。

だから余は森鷗外に憧れた。作家を飛び越えて、文豪を目指した。

いつしか「文豪になること」が目的になってしまった。なれるはずのないものを目指している間は、言い訳ができた。

それも終焉の刻《とき》である。

かつての文豪たちは、小説を遺してこの世を去った。死して此岸《しがん》に文豪としての地位を築いた。

余は生きている。

そして未だ、何も遺してはおらぬ。文豪には、まだなれないのである。

鷗外には、まだまだ追いつけない。過去の偉人になることは叶わない。

だから余は『阿部一族・舞姫』と距離をおいた。

エリナとの一切が終わりを迎えてもなお、あの本は捨てられなかった。逡巡《しゅんじゅん》の末に、実家の自室に残してきた。

もうエリナに会おうとは思わぬ。しかし忘れることもできぬ。

どうにもできぬなら、そのままにしておけばいい。

余はそう結論づけた。無理に書籍を破棄することも、想いを忘却する必要もなかろう。遠く離れた郷里に『阿部一族・舞姫』を安置する。そうすることで余のなかに「均衡」が生まれた。一冊分だけ身軽になった余は、少しずつ前に進めると信ずる。

余は、ただ未来を生きるほかない。

鷗外パイセンではない、ほかの何者かになるための模索をはじめたい。

それが小説家であるのか、また別の新たな道であるのか、今は皆目わからぬ。当面は日々のコンビニ勤務を恙無《つつがな》くこなし、ネットでは「うささん」として暗躍するのみであろう。

それにしても一向に眠くならぬ。

意識は明朗、快活の極みである。

余は『さよならの空席』を手に取った。

久しく読書はしておらぬ。何度も『舞姫』を読み返すうちに、他の小説を遠ざけてしまっていた。

——たまには、本でも読むか。

表紙をめくる。目次を過ぎる。

誰かの書いた、まだ知らない世界に、俺はゆっくりと旅立っていった。

■参考文献

夏目漱石『文鳥・夢十夜』新潮文庫
森鷗外『阿部一族・舞姫』『青年』新潮文庫
森まゆみ『谷中スケッチブック』『不思議の町 根津』ちくま文庫
森まゆみ『鷗外の坂』中公文庫
南陀楼綾繁『谷根千ちいさなお店散歩』WAVE出版

森鷗外記念館、水月ホテル鷗外荘に、厚く御礼申し上げます。
そして、森鷗外先生へ。
誠にありがとうございました。

松澤くれは

解　説

松　駒

本書の第一印象は「イマドキの小説だ」というものでした。縦書きが是とされる文芸小説において、各話の冒頭を飾るのはどれもが横書きの文化である、夢小説、書評サイト、匿名掲示板。二〇〇〇年頃に台頭してきたサブカルチャーたちです。

誰もが発信者になれる時代。何者にもなれる時代。ワールドワイドウェブと同じ誕生日である私も、この技術のおかげで漫画原作者になれました。しかし、この本に出てくる主人公たちは〈何者にもなれない人生〉であると、悲観している者ばかりなのです。

「†夢小説十夜†」。普通であることをコンプレックスに思っている大学三年生の美里が、人と違う個性を求めてキャラ作りに傾倒していく話ですね。まず言いたい。東京は町田に実家があり、中学・高校は女子校で、学費と生活費は親に全て出してもらっていて、古民家を改装したシェアハウスで個性溢《あふ》れる芸大生たちと暮らしている……これのどこが「普通」なんですか？　裕福が過ぎませんか？　温室育ちのお嬢様ですか？

嫉妬が膨れる一方だったのですが、シェアハウスの宴会では自《おの》ずと掃除役に回され、昨日会ったばかりの人から「はじめまして！」と挨拶される描写を見て、その不憫《ふびん》さに同情が芽生えました。あるある。〈地味キャラ。圧倒的な普通臭。こういう時に思い知らされる。キャラ立ちしていない、自分への失望感〉と腐ってしまう気持ちも分かる。

　でも、普通って魅力のひとつだと思うんですよ。悪目立ちしない、その場で浮かない、違和感を抱かれずに馴染《なじ》める。短所は長所でもあることを伝えたい。極めれば、尾行の腕が良い探偵業にだってなれますよ。美里が「ゴミの山だ」と評を下した自室の六畳も、同居している芸大生は「宝の山だ」って言ったじゃないですか。それと同じことです。

　あとですね、普通の人は、夢小説を十年も書き続けられないですからね。自作のお気に入り登録数が二百以上なら同人誌即売会でコピー本を二十部刷って頒布してみればいいのに、と歯痒《はがゆ》さを抑えられなかったです。まぁ、主人公に一番伝えたかったことは、最後の最後に、彼女の友人である沙耶氏が言ってくれたので満足です。大学で少し話すだけの間柄でさえ、すぐに見抜けることでしたよね。

「エゴサーチと奇跡の一冊」。文学賞でデビューを果たしてから六年、未《いま》だに二作目が書けないままでいる「僕」の話です。最初、売れない作家の話かなと思っていたのですが、現在は喫茶店のマスターでいらっしゃる御様子。んん？　誰もが一度は夢見る職業、喫茶店のマスターで？　根津駅から徒歩五分という好立地の物件で？　開業資金は印税で賄っていて？　読み進めていくと、デビュー作は「二年で十万部」売り上げた事実が判明します。ベストセラー作家じゃないですか。

喫茶店の経営は赤字らしいですが、主人公が苦手である接客をこなし、家計を助けるためスーパーでも働いて、食費まで抑えてくれる有能な奥さんもいると知って、「二作目が書けないことを気に病んでいる？　今以上に、何を望むことがあるの？　なぁ？」と胸倉を摑《つか》みたい気持ちに駆られました。

とはいえ、すぐに拳を下ろしました。営業職で精神を病んでしまって、窓際の部署に回されて、そこで唯一許された娯楽の読書に目覚め、死なないために書いた小説が受賞作になったという経緯を知ったからには。辛《つら》い体験を印税に換金できて、寄り添ってくれる相手も見つかって本当に良かった……。

あとですね、二作目が書けない気持ち、凄《すご》く分かります。「次はどんな作品にしたいですか？」「ぜひ、うちでも書いてくださいよ」って私も言われますけど、〈奇跡に二度目はない〉んですよね。〈当時の苦しみがあったからこそ書けた〉わけなので、「もう一度、苦しんで下さい」と求めているも同然なんですよね。無理です。

だから、この主人公は二作目が書けない気持ちをどう捉え、どう折り合いをつけるのか気になりました。その答えは彼のスピーチにありました。〈自分の経験や考えを、すべて小説に置き換えました。書き終えた後、何かが抜けていく感覚に襲われた……あれは一体、何が抜けたのか、当時はわかりませんでした。今はわかります。空っぽになったのです〉。あぁ、二作目が書けない理由、書きたいことが見つからない理由はこれか、と腑《ふ》に落ちました。作品を書くには、自分の経験や考えを培っていくしかないんだなと。そう奮起できる小説でした。

「鷗外パイセン非リア文豪記」。コンビニ店員の傍ら、文豪のなりきりアカウントを開設したら、人気を博して紙書籍の出版にまで至った青年の話。見覚えというか、身に覚えがある話です。最終学歴の偏差値や、年齢まで同じらしくて怖気《おぞけ》が走りました。お前は俺か？

職業病なのか、コンビニ店員としての働きぶりに目がいってしまったのですが、勤続三年目を迎えているのにバイクの自賠責受付をこなせないので落第点ですね。自賠責ステッカーの補充や交換は、他でもない夜勤アルバイトが担当しているはず。未成年と疑わしき集団にお酒を販売しているのも減点です。お店での人望が薄そう。「悪い子じゃないんだけど……強いて言えば、要領が悪いね」とパートのおばちゃんが語ってそう。

本人は純文学を目指しているみたいですが、堅苦しい文語調を好み、思い込みの激しい気質であり、童貞であることから、官能小説家の方が向いているなと思いました。高校の同級生であるエリナに貸してもらった本を家宝にしてしまう感性の持ち主ですよ。相思相愛と決めつけ、十年も恋い焦がれる。気軽に貸した側からしたら怪談ですよ。

この一方的な恋の行方から目を離せませんでした。カッターナイフ持参、母親の運転する車でエリナに会いに行く始末だったので、「もう本当にやめてくれ、大人しく引き下がってくれ」と祈ってやみませんでしたが、主人公の失恋以外に犠牲が出なかったようで何よりです。

紙書籍の出版によって叶《かな》えたかった二つの願望のうち、〈生涯ただひとつの恋愛も満願成就と相成ること〉は出来ませんでしたが、〈かつて余を虚仮《こけ》にした級友どもを見返すこと〉は出来たのが面白かったです。書籍の売れ行きは散々だったのに、かつての同級生たちは「小説なんて普通の人は絶対書けんよ」「東京行ったり本書いたり、阿部はすげぇよ」と褒めてくれた。〈予想外にも、余の作家デビューを初めて認めてくれたのは、彼らであった〉。ちゃんと、この十年が、報われたじゃないですか。

〈何者にもなれない人生〉であると悲観していた主人公たちは、「夢小説から目覚め、私小説の書き手となった者」、「人生が続く限り、私小説に終わりはないと悟った者」、「文豪になりきれなかったが、まだなれないだけである者」になれたのではないでしょうか。何者でもないことは、これから何者にもなれるということです。それを改めて気付かせてくれる、読後感の良い書でした。

（まつこま　漫画原作者）

本書は、集英社文庫のために書き下ろされた作品です。

松澤くれはの本

りさ子のガチ恋♡俳優沼

イケメン俳優を追いかけるOLのりさ子。時間とお金を全てつぎ込んで応援していたが、ネットで彼との恋人関係を匂わせる女の出現で暴走しはじめ……。演劇業界の闇に切り込む愛憎劇。

集英社文庫

集英社文庫　目録（日本文学）

フレディ松川　ここまでわかった　ボケる人ボケない人
フレディ松川　好きなものを食べて長生きできる　長寿の新栄養学
フレディ松川　60歳でボケる人　80歳でボケない人
フレディ松川　はっきり見えたボケの入口　ボケの出口
フレディ松川　わが子の才能を伸ばす親　つぶす親
フレディ松川　不安を晴らす3つの処方箋　認知症外来の午後
松樹剛史　ジョッキー
松樹剛史　スポーツドクター
松樹剛史　GO－ONE
松樹剛史　エアエイジ
松澤くれは　りさ子のガチ恋♡俳優沼
松澤くれは　鷗外パイセン非リア文豪記
松永多佳倫　沖縄を変えた男　栽弘義―高校野球に捧げた生涯
松永多佳倫　偏差値70からの甲子園　僕たちは野球も学業も頂点を目指す
松永天馬　少女か小説か
松本侑子　花の寝床
モンゴメリ　松本侑子・訳　赤毛のアン
モンゴメリ　松本侑子・訳　アンの青春
モンゴメリ　松本侑子・訳　アンの愛情
丸谷才一　星のあひびき
丸谷才一　別れの挨拶
麻耶雄嵩　メルカトルと美袋《みなぎ》のための殺人
麻耶雄嵩　貴族探偵
麻耶雄嵩　あいにくの雨で
麻耶雄嵩　貴族探偵対女探偵
眉村卓　僕と妻の1778話
まんしゅうきつこ　まんしゅう家の憂鬱
三浦綾子　裁きの家
三浦綾子　残像
三浦綾子　石の森
三浦綾子　ちいろば先生物語(上)(下)
三浦綾子　明日のあなたへ　愛するとは許すこと
みうらじゅん　とんまつりJAPAN　日本全国とんまな祭りガイド
みうらじゅん　宮藤官九郎　どうして人はキスをしたくなるんだろう？
三浦しをん　光
三浦英之　五色の虹　満州建国大学卒業生たちの戦後
三浦英之　南三陸日記
三浦英之　水が消えた大河で　ルポJR東日本・信濃川不正取水事件
三木卓　柴笛と地図
三崎亜記　となり町戦争
三崎亜記　バスジャック
三崎亜記　失われた町
三崎亜記　鼓笛隊の襲来
三崎亜記　廃墟建築士
三崎亜記　逆回りのお散歩
三崎亜記　手のひらの幻獣
水上勉　故郷
水上勉　働くことと生きること

集英社文庫　目録（日本文学）

集英社文庫　目録（日本文学）

集英社文庫　目録（日本文学）

村山由佳　遥かなる水の音
村山由佳　記憶の海 おいしいコーヒーのいれ方 Second Season Ⅶ
村山由佳　地図のない旅 おいしいコーヒーのいれ方 Second Season Ⅷ
村山由佳　放蕩記
村山由佳　天使の柩
村山由佳　La Vie en Rose ラヴィアンローズ
群ようこ　トラちゃん
群ようこ　姉の結婚
群ようこ　でも女
群ようこ　トラブルクッキング
群ようこ　働く女
群ようこ　きもの365日
群ようこ　小美代姐《こみよねえ》さん花乱万丈《からんばんじょう》
群ようこ　ひとりの女
群ようこ　小美代姐さん愛縁奇縁
群ようこ　小福歳時記
群ようこ　母のはなし
群ようこ　衣もろもろ
群ようこ　衣にちにち
室井佑月　血《あか》い花《はな》
室井佑月　作家の花道
室井佑月　ああ～ん、あんあん
室井佑月　ドラゴンフライ
室井佑月　ラブゴーゴー
室井佑月　ラブファイアー
タカコ・半沢・メロジー　もっとトマトで美食同源！
毛利志生子　風の王国
茂木健一郎　ピンチに勝てる脳
百舌涼一　生協のルイーダさん あるバイトの物語
百舌涼一　中退サークル
持地佑季子　クジラは歌をうたう
望月諒子　神の手
望月諒子　腐葉土
望月諒子　田崎教授の死を巡る 桜子准教授の考察
望月諒子　鱈目《たらめ》講師の恋と呪殺。 桜子准教授の考察
森絵都　永遠の出口
森絵都　ショート・トリップ
森絵都　屋久島ジュウソウ
森絵都　みかづき
森鷗外　舞姫
森鷗外　高瀬舟
森達也　A3《エースリー》(上)(下)
森博嗣　墜ちていく僕たち
森博嗣　工作少年の日々
森博嗣　ゾラ・一撃・さようなら Zola with a Blow and Goodbye
森博嗣　暗闇・キッス・それだけで Only the Darkness or Her Kiss
森まゆみ　寺暮らし
森まゆみ　その日暮らし